GW00691708

COLLECTION FOLIO

Blaise Cendrars

D'Oultremer
à Indigo

Édition présentée et annotée
par Claude Leroy

Denoël

PRÉFACE

Habent sua fata libelli... *Blaise Cendrars, qui citait volontiers l'adage de Terentianus Maurus, croyait au destin des livres. D'autant plus amer était le constat qui s'imposait à lui en ce bel été de 1939 :* D'Oultremer à Indigo *était décidément un livre saturnien, conçu sous l'étoile de la mélancolie. Car ce recueil de nouvelles, il le promettait à ses lecteurs depuis une éternité — près de vingt-cinq ans qu'il l'annonçait dans ses pages de garde ! Et voilà qu'il venait enfin de le mettre au point : les textes étaient réunis, le volume composé, remis à Grasset, fin prêt pour l'impression, lorsque, début septembre, les orages de l'Histoire s'étaient chargés de lui rappeler qu'un poète devrait être aussi météorologue. Fâcheux contretemps : ce livre dédié au grand large sortirait des presses pendant la drôle de guerre et c'est pendant la débâcle qu'il serait mis en vente.* D'Oultremer à Indigo *s'est mal remis d'un pareil baptême du feu. Jamais réédité jusqu'ici en édition courante, juste accessible dans les Œuvres complètes, ce livre à contretemps reste un des moins connus de son auteur, presque un inédit.*

L'été 1939 s'annonçait pourtant sous les meilleurs auspices. Tant bien que mal, Cendrars sortait de la dépression où l'avait plongé deux ans plus tôt sa rupture avec Raymone, à laquelle il vouait depuis vingt ans un amour à secrets, aussi blanc que torturant. Une escapade à Londres où, par un jeu pervers, elle avait entraîné un jeune homme de leurs amis, avait désespéré son poète. D'un coup, le monde qu'il avait construit autour d'elle depuis 1917 s'était écroulé. À la dérive, hanté par le suicide, Cendrars avait failli sombrer. Et puis, à point nommé, il venait de rencontrer une de ces muses de rechange, peu sensibles au désir des hommes, dont il avait décidément le goût ou le besoin. Chez Élisabeth Prévost, une jeune femme de vingt-sept ans qui élevait des chevaux aux Aiguillettes, près de Brognon, dans la forêt des Ardennes, il avait trouvé une sorte de refuge. Auprès de cette chasseresse à la fine gâchette, qui avait traversé l'Afrique en solitaire juste accompagnée de quelques porteurs, il tentait de transplanter et de reconstituer le lien rompu avec Raymone, tout en prenant des distances avec sa vie parisienne.

Grand reporter en vue depuis une enquête sur Jean Galmot pour Vu, en 1930, d'où était sorti Rhum, Cendrars s'était lié d'amitié avec Pierre Lazareff qui avait su l'attirer à Paris-Soir. Sous l'impulsion de Jean Prouvost, le quotidien cherchait alors à s'attacher les collaborations, souvent inattendues, d'écrivains en vue et, près de Colette, Saint-Exupéry ou Cocteau, la moindre de ces « grandes signatures » n'était pas celle de Cendrars. Ses papiers sur le voyage inaugural du

Normandie, *sur* Hollywood 1936 *ou la venue en France de George VI, entre autres, avaient marqué. La réussite était si constante au rendez-vous que l'auteur de* L'Or *avait délaissé la pratique du roman qui avait pourtant relancé sa carrière dans la précédente décennie, et il avait pris goût à son nouveau métier de journaliste. Installé dans un petit hôtel de l'avenue Montaigne, juste en face du Théâtre des Champs-Élysées, où Raymone jouait dans la compagnie de Louis Jouvet, il avait établi son quartier général* Chez Francis, *une brasserie en vogue place de l'Alma. En cette fin des années 30, pourtant, il commençait à se lasser de tout ce parisianisme. Plus obsédant se faisait le sentiment d'avoir abdiqué de plus hautes ambitions et l'envie de changer de plume le tenaillait. Sous le journaliste, le poète regimbait. La défaillance de la femme aimée depuis si longtemps en apportait une dernière preuve : il était temps pour lui de se refaire.*

Pour donner à ce désir de reconquête tout le panache souhaitable, il avait décidé d'entraîner sa nouvelle amazone dans une aventure... à la Cendrars : un voyage en voilier, d'un an, autour du monde. Tout était déjà bouclé. Un projet de reportage pour Paris-Soir *servirait à financer ce nouveau départ, mais il l'avait signifié nettement à son amie qu'il chargeait de photographier l'entreprise : il n'emporterait à bord qu'un seul manuscrit, celui du* Villon *qu'il venait de concevoir et qui lui permettrait, comme un talisman, de renouer avec ses débuts de poète aventureux. C'est à Marienhamn, dans l'île d'Aaland en Finlande, qu'un*

*bâtiment de la flotte du capitaine Erikson devait appa-
reiller pour Sydney, en Australie, d'où il rapporterait
du blé en Angleterre. Aller via le cap de Bonne Espérance, retour via le cap Horn. Rendez-vous était donc
pris... en septembre.*

    *Durant l'été, Cendrars avait décidé de recueillir en
volume cinq nouvelles sous le signe de l'invitation au
voyage qui, pour trois d'entre elles, venaient de paraître
dans la grande presse.* « Mes chasses » *et* « Le "coronel"
Bento et le loup garou » *avaient paru dans un quotidien,* Paris-Soir, *et* « La croisière en bleu » —
« L'Amiral » — *dans un hebdomadaire,* Match. *S'y
ajouteraient deux inédits :* « S.E. L'Ambassadeur » *et*
« Monsieur le Professeur ». *Le titre du recueil, il le
tenait depuis longtemps : ce serait donc* D'Oultremer à
Indigo. *La formule était au point, bien rodée par les
deux volumes de même facture qui venaient de paraître
chez Grasset :* Histoires vraies (1937), *qui donnera
également son nom à la série, et* La Vie dangereuse
(1938). *L'accueil du public comme celui de la critique
avaient été favorables et, du coup, Cendrars prévoyait
un ensemble de cinq recueils, gardant dans ses cartons
deux autres projets,* Archives de ma tour d'ivoire *et*
Sous la Croix du Sud, *qui, à raison d'une publication
par an, confirmeraient avec force sa présence éditoriale.
On sait ce qu'il advint de ces châteaux de cartes. Le
voyage au bout du monde fut annulé pour cause de
guerre mondiale et si, contrairement à une opinion
répandue,* D'Oultremer à Indigo *fut bien mis en
vente et d'ailleurs bien accueilli par la presse, le volume*

ne rencontra pas son public. *Les malheurs du temps rendaient peu disponible aux rêveries exotiques, et la série des « Histoires vraies » en resta là.* Habent sua fata libelli.

Le tournant fut brutal et il accabla Cendrars. De même qu'il croyait au destin des livres, il portait, en effet, l'attention la plus vive aux coïncidences de dates et aux enjeux secrets qu'il leur supposait. Cette guerre qui se déclarait au lendemain de son anniversaire, lui qui était né le 1ᵉʳ septembre 1887, n'était-ce pas contre lui *qu'elle se déclenchait ? Mauvais signe. La renaissance dont il rêvait,* on *n'en avait pas voulu. Sans doute en déméritait-il depuis trop longtemps. Car lui au moins n'était pas dupe de sa légende de poète-aventurier. Le voyage en voilier ne relevait pas plus de la bourlingue que du reportage : il devait lui permettre de renouer avec le plus intime de ses rites, celui d'une traversée initiatique au cours de laquelle il aurait dépouillé le vieil homme, redevenant sans nom avant de renaître une fois encore de ses cendres.*

Deux fois déjà, un voyage en bateau avait changé le cours de sa vie. À la fin de 1911, le Birma *avait conduit le jeune Freddy Sauser à New York mais, après une nuit de révélation qui lui avait permis d'écrire son premier poème,* Les Pâques, *et d'inventer son pseudonyme, c'est Blaise Cendrars qui s'était réembarqué pour l'Europe sur le* Volturno. *Commencerait alors une période brève mais intense qui ferait du jeune poète jusqu'à la Grande Guerre une des figures marquantes de l'avant-garde parisienne, comme suffit à en*

témoigner la Prose du Transsibérien et de la petite
Jeanne de France *(1913), ce poème-tableau révolu-
tionnaire en forme de dépliant illustré par des compositions simultanées de Sonia Delaunay.*

*Tout s'enchaîna alors très vite : la guerre, l'engage-
ment volontaire dans l'armée française de ce Suisse qui
n'aimait pas les « Boches », la perte de sa main droite
au combat, le désarroi du mutilé qui, après deux années
noires, crut trouver dans le cinéma la voie d'une création nouvelle, l'échec de son passage à l'acte dans les
studios de Rome, un désenchantement qui n'avait pris
fin qu'avec un second départ — une fuite — loin de
l'Europe. En janvier 1924, le* Formose *avait emporté
Blaise vers le Brésil où il allait découvrir, en parfaite
consonance avec le prénom qu'il s'était choisi, ce qu'il
appellera sa seconde patrie spirituelle, son* Utopialand.
*Parti en cinéaste déconfit, c'est en romancier qu'il
reviendrait sur le* Birma *pour écrire, en quelques
semaines, dans sa maison des champs du Tremblay-
sur-Mauldre,* L'Or, *cette* merveilleuse histoire du
général Suter *qui lui assurerait un premier succès de
grand public et lui ouvrirait une longue carrière d'écrivain de l'aventure.*

*C'est dans la fazenda du Morro Azul, auprès
d'Oswaldo Padroso, un astronome amateur illuminé
par son amour impossible — un de plus — pour Sarah
Bernhardt, la divine, que Cendrars avait fait son
apprentissage de romancier : il en fera la confidence, en
1949, dans un de ses plus beaux récits, « La Tour Eiffel
Sidérale » du* Lotissement du ciel. *Pendant plus de
cinquante ans, avec une fidélité sans défaillance, la*

matière brésilienne ne quittera plus l'atelier de l'écri-
vain : poèmes, romans, essais, Mémoires, reportages
célèbrent la gloire de sa terre d'élection, et D'Oultremer à Indigo *tient sa partition dans le concert. Mais*
pseudonyme oblige : le phénix dont Blaise Cendrars
s'était fait « un nom nouveau comme une affiche
bleue / et rouge », comment échapperait-il à cette ronde
sans fin des morts et des renaissances ? Comme en 1911,
comme en 1923, Cendrars est convaincu, en 1939,
d'être un écrivain en fin de cycle, lassé du rôle qu'il joue
sur la scène parisienne et de la plume qu'il y tient,
condamné à se réinventer s'il ne veut pas se survivre
dans le journalisme. Et l'embarquement sur le Moshulu *du capitaine Erikson, après les traversées victo-*
rieuses du Birma *et du* Formose*, s'il s'y prépare de*
toute son énergie, c'est qu'il attend d'en renaître une
fois encore. La guerre en décidera autrement, mais
pourquoi ?

   Dans la débâcle collective qui abat la France en mai
1940, prend place pour Cendrars un échec qui
n'appartient qu'à lui. Son beau programme de renais-
sance a été balayé par la tourmente. Mais, s'il ressen-
tait avec force le besoin d'un nouveau départ, croyait-il
vraiment aux préparatifs qu'il avait entrepris ? Il est
permis d'en douter. Les dernières lettres à Élisabeth
Prévost, récemment publiées, font apparaître, avant
même le déclenchement des hostilités, plus que de la tié-
deur, un net désenchantement. Ce que révélera cruelle-
ment le naufrage des projets, au fond, c'est la maldonne
qui les faussait. On ne change pas de muse comme de

*bateau. Aux yeux superstitieux du poète, le caractère
sacrilège de ses projets ne pouvait faire de doute, et la
relation avec Élisabeth Prévost, tournant vite à la
parodie du grand amour perdu, ne se remettra pas des
semonces de l'Histoire. Les signes ne pardonnent pas.
Après guerre, les deux — mais comment nommer cette
relation qui échappe aux modèles ? —, les deux amis,
donc, ne se reverront plus et, en 1945, L'Homme foudroyé tracera de l'amazone de rechange un portrait-
charge sarcastique sous le nom, vraiment bien choisi, de
Diane de la Panne. Une rengaine de l'époque suffit à
Cendrars pour donner la mesure, féroce, de cette bévue
mythologique :*

> ... Elle ne l'aimait pas. Lui non plus.
> Quelle drôle de chose que l'existence !
> Ils auraient pu faire connaissance,
> Mais ils ne s'étaient jamais vus...

Le Villon *disparaîtra, lui aussi, dans la tourmente.
Après la guerre, Cendrars tentera bien de relancer ce
projet auquel il avait associé son retour de poète et qui
reste encore aujourd'hui mystérieux. Pour forcer le destin comme de coutume, le volume fut annoncé plusieurs
fois « sous presse », mais, au bout du compte, son aventure éditoriale se réduira à la publication, dans* La
Table ronde, *de « Sous le signe de François Villon »,
une préface écrite avant guerre, qui explique très bien
pourquoi écrire une vie de Villon est impossible et qui se
borne bizarrement, en 1952, à relancer l'attente d'un
livre qui ne paraîtra pourtant jamais.*

Lorsque la guerre éclate, Cendrars ne se lamente pas sur son sort. Gémir n'était pas son fort et, puisque sous la déconvenue la méprise s'avérait patente, autant faire de nécessité vertu. C'était, après tout, l'occasion d'une table vraiment rase. Se repentait-il d'avoir rêvé d'un salut pour soi seul en oubliant l'état du monde ? Sa vieille querelle envers les « Boches » s'était-elle réveillée ? Toujours est-il qu'il s'engage aussitôt à sa façon. Lui qui n'était évidemment plus mobilisable reprend du service comme correspondant de guerre auprès de l'armée anglaise. On le sent fier d'énumérer la liste de « ses » journaux à son ami Jacques-Henry Lévesque : La Petite Gironde, Le Petit Marseillais, Le Républicain orléanais, La Dépêche algérienne, La Vigie marocaine, Le Mémorial, La Dépêche de Brest... *C'est d'Arras, où le retiennent les opérations militaires, qu'il donne ses instructions à celui qui jouait volontiers les secrétaires bénévoles pour lui, le chargeant de veiller avec soin à la correction des épreuves et au service de presse de* D'Oultremer à Indigo *et — faveur élective — d'en rédiger le « Prière d'insérer ».*

Un recueil de ses reportages de guerre, préparé pour Corrêa sous le titre Chez l'armée anglaise, *sera rattrapé à son tour par l'Histoire : paru après l'armistice, il sera interdit par l'occupant et pilonné. Ce n'était pas de nature à favoriser la diffusion, presque simultanée, du volume de nouvelles...*

La suite est aujourd'hui bien connue. Quittant Paris et le journalisme, Cendrars se retire à Aix-en-Provence et, pendant trois ans, non seulement il ne publie plus

*rien, mais il cesse d'écrire. Projets d'un jour, notes sans
suite, ébauches qui tournent court. Entre-temps, la
muse repentante — la vraie — aura fait retour et, en
guise de pardon, il décidera de lui dédier* La Carissima, *une vie de Marie-Madeleine qu'il venait de
concevoir. Sous les traits de la sainte pécheresse, tout
porte à croire qu'il n'aurait pas été difficile de
reconnaître Raymone... si le livre avait été écrit. Mais,
impasse ou malice, malgré quelques relances, il n'en
sera rien et le vrai retour à l'écriture, c'est avec*
L'Homme foudroyé *qu'il se fera, un 21 août 1943,
célébré, sous l'inévitable signe du phénix, dans l'ex-
voto par lequel s'ouvre le premier des quatre volumes
des Mémoires. Loin du grand reportage auquel il ne
reviendra jamais,* La Main coupée *(1946),* Bourlinguer *(1948) et enfin* Le Lotissement du ciel *(1949)
confirmeront que Cendrars a renoué avec la modernité.
Mais c'est une autre histoire, celle de ces rhapsodies qui
sont considérées aujourd'hui comme le grand œuvre de
leur auteur.*

La longue infortune dont a souffert D'Oultremer
à Indigo, *il serait donc injuste d'en incriminer les
seules circonstances. Victime de la guerre, incontes-
tablement, ce volume peut être également considéré
comme une victime de la guerre civile qui opposait
alors en Cendrars le journaliste et le poète. Le plus
achevé, sans doute, des trois volumes d'*Histoires
vraies *est paru alors que son auteur, fatigué de cette
formule trop parisienne, cherchait d'autres voies. Et
c'est l'écriture rhapsodique des Mémoires, découverte*

pendant la retraite d'Aix, qui achèvera par sa nou-
veauté de reléguer un peu plus dans le passé, ainsi
qu'une image révolue et même reniée de soi-même, un
livre qui n'aura pas eu le temps, en somme, de vivre
sa vie.

Près de cinquante ans après son entrée en scène
manquée, il est temps d'en revenir à ce livre escamoté
par l'Histoire, moins pour réhabiliter un chef-
d'œuvre scandaleusement méconnu que pour l'ex-
traire des Œuvres complètes où il est resté enfoui
depuis lors, et le considérer enfin en lui-même. Ces
« Histoires vraies » dont il se réclame, quelle en est la
formule ? La vérité dont ces « Histoires » se font un
programme et même une étiquette, quelle est donc sa
nature ? Dès la première page du recueil, Cendrars
propose à son lecteur un mode d'emploi paradoxal :
il se met « nominalement en scène » pour « garantir
l'authenticité » de ses récits tout en revendiquant le
droit de « camoufler » le nom de ses personnages ou de
transposer le lieu de l'action rapportée. Il détermine
ainsi une zone intermédiaire entre la chronique et la
fiction — on hésite à dire une zone franche —, dont
les frontières seraient mouvantes et révocables au gré
du narrateur. Ce contrat léonin a valeur d'avertisse-
ment. C'est poser, d'entrée de jeu, que la vérité ne
sera pas ici d'ordre factuel. Puisque le metteur en
texte se réserve le droit de battre et de rebattre à sa
guise les cartes du temps, du lieu ou de l'identité, de
distribuer comme il l'entend les faux noms et les faux
nez, bien naïf qui chercherait à le prendre en flagrant

délit d'anachronisme, de voyage en plus ou de chasse imaginaire. Détectives bertillonneurs... ou biographes vétilleux s'abstenir. Et, certes, le recueil n'est pas chiche en invraisemblances soulignées, en animaux magiques ou en tartarinades brésiliennes ou scandinaves : il se présente, sous un certain angle, comme une galerie de bohèmes ou une ménagerie de phénomènes qui, pour quatre d'entre eux, donnent leur titre à ces nouvelles.

Interpréter ces « Histoires vraies » comme une autobiographie serait donc pour le moins « exagéré », et la mise en garde qu'il adresse par euphémisme à Jacques-Henry Lévesque, en 1945, vaut aussi bien pour son confident à l'enthousiasme parfois crédule qu'il renvoie à La Fontaine :

Voici les faits quiconque en soit l'auteur :
J'y mets du mien selon les occurrences ;
C'est ma coutume, et, sans telles licences,
Je quitterais la charge de conteur.

La leçon de ces vers, tirés du conte « La servante justifiée », Cendrars insiste, « c'est exactement ça ». Cette vérité-là est, en somme, une vérité de signature. De même que Cendrars a pu dire, drôlement, de son pseudonyme qu'il était son « nom le plus vrai », ces histoires, qu'elles aient été vécues, entendues ou lues, et toutes réserves faites sur les libertés prises par le conteur avec ses sources, tirent leur singulière vérité d'être appropriées et ajustées à un univers de référence reconnaissable entre tous, celui d'un écrivain dont les lecteurs retrouvent et les gestes et la geste d'écriture. Cette vérité de perspective ne tire ses preuves que d'elle-même : c'est bien du Cendrars. Et qu'importe, à cet égard, que le grand mutilé, pour écrire « Mes chasses », ait surtout chassé dans les souvenirs d'Élisabeth Prévost, comme elle l'a confié, l'essentiel ne tient pas à l'anecdote empruntée mais à la façon qui n'appartient qu'à lui dont il a greffé ces prouesses imaginaires dans un rêve de Brésil dont il a seul les clés.

Tout aussi naïf serait le lecteur qui conclurait à une galéjade ininterrompue. En multipliant, ici ou là, les faux lapsus, les confidences à demi-mot, les figures du secret, Cendrars laisse entendre que cet univers est chiffré. Le monde, il le regarde, pour ainsi dire, d'un œil double, en reporter et en visionnaire. Légende oblige : au fil des rencontres et des voyages, le conteur manifeste l'aisance immédiate d'un citoyen du monde, de plain-pied partout et avec tous, en toutes circonstances, dans tous les milieux et sur tous les continents. Cet amateur de grammaire tupi et de botanique a pratiqué la pêche à la baleine et la chasse aux hommes : un matin dans la Somme, pendant la Grande Guerre, il en avait tiré vingt-sept, « comme on tire le pigeon à Montécarle ». Familier des grandes dames sud-américaines comme des bohèmes de tout calibre, il a deux amis à Pernambouc : Andrea del Sarto et Clemenceau, autrement dit un vieux cordonnier espagnol et un lamantin. Voilà pour le pittoresque. Moins féru d'exotisme pourtant que de cosmopolitisme, si l'on dépouille du moins ce mot de la mondanité qui l'empoisse trop souvent. Las, mais jamais blasé. Et surtout, et que le commandant Jensen ne se méprenne pas sur son compte, il déteste les étiquettes : « *Je voyage, j'écris, mais je ne suis pas un homme de lettres en voyage.* »

Mais s'il n'a pas son pareil pour inventorier la diversité du monde et en célébrer, avec gourmandise, les beautés, le conteur de D'Oultremer à Indigo juge tout aussi indispensable d'en débusquer, à chaque pas, les mystères. Moins pour les percer, sans doute, que pour manifester leur présence jusque dans les vies les plus paisibles. Reporter, donc, mais alors à la Victor Hugo glanant des « *Choses vues* » en visionnaire autant qu'en observateur. Pas d'histoire vraiment vraie qui ne tienne compte de ce qui se dérobe, de ces égarements du sens : l'énigme d'une fleur de l'Orénoque, l'abîme sans fond d'une passion amoureuse, les ombres qui hantent une propriété délaissée du Brésil. Étrange journaliste en vérité qui attire à lui les confessions les plus troublantes et passe, aux yeux d'un « *Amiral* » en plein naufrage amoureux, pour un accoucheur d'âmes ou, dans une fazenda rongée par le malheur, pour une sorte de messie reconnu par une prophétesse aveugle...

Ce confesseur malgré lui en dit plus sur lui-même, cependant, qu'il ne le laisse entendre. Entre les personnages truculents ou pitoyables qui peuplent ses récits et leur interprète, les frontières se brouillent parfois. Dans ces récits, tout prend une allure incertaine de double : de Bento à Logrado s'établit une fraternité de « coronels » autocrates et marqués par le destin, et le conteur se plaît à signaler, par petites touches, la sympathie jusqu'à *l'osmose qu'il porte au commandant Jensen ou, sur un mode plus burlesque, à l'« ambassadeur » comme au « professeur ». Cette circulation incertaine du même et de l'autre tient de la kaléidoscopie, d'autant plus que Cendrars disperse, de texte en texte, une profusion d'indices qui peuvent échapper au premier regard, et même au second, mais restent ainsi conservés, comme en réserve de sens, dans l'attente d'une identification à venir qui entre dans son programme d'écriture. Ces récits de secrets sont également des récits à secrets, comme en témoigne le jeu des dédicaces adressées à « Bee and Bee », en laquelle il est seul alors à pouvoir reconnaître Élisabeth Prévost, à « Thora » que seule la présence, à même enseigne, de Nils Dardel permet d'identifier, ou encore à Claude Popelin, auquel le liait une longue et forte amitié mais si cloisonnée qu'elle avait échappé jusqu'ici à l'attention. De la même manière, s'il se met bien « nominalement en scène », il se garde de préciser que son identité est à facettes.*

Que le commandant Jensen se prénomme Fredrik relève de l'anecdote tant qu'on ignore que Blaise Cendrars est né Frédéric Sauser, ce qu'il se garde bien de rappeler lui-même dans aucun de ses livres, mais cette délégation clandestine d'identité instaure entre l'écrivain et le marin une trouble proximité. Et combien plus oraculaire se révèle, dans ces conditions, la harangue que Maria Candida, l'aveugle inspirée, adresse à ses trois maîtresses, les amies de Cendrars :

— Dona Veridiana, Mère des Noirs, votre Frederico, le martyr, est au ciel et vous protège pour le siècle des siècles ! Dona Maria, vous êtes la plus à plaindre, car votre Frederico se meurt de la poitrine dans les montagnes blanches de l'autre côté des mers ! Priez pour lui ! Mais, vous, ma douce colombe, ô dona Clara, vous êtes la porte de la bénédiction, consolez-vous ! Votre Frederico est mort dans un grand feu [...]. Mais la série des deuils est finie, l'envoûtement qui faisait régner le mal dans notre belle fazenda est dénoué, voici le fils du Soleil, la bénédiction du jour, l'enfant Espérance. Vous portez dans votre sein un petit Frederico qui sera le Père de nos enfants et fera régner la joie dans nos cœurs.

Si l'on ajoute que, dans l'histoire, seuls le premier et le dernier-né de ce quatuor de Frederico portent effectivement ce nom, on entrevoit que cette prolifération du nom caché entre au service d'un mythe personnel de conjuration et de renaissance organisé autour de la figure tutélaire du phénix, ce qui donne au récit de voyage une vocation palingénésique qu'on n'attendait guère.

Ces signes en attente de déchiffrement n'excluent pas un humour privé, comme le montre l'évocation, dans cette fazenda à l'abandon, de cette Raymundinha disparue sans laisser de traces : « Personne n'a jamais plus entendu parler d'elle. Elle a dû être mangée par le loup-garou... » Quant à l'amour deux fois travesti que Jensen porte à une Anglaise déguisée en boy et à un Fé-Lî *qui cache une Felicia, il prend un relief imprévisible quand on s'avise que Féla, la première femme de Cendrars et la mère de ses enfants, quittée en 1917 lorsqu'il avait rencontré Raymone, se nommait en réalité Félicie. Frédéric et Félicie réunis en mer après tant d'années de séparation : drôles de retrouvailles... et dont l'interprétation se dérobe, puisque aussi bien la cicatrice qui coupe en deux le visage de l'Anglaise, du haut en bas, lui collant en quelque sorte un sexe sur le visage comme dans un tableau de Magritte, cette cicatrice « horrible à voir », c'est à Pompon, le double avoué de Raymone, qu'il l'attribuait en 1929, dans* Une nuit dans la forêt...

Dans un univers surdéterminé autant que mouvant, les figures féminines pas plus que les personnages masculins ne prêtent à identification sans reste. Le plus souvent, le jeu des signes ne permet pas une traduction pure et simple. Si les manuscrits de Cendrars permettent de reconnaître Wentzel Hagelstam, un obscur écrivain finnois, sous la figure de « S.E. l'Ambassadeur » Yvon Halmagrano et, par voie de conséquence, la Finlande dans cette « sympathique, mais jeune et toute petite nation de l'Est européen » qu'il se refuse à nommer, c'est par exception car, le plus souvent, les clés sont multiples, certaines sont faussées, et leur trousseau ouvre des portes qui ouvrent sur d'autres portes, qu'on se gardera de refermer sur une vérité figée. Dans ce monde — qu'on nous passe l'expression — de biographèmes mutables et d'autobiographèmes migrateurs, les situations sont en chiasme, les identités empiètent les unes sur les autres, les doubles n'exercent leur métier qu'à temps partiel et les leurres le disputent aux appâts. Mais ce carnaval de signes incite à découvrir, sous le pittoresque des histoires, un laboratoire poétique clandestin et la quête moins affichée de celui qui se peindra, dans L'Homme foudroyé, *en « amant du secret des choses ».*

Les quelques critiques, dans la presse de droite surtout, qui ont accueilli le livre à sa parution, entre fin avril et début mai 1940, se sont montrés plus sensibles à la luxuriance des récits et à l'imagination du conteur qu'aux ruses et aux enjeux d'une écriture à double fond. Certains se contentaient de paraphraser le « Prière d'insérer » rédigé par Jacques-Henry Lévesque en citant, après lui, ces lignes de l'écrivain péruvien Ventura García Calderón :

> Sur les anciennes cartes de notre Amérique on voit un homme bondissant parmi des palmiers verts et des villes dorées et des bêtes de songe. Cet homme ressemble chaque jour davantage à Blaise Cendrars, et le conquistador qui arrive du côté de la mer devrait donner le nom de Cendraria à ce petit coin de terra incognita...

Chacun se réjouissait d'y retrouver un Cendrars tel qu'en sa légende, ce qui rassurait dans une époque troublée. « Quel homme extraordinaire que notre compatriote Blaise Cendrars ! » s'exclame Nemo dans Le

Journal de Genève *en soulignant que « tout vit sous l'œil d'un observateur et continue de vivre dans l'imagination d'un poète ». Dans* La Revue française, *Kléber Haedens taquine le paradoxe complice en soutenant que Cendrars n'est pas un écrivain-voyageur : « Il ne sort jamais de chez lui ; il est chez lui dans le monde entier. » Et Thierry Maulnier, dans* L'Action française, *le lave du soupçon d'exotisme en faisant valoir que le voyage chez lui ne vient pas « suppléer à la pauvreté de l'invention » mais fournit à « son imagination poétique des excitants irremplaçables ». Pour le feuilletoniste de* La Libre Belgique, *« globe-trotter, un rien aventurier, l'auteur n'aime rien tant que découvrir la curiosité, le détail bizarre, le type à part ». Georges Charensol, vieux camarade, se montre particulièrement sensible à « L'Amiral », « drame de la mer et drame psychologique digne de Joseph Conrad », et, tout en renvoyant à la série des « Histoires vraies », ce connaisseur averti se souvient aussi que le titre du volume est « né depuis longtemps dans la tête de Cendrars puisqu'on le trouve à la page de garde de certains livres de lui vieux de quinze ans ». Mais, puisqu'il oublie de le faire, étonnons-nous à sa place d'un aussi long délai.*

Ce délai est plus considérable encore qu'il ne l'indique puisque c'est dès 1918, dans Le Panama, *que « D'Oultremer à Indigo, nouvelles » apparaît « en préparation » pour la première fois. L'annonce resurgira, sans plus d'effet immédiat, dans* Kodak *et* Feuilles de route, *en 1924, puis dans* L'Or *(1925) et*

Moravagine *(1926), avant de disparaître à nouveau jusqu'à la publication du volume. Vingt-deux ans d'incubation ! La genèse pourrait sembler d'une lenteur vraiment majestueuse — s'il s'agissait du même volume. Au fil de ces annonces, en effet, ce ne sont pas moins de* trois projets *en tout point différents qui se sont succédé sous la même étiquette. Seule constante du titre nomade :* D'Oultremer à Indigo *a toujours désigné un recueil de nouvelles. Des états antérieurs du projet, les archives de Cendrars, à Berne, conservent deux plans manuscrits que nous reproduisons à la fin du présent volume, en appendice.*

Le premier de ces plans, daté du 31 janvier 1916, comporte neuf titres associés par strates successives, comme l'attestent l'écheveau des dates, qui s'échelonnent de 1910 à 1926, ainsi que la diversité des encres utilisées. Ces neuf titres, qu'on s'étonnera de voir enrôlés sous la même bannière, ont connu des fortunes fort diverses. Rien ne demeure de « Mamanternelle » — surnom affectueux que Cendrars donnait à Mme Duchâteau, la mère de Raymone —, des « Deux poètes sous l'express », et « Le jeune homme riche » aurait peut-être été associé à Nils de Dardel, si l'on en juge par un poème de huit vers qui porte le même titre et qui lui est dédié. Trois autres projets se réduisent à quelques notes : « Gab's and Tub's » relate, en trois feuillets, la rencontre, pendant la guerre, d'un homme et d'une femme dans un café de la rue de la Gaîté ; s'ensuivent trois nuits d'amour entre ce Tub's et cette Gab's dans laquelle on reconnaît Gaby, un modèle de Montparnasse qui fut la maîtresse de Cendrars en

1916. De « La greffe humaine » ne demeure, hélas, qu'un alléchant descriptif daté d'avril 1925 :

> Histoire du vieux philosophe platonicien qui, pour achever le livre de toute sa vie, se fait greffer des glandes de singe dans son extrême vieillesse. Lui, vierge, devient alors luxurieux, priapique, etc.
> Effet des glandes, des transports amoureux sur sa mentalité qui, elle, n'a pas changé.

Quant à « Notre pain quotidien », Une nuit dans la forêt *et surtout la troisième rhapsodie de* L'Homme foudroyé *souligneront l'importance de ce livre au destin mystérieux, « une chronique romancée de la société parisienne » qui, à certains égards, préfigure curieusement* La Vie mode d'emploi *de Perec, et dont Cendrars aurait déposé anonymement les manuscrits des dix volumes qui le composent « dans les coffres de différentes banques de différents pays de l'Amérique du Sud », avant de jeter les clés desdits coffres en haute mer...*

Du vivier de cette liste sortiront, enfin, deux volumes à part entière, L'Or *(1925) et* Une nuit dans la forêt *(1929). Et si « Les Armoires chinoises » sont restées au secret dans les dossiers de Cendrars, ce récit inachevé et sans doute inachevable est d'une importance unique puisqu'il relate comment, au terme du plus extravagant des voyages initiatiques, l'amputation a ramené le mutilé dans le ventre de sa mère afin de l'y refaçonner pour une seconde naissance.*

C'est ce premier projet, évolutif au gré des ajouts et des publications, qui est annoncé en 1918 et vraisemblablement encore en 1926. Du second projet homonyme, n'est parvenue qu'une table des matières datée du 8 août 1925, et rédigée, à la faveur d'une panne de voiture, à Monnaie (Indre-et-Loire) dans un hôtel tenu par un Lucien Lebleu dont le nom, par association cocasse, a peut-être suscité le retour d'un titre lui-même en panne depuis des années. Sous-titrée « Un air embaumé », cette table laconique comportant onze rubriques établit une correspondance olfactive scabreuse entre les « goguenauds » de l'hôtel et une fosse d'aisance de « Streilka », sans doute la rivière Strelka qui arrose la petite ville de Strelna, près de Saint-Pétersbourg, où le jeune Freddy a séjourné lors de ses deux séjours russes, en 1904-1907 et 1911. C'est au premier de ces deux séjours que renvoie l'« air embaumé » puisqu'il contient une évocation, en tout point exceptionnelle dans son œuvre, du souvenir d'Hélène, son amie laissée là-bas à son retour en Suisse, et même du « suicide de la petite » dont on sait aujourd'hui combien, en 1907, il a marqué en profondeur un jeune homme empêtré dans une relation amoureuse à l'issue tragique. Bien des années plus tard, au-delà de la période des « Histoires vraies », le souvenir de la morte fera retour, en 1948, en se transposant dans la figure d'Elena Ricordi de « Gênes », le récit clé de Bourlinguer.

Sur un feuillet sans date, enfin, figurent sous le titre baladeur, agrémenté du sous-titre « (Tropique — voir dossier) », les deux rubriques suivantes, que rien ne *semble rattacher à l'un des états virtuels ou réels du volume :*

  I. Le Jeune Homme des Îles Canaries
 II. Dédé, l'Insaisissable (Histoire de David)

Au demeurant, aucun des projets abandonnés ne saurait préfigurer la formule des « Histoires vraies », intimement liée au journalisme. L'aventure de D'Oultremer à Indigo *fait irrésistiblement songer à celle du vaisseau Argo qui emportait Jason et les Argonautes vers leurs conquêtes, et qui ravissait Barthes parce qu'il voyait en lui l'objet structural par excellence : à force de remplacer chaque pièce usagée, de substitution en substitution, du vaisseau originel n'était resté que le nom. Cette priorité effrontée du titre sur le texte, poussée jusqu'à son point le plus arbitraire, confirme ce que Cendrars confiait à Michel Manoll dans leurs entretiens radiophoniques : « Généralement je démarre sur un titre. Je trouve d'abord le titre », mais l'incubation peut être très longue : « Quand j'ai mon titre, je me mets à rêvasser. Les choses se tassent. Il se produit une cristallisation consciente et inconsciente », et il ajoute : « Cela peut durer des années. » Et, du titre au texte, il y a parfois loin, en effet, comme le fait voir* D'Oultremer à Indigo *qui pousse à l'extrême cette méthode de rumination créatrice. Titre cherche texte. Visiblement, Cendrars a été séduit par la magie autonome de cette formule, qui sonne comme une injonction, un mot d'ordre ou une devise. Elle cognait à la vitre, aurait pu dire Breton, bien avant tout projet constitué, si ce n'est celui d'un recueil de nouvelles, suscité sans doute par ce titre en forme de trajet. Un titre à la mer...*

Par sa facture, D'Oultremer à Indigo *devance et annonce le fameux* Du monde entier au cœur du monde *sous lequel Cendrars réunira ses poésies complètes tout en portant à l'affiche la place que tiennent le mouvement et la quête qui oriente celui-ci dans son imaginaire. Mais le trajet est ici à peine perceptible, presque immobile, et ce voyage monochrome navigue d'une nuance de bleu à l'autre. Du bleu le plus sombre au — juste un peu — moins soutenu. Du bleu euphorique gros de tous les ailleurs, porteur de démesure, qui invite au voyage —* l'*oultremer, avec ce* l *à l'ancienne qui salue la grande époque des conquistadores —, à celui qui lui donne corps et destination, cet* indigo — le bleu de Gênes — *qui vous achemine déjà sur la route des Indes. De la pierre tutélaire — le lapislazuli — à la plante colorante, du bleu de mer — découvert sur un* Blue-Star — *au « ciel bleu perroquet du Brésil », des « lumières bleues de Paris » aux « draps d'un beau bleu tendre » qui y reçoivent Bento, du « grand papillon bleu » au serpent d'un « gris-bleu pâle » qui émerveillent ou menacent le chasseur, des montagnes bleues de Pernambouc au lac « trop bleu » qui lui réserve —* Bee and Bee... — *les dix mille piqûres de ses abeilles sauvages, de la fleur changeante de l'Orénoque aux yeux bleus du poète, du* blues *qui guette le voyageur au désarroi qui le fait chavirer quand il n'y voit plus que du bleu, toutes les richesses et toutes les détresses du monde se conjuguent dans cette*

« *envolée dans le bleu* ». *Malgré l'outrance de certains portraits (Halmagrano, Bento, le Professeur) qui permettent à Cendrars de faire du Cendrars et donc de s'acquitter, quoi qu'il en ait, des devoirs de sa légende, l'ordre de la variation l'emporte ici sur celui des contrastes, pourtant chers au poète du* Transsibérien.

*Un désir de parcours a précédé, en somme, tout itinéraire. Toute une thématique s'est cristallisée, peu à peu, autour du titre-rameau : la mer et les voyages en bateau, bien discrets dans les projets de 1916 et 1925 ; le bleu dont la déclinaison subtile, qu'on peut suivre de récit en récit, assure au recueil une cohérence inconnue des deux premiers volumes d'*Histoires vraies *; le Brésil, bien sûr, qu'attendaient l'oultremer et l'indigo pour prendre texte, mais que le voyageur ne découvrira qu'en 1924 et qu'il célèbre ici, avec un éclat plus voilé toutefois que d'habitude ; et, plus discrètement, au point qu'il risque de passer inaperçu, le monde nordique qui constitue l'autre grand pôle du volume et permet ainsi de dessiner en lui une trajectoire.*

Contrairement aux apparences, en effet, D'Oultremer à Indigo *est moins un livre « brésilien » qu'un livre de l'entre-deux-mondes, écartelé entre le Nord et le Sud, et qui, faisant périple de ses oscillations, conduira le lecteur de Paris à Paris. Tant de bourlingue dissimule, peut-être, un voyage sur place. Un voyage impossible. C'est à Paris que Cendrars, qui tient les deux bouts de la chaîne, retrouve son « coronel » brésilien et rencontre son professeur suédois, lui-même en très scandinave compagnie dans le livre, près d'un*

commandant danois, de campagnes de pêche norvé-
giennes, de deux dédicataires suédois, Nils et Thora de
Dardel, témoins et acteurs des Ballets suédois de Rolf de
Maré, avec lesquels Cendrars collabora en 1923 pour le
ballet de La Création du monde. *Sans oublier cet*
improbable Halmagrano dans lequel se niche un Fin-
landais. De Paris évidemment.

Cette absence signalée de la Finlande, soulignée par
son occultation même, en ouverture du recueil, donne à
songer. Le « voyage dans le bleu » auquel nous convie
Cendrars, qui devait servir de prélude à un voyage au
bout du monde en partance de Finlande, justement, s'il
s'était substitué à lui ? Dernier avatar de ce titre décidément nomade : c'est peut-être le fantôme du voyage
impossible qui, d'un récit à l'autre, hante le recueil. Sa
maquette dérisoire. De là, peut-être aussi, cette mélancolie, ce cafard, dont le conteur se dit plusieurs fois victime. La renaissance n'a pas eu lieu, ne pouvait avoir
lieu sous le règne du simulacre amoureux et du plagiat
de ses propres rites. La plus complexe et sans doute la
plus intime des nouvelles de ce volume d'Oultremort,
« L'Amiral », est aussi la plus désespérante.

Réveillant un jeu dada, la revue Opéra avait
demandé à quelques écrivains de rédiger leur épitaphe.
On était en 1951. L'époque des « Histoires vraies »
était bien loin désormais, même si Trop c'est trop,
quelques années plus tard, hors saison, en recueillerait
encore quelques-unes. Cendrars venait d'achever la
tétralogie — comme disait avec malice son ami t'Sers-

tevens — *qui avait réconcilié le poète avec le phénix et la poésie. En guise de réponse, il avait envoyé un petit poème, un poème à la mer. L'adressait-il au Lecteur inconnu de* D'Oultremer à Indigo *? Il y fixait, d'une épitaphe, la destination secrète de ce voyage dans le bleu, avec sa drôle d'histoire de baleine :*

> Là-bas gît
> Blaise Cendrars
> Par latitude zéro
> Deux ou trois dixièmes sud
> Une, deux, trois douzaines de degrés
> Longitude ouest
> Dans le ventre d'un cachalot
> Dans un grand cuveau d'indigo.

CLAUDE LEROY

Merci, pour la part qui leur revient dans la préparation de cette édition, à : Mmes *Miriam Cendrars, Claude Popelin et Hedwig Vincenot, conservateur à la Bibliothèque nordique de Paris, ainsi qu'à Maria Teresa de Freitas, Jean-Carlo Flückiger, Marius Michaud et Frédéric Jacques Temple, poète, ami du poète et ami des amis du poète.*

D'OULTREMER
À INDIGO

S. E. L'AMBASSADEUR[a]

à Nils de Dardel[b]

I

C'est une histoire courte, mais une histoire très délicate à raconter car je ne voudrais froisser personne et surtout pas froisser, dans leur sentiment patriotique, les habitants de la sympathique, mais jeune et toute petite nation de l'Est européen, dont mon défunt ami était le chargé d'affaires à Paris, à partir de fin 1917 et avant même que cette nouvelle nation ne fût universellement entérinée. Pour rien au monde je ne voudrais avoir l'air de me moquer de qui que ce soit. Je vais raconter la chose telle qu'elle est arrivée, sans rien exagérer, mais sans rien cacher, aussi drolatique, ou macabre, ou invraisemblable que la mort de mon ami, qui aurait été le premier à en rire dans les mêmes circonstances, puisse paraître à certains, me bornant à situer dans le Sud ce qui s'est passé dans le Nord, à l'Est ce qui est arrivé à l'Ouest, et vice versa, et camouflant, comme toujours dans mes

Histoires Vraies, le nom du personnage, mais me mettant nominalement en scène pour garantir l'authenticité de mon récit. Néanmoins, malgré l'habitude que j'en ai, cette fois-ci je suis gêné, et d'autant plus gêné que d'autres, qui connaissent cette histoire, n'en ont jamais rien dit. Starem..., bon, voilà que j'allais écrire son nom !... Bref, mon défunt ami, lui, se serait glorifié des circonstances qui accompagnèrent sa mort comme de tout ce qui lui est arrivé dans la vie, car c'était un vantard et un ivrogne. C'est, d'ailleurs, une histoire d'ivrogne que je vais raconter, car, avant d'être bombardé ambassadeur, Halmagrano, appelons-le Yvon Halmagrano[a], voulez-vous, qui est un nom qui rejoint l'Est européen à l'Ouest (son pays, je le situerai ou ne le situerai pas par la suite), était, avant tout, un bohème, et seuls des événements aussi exceptionnels que ceux qui précipitèrent la fin de la dernière guerre purent arracher ce vieux Montparno à la terrasse des cafés qu'il hantait depuis un demi-siècle déjà pour en faire, bien malgré lui, je vous prie de le croire, un personnage officiel. Je n'ai donc aucune arrière-pensée ni ne mets aucune intention de satire ou de moquerie dans ce récit et je ne voudrais surtout pas que l'on m'accuse de manque de déférence ou de respect à la mémoire d'un diplomate ami. J'ai le goût de la vérité, aussi irrespectueuse qu'elle puisse paraître, et comment pourrais-je manquer à la mémoire d'un ami que j'ai fréquenté durant quarante ans, avec qui j'ai bu, souvent beaucoup trop bu, il est vrai, et qui m'a toujours amusé ? Halmagrano était un bon vivant qui ne prenait pas grand-chose au sérieux, et surtout pas les gens. Il se hâtait de rire de tout, et surtout de lui-même et de ses quatorze divorces qu'il narrait d'une façon inénarrable, buvant, trinquant à la santé de ses ex-épouses et de la future que présentement il courtisait, si bien que personne n'aurait pu dire, et surtout pas la fiancée qu'il allait mener le lendemain à l'autel et par-devant monsieur le maire, s'il était sérieux ou s'il plaisantait. Parlant dernièrement de lui avec son successeur à Paris et m'étant dans la conversation permis d'insinuer, Dieu sait avec quels scrupules, qu'Yvon Halmagrano avait brûlé la chandelle par les deux bouts...

— Par les deux bouts, vous pouvez le dire, Monsieur ! s'écria le nouvel ambassadeur. Par les deux bouts et même par le milieu !...

Halmagrano... Qui se souvient aujourd'hui de lui à Montparnasse ?

Enfant, je l'avais connu chez ma mère, où il fréquentait, avec d'autres artistes et musiciens, dont un pianiste qui est devenu fameux et même chef d'État, le grand, le génial Paderewsky. Halmagrano accompagnait ma mère sur la flûte. Il était long, maigre, gai, fantaisiste, blagueur, avec une chevelure à la Paganini. Déjà personne ne le prenait au sérieux. Puis, ma mère morte et avec la vie de vagabondage que je menais avant la Grande Guerre, je l'avais perdu de vue pour le retrouver, fin 1917, attablé à une terrasse de Montparnasse.

C'était un vieil homme, gros, hilare, au teint fleuri, déboutonné et assez cynique, un enragé noctambule. Ses boucles étaient maintenant grises. Mais il avait toujours ses yeux diaboliques et extra-ordinairement moqueurs. C'est, d'ailleurs, à ça que je l'avais reconnu.

II

En 1917, nous étions toute une bande de copains qui redescendions du front avec une soif inextinguible. Chose curieuse, les cafés étaient pleins et nous rencontrions partout d'autres bandes qui, comme la nôtre, cassaient les verres dans les établissements de Montparnasse, assié-geaient les comptoirs et les bistros et protestaient avec véhémence quand, à neuf heures et demie, à l'heure réglementaire de la fermeture des lieux publics durant la guerre, on nous mettait à la porte. Alors, les bandes se mêlaient, car nous nous retrouvions tous sur le trottoir, chacun se deman-dant où aller continuer boire de compagnie et où passer et finir la nuit. L'un vous menait dans une boulangerie de la rue de la Gaieté où l'on vous ser-vait, dans le sous-sol, du calvados plein des grands verres et des tasses ; un autre, dans l'arrière-bou-tique d'une modiste où l'on pouvait déguster une mauvaise fine et boire jusqu'à non-soif du gros rouge et de la bière. On ne savait jamais qui payait, mais le fait est qu'il y avait toujours quelqu'un qui payait, qui payait pour toute la bande et, sauf scandale ou tapage nocturne, il était bien rare qu'on échouât au commissariat. Encore, on se décidait tout à coup à aller faire la bombe et c'était une expédition à travers le triste Paris en état de siège et aux lumières bleues, voilées, endeuillées, joyeuse équipée qui se terminait dans un atelier du quartier ou chez un bourgeois que personne ne connaissait, qui nous menait chez lui aussi loin que, par exemple, certaine nuit, le fin bout de l'avenue Henri-Martin, d'où l'on rentrait par le premier métro pour retourner boire à Montparnasse.

Faire la bombe consistait à piller la Rotonde du père Libion. À l'heure de la fermeture on faisait main basse sur les bouteilles et l'on s'entassait à dix dans un taxi, qui démarrait derrière un autre taxi, qui suivait son prédécesseur. Au fond, personne ne savait au juste où l'on allait dans ce cortège qui se composait souvent, comme un enterrement, d'une dizaine de voitures, et quand les chauffeurs râlaient par trop, à un certain moment, c'était souvent le taxi de queue qui prenait la tête pour nous entraîner tous derrière lui. Comme je l'ai dit plus haut, on débarquait à cent dans un atelier du quartier ou chez un grand bourgeois et personne ne savait chez qui l'on était. Nous ne nous connaissions même pas entre nous, mais nous rigolions, chacun sortant de ses poches ou de des-

sous son manteau le produit du pillage de la
Rotonde, des bouteilles, des boîtes de conserve et
de camembert, des saucissons, des pains, un jam-
bon entier, et encore des bouteilles au milieu des
rires et des applaudissements, et nous nous met-
tions à boire et à festoyer. Il n'était pas rare de voir
arriver des retardataires qui nous avaient pistés à
travers Paris, et, une fois, au beau milieu d'une
orgie, deux copains nous amenèrent le père Libion
en personne, qu'ils avaient enlevé de derrière son
comptoir au moment de la fermeture !

Et c'est ainsi que, une nuit de grande soif, j'avais
rencontré Halmagrano attablé à Montparnasse.

— Hé, petit ! m'avait-il interpellé. Viens
t'asseoir et viens boire !

Il me présenta à ses compagnons, des Scandinaves, et à sa compagne, une belle femme blonde
et potelée. Je ne sais plus si c'était sa dernière ou
son avant-dernière fiancée, mais comme toutes
celles qui l'avaient précédée, c'était une cantatrice,
Halmagrano n'ayant fait sa vie durant qu'aimer
des chanteuses.

Nous bûmes, et comme cela arrivait souvent à
cette folle époque où les gens les moins faits pour
s'entendre s'acoquinaient devant un verre à Montparnasse et n'arrivaient plus à se séparer, nous
bûmes durant huit jours, sans nous quitter, traînant d'une terrasse à l'autre, traversant de temps à
autre la chaussée pour aller boire dans les cafés
d'en face, passant la nuit dans des boîtes clandestines du quartier des Halles, dont Halmagrano

connaissait le mot de passe, mais revenant le matin nous installer à Montparnasse, aux mêmes tables, aux mêmes terrasses, dans les mêmes cafés, boire et reboire les mêmes choses, entourés des mêmes bandes d'ivrognes aperçus la veille, et l'avant-veille, et depuis huit jours, tous les soirs, et qui, comme nous, étaient encore là. On finissait par fraterniser et par se connaître, tout au moins de vue.

Quelle drôle d'époque ! Mais quel drôle de milieu, où personne ne voulait rentrer chez soi, les femmes parce que leur homme était au front et leur lit désert, les filles parce qu'elles étaient à la maison dans les cafés de Montparnasse, les jeunes filles de bonne famille parce qu'elles profitaient de la guerre pour s'émanciper, nous autres, les revenus du front, parce que nous n'avions plus l'habitude de nous mettre au lit, ceux qui n'avaient pas fait la guerre parce qu'ils avaient honte de leur solitude, les embusqués pour avoir l'occasion de se frotter à ceux retour du front, les étrangers alliés ou les neutres, comme les amis de Halmagrano, pour faire Français, et Halmagrano, lui-même, parce qu'il était un vieux bohème et qu'il n'avait pas attendu la guerre pour découvrir Montparnasse.

Au fait, avait-il seulement un domicile à l'époque ? Je me permets d'en douter. Ce n'est qu'un peu plus tard que je lui en ai connu un, comme on va voir, rue de la Paix, à l'*Hôtel des Iles Britanniques*.

En tout cas, il avait les poches pleines d'argent.

III

Les nuits insensées de Montparnasse continuaient, agrémentées parfois d'un raid de Zeppelin ou des obus de la grosse Bertha, et la vie de cette fantastique bohème s'ébruitait, chacun ayant sa célébrité, ce qui attirait de nouvelles et de nouvelles fournées de gens dans les cafés de Montparnasse, des gens venant de tous les milieux. Néanmoins, cela s'organisait. Les anciens serraient les coudes autour des plus fameux guéridons, on faisait table à part, des couples s'isolaient, d'autres disparaissaient, des enfants venaient au monde, cependant que notre front continuait son traintrain de guerre et que le front russe s'effondrait coup sur coup, remplissant les journaux de nouvelles sensationnelles, dont la formation de nouveaux États qui proclamaient leur indépendance et dont pays ennemis et pays alliés s'empressaient de reconnaître la nouvelle nationalité pour les entraîner chacun dans son orbite ou sa zone d'influence.

Et c'est ainsi qu'un beau matin Halmagrano, oui, Yvon Halmagrano, ce vieux farceur de Halmagrano, fut nommé chargé d'affaires de son pays à Paris, un tout petit pays qui comptait fort peu de ses ressortissants en France, mais dont lui, ce rigolo, était le seul intellectuel et le doyen à Paris. Cette nouvelle éclata comme une bombe à Montparnasse et les Montparnos n'en revenaient pas, bien que Lénine, déjà, fût sorti de leurs rangs ; mais, Lénine, en somme, personne ne l'avait fréquenté à Montparnasse, c'était un sauvage de l'avenue d'Orléans, tandis que ce joyeux bohème de Halmagrano tout le monde l'avait vu, tout le monde le tutoyait, tout le monde connaissait l'histoire de ses divorces et de ses remariages.

J'allais regretter la nomination du nouvel ambassadeur, pensant bien que, une fois dans les honneurs, mon vieil et pittoresque ami ne hanterait plus les terrasses du quartier, quand je reçus de lui un carton gravé aux armes du nouvel État et de la République Française m'invitant à un banquet commémoratif pour célébrer la constitution de son pays et sa propre nomination.

Le banquet eut lieu au Palais d'Orsay et j'avoue que Halmagrano fit fort bien les choses et que, en officiel, solennel et discoureur, le vieux pochard avait grande mine. Mais je ne veux retenir de cette cérémonie que le fait suivant : Madame l'Ambassadrice (c'était la blonde qu'il m'avait présentée à Montparnasse, la cantatrice) nous chanta la *Marseillaise* en français, en anglais, en italien, en portugais, en japonais, bref dans toutes les langues des pays alliés, puis, comme elle était, je crois, Scandinave, en suédois, en norvégien, en finlandais, en danois, et, comme elle était en veine de rendre hommage aux pays neutres, elle chanta encore la

Marseillaise en luxembourgeois et en suisse-alle-
mand, et, comme Mme Halmagrano était toujours
en forme et avait du souffle, pour rendre un particulier hommage aux nouvelles nations dont nous
célébrions l'indépendance de l'une d'elles, à pleine
voix, alors que nous pensions tous qu'elle en avait
fini, elle nous abasourdit d'une *Marseillaise* balte,
d'une polonaise, d'une lituanienne, d'une esto-
nienne, d'une ukrainienne, d'une roumaine, etc.
etc., puis encore, d'une dernière *Marseillaise* en
français et chantée en chœur en l'honneur de la
Belgique martyre.

La cantatrice eut un joli succès, mais après la
cérémonie, l'ayant déposée à sa porte, rue des
Eaux, à Passy, Halmagrano me dit dans le taxi qui
s'éloignait :

— Qu'en dis-tu, petit, elle a une belle voix,
hein ? Mais, moi, je divorce une fois de plus. Décidément, je n'ai pas de chance avec les chanteuses.
Hilda était fière d'être ambassadrice. Nous étions
mariés de ce matin. Tant pis ! Allons boire un
verre à l'ambassade.

Nous en bûmes un, nous en bûmes deux, nous
bûmes toute la nuit, et comme l'ambassade n'était
pas astreinte à l'heure réglementaire de police et
était toujours ouverte pour moi, je pris peu à peu
l'habitude d'y venir boire toutes les nuits, seul ou
en compagnie.

IV

L'ambassade était sise rue de la Paix, à l'*Hôtel des Iles Britanniques* dont Halmagrano avait eu l'idée saugrenue de louer l'entresol, un entresol très parisien, meublé surtout de miroirs et très bas de plafond. Le restant de l'hôtel était occupé par des troupes de danseuses, les *Ballets Russes* de Diaghilew y étaient descendus au printemps et, plus tard, vinrent y séjourner les *Ballets Suédois* de Rolf de Maré.

Je pouvais venir à n'importe quelle heure du jour ou de la nuit à l'ambassade, toujours j'y trouvais à boire. On s'installait dans la pièce du fond avec des amis, et l'on ouvrait les caisses et l'on débouchait les bouteilles de champagne. Quand Halmagrano, tout à de nouvelles amours, n'y était pas, c'était Manya, la dactylo de l'ambassade, qui nous recevait.

Manya se tenait à l'entrée, dans une toute petite pièce, à une toute petite table où elle tapait, en cherchant ses lettres, d'un doigt maladroit sur sa machine à écrire. C'était une personne encombrante, une ancienne chanteuse qui avait eu des malheurs et que Halmagrano avait recueillie ; debout, sa tête touchait presque le plafond ; mais c'était une bonne fille, serviable, qui nous allumait nos cigares et nous préparait sans se décourager des plats de *zakouskis* variés. Elle était nordique, je ne sais de quelle nationalité au juste ; elle était calme et froide, impassible, insensible, et aucun de nos écarts de langage, même la plus ardente des déclarations, n'a jamais réussi à la troubler. Je me demande même si elle comprenait nos rires, nos propos, nos histoires d'ivrognes. Jamais je ne l'ai vue sourire ou s'effaroucher. Elle parlait un français approximatif. À la longue nous ne faisions pas plus attention à elle que si elle n'avait pas existé ou que si nous avions eu affaire à une idiote, tellement elle était innocente et bête.

Une nuit, — cela faisait déjà quelque temps que je n'étais pas venu rue de la Paix — je la trouvai seule à l'ambassade. Un paquet était ouvert à ses pieds et elle tapait de son gros doigt malhabile la lettre d'envoi, énumérant son contenu avant de sceller la « valise » qui contenait des livres, des liasses de papiers, une boite de cigares, des photos sous un élastique. C'était un long inventaire...

— Alors, Manya, vous êtes très occupée ?
— Oui.
— L'ambassadeur n'est pas là ?
— Non.
— Je puis aller boire ?
— Oui.
— Et vous avez préparé des hors-d'œuvre, vous savez de ceux qu'Érik Satie aime tant, à la viande de renne fumée ?
— Il y en a.

— Merci. Et vous ne voulez pas venir boire un verre avec moi ? Je m'ennuie tout seul.

— Je n'ai pas soif.

— C'est le courrier que vous tapez là ?

— Oui.

— C'est si pressé ?

— Oui.

— Allons, venez boire, Manya.

— Je ne peux pas.

— Et pourquoi ?

— J'ai du chagrin.

— Comment, Manya, vous avez du chagrin et vous ne me le dites pas ! Qu'est-ce qui ne va pas, mon petit coco ?

— Je ne peux pas le dire.

— Et pourquoi ?

— Ça m'étrangle.

— Voyons, ne pleurez pas, qu'est-ce qu'il y a ?

— Son... Excellence... est... morte ! me déclara Manya en ravalant ses larmes.

— Quoi, Halmagrano ?...

— Hm... Vous... vous voulez le voir ?...

Et Manya, s'essuyant les yeux d'une main, se pencha, fouilla dans la « valise » en m'expliquant :

— Ce sont ses affaires que je renvoie dans son pays comme il me l'avait recommandé... Ses papiers personnels... les photographies de ses épouses... des livres, des lettres... Son Excellence est morte de congestion... un coup d'apoplexie... il y a trois jours... Selon sa volonté je l'ai fait incinérer ce matin et, ce soir, je le leur renvoie... Vous voulez le voir ?... Tenez, le voici.

Et Manya ouvrit sur la petite table, parmi ses papiers, la boîte de cigares qui contenait des cendres... les cendres de Halmagrano...

— Ce pauvre monsieur, pleurait-elle. Lui qui aimait tant la joyeuse compagnie, il est mort tout seul, d'un seul coup, je n'ai pu prévenir personne, je n'avais pas les adresses de ses amis, car, vous autres, on ne sait même pas qui vous êtes. Depuis trois jours, je suis seule à m'occuper de lui. Dites, vous, vous ne voudriez pas m'aider, me dicter la lettre de faire-part, je n'ai pas une idée et ce n'est pas un métier pour une femme quand il arrive des choses pareilles ? Vous voulez bien ? Je vous écoute. Mais ne dictez pas trop vite...

LE « CORONEL » BENTO[a]

à Claude Popelin[b]

I

Bien souvent je me suis dit que j'aurais dû noter toutes les jolies choses que j'ai entendues dans la bouche d'étrangers découvrant, subissant le charme de Paris. Une des plus jolies m'a été dite par le « coronel » Bento[a] à qui j'avais demandé ce qu'il pensait de Paris et qui me répondit :

— Paris ? Mais, mon cher, j'ai l'impression que Paris est toujours en fête.

— Comment ça, en fête, coronel ?

— Eh ! mon Dieu, oui. Quand je remonte à pied les Champs-Élysées ou que je flâne sur les boulevards et que je contemple le double flot des voitures, les unes se rendant à la fête, les autres revenant de la fête, j'ai le regret d'être un étranger à Paris et de ne connaître personne qui m'invite à cette fête qui se donne quelque part en ville, dans une maison remplie d'amis qui s'amusent, maison

que je n'ai jamais pu trouver, aussi loin que je sois
allé en ville, loin à me perdre.

II

Je dois dire que le « coronel » Bento arrivait de
Mato-Grosso. C'était un costaud, un dur. Durant
douze ans il avait administré, pour le compte de
bons amis à moi, un ranch d'élevage, régnant selon
son bon plaisir sur une zone de forêt un peu plus
étendue que la Suisse, sur quelque deux cents têtes
brûlées, sur 60 à 80 000 têtes de bétail à demi
sauvage, sur quelques aldées d'Indiens sises aux
confins de la civilisation, là où les chasseurs, les
trappeurs, les chercheurs d'or et de diamants qui
s'enfoncent pour trois, cinq ou sept ans en forêt,
séjournent encore huit jours et font la bombe, bref,
claquent leur argent, tout ce qui leur reste en
bonne et en fausse monnaie qui ont également
cours chez les trafiquants syriens des derniers bara-
quements, qui tiennent femmes, bouteilles, cartes,
tables de jeu et l'ultime boutique de traite où se
ravitailler en poudre, balles, armes, harnache-
ments, boîtes de conserve, cordons de tabac, ama-
dou, bidons d'alcool, ou échanger une mule
boiteuse, acheter une pirogue, engager un « cama-
rada » guide ou pisteur, trouver et partir avec un

bon copain ou un associé, comme vous, un enfant perdu.

Comme toujours, quand un homme simple jouit d'une trop grande autorité, il a tendance de verser dans l'absolutisme. C'est ce qui était arrivé à Bento durant sa dictature de douze ans dans cette région perdue de Mato-Grosso, et comme le bruit était arrivé dans la capitale que le « coronel » exagérait dans la manière forte, ses patrons, mes amis brésiliens, l'avaient envoyé faire un tour en Europe, histoire de lui changer les idées et de laisser s'oublier à Cuyaba certains épisodes de politique locale où Bento avait joué un trop grand rôle, s'était compromis en tyrannisant les électeurs et en prenant les urnes d'assaut, risquait de se faire assassiner, — et c'est ainsi que l'on m'avait prié de m'occuper un peu de ce fier-à-bras, non pas pour l'éduquer, mais pour lui éviter d'avoir des ennuis ou de faire trop de tapage à Paris.

III

Je lui avais retenu une chambre au *Grand-Hôtel*, place de l'Opéra.

Le soir de son arrivée, cet homme qui depuis douze ans couchait dans un hamac, en forêt, comme s'il était encore dans la brousse natale entreprit de vider les meubles de sa chambre et de les pousser dans le couloir. Puis, sous les yeux du personnel du palace parisien accouru pour le voir faire, il tendit un hamac de plumes indiennes en travers de sa chambre, se mit tout nu, arracha avec son long couteau de débrousseur quelques lamelles du parquet, les mit en croix, battit le briquet pour les enflammer et s'étendit tranquillement dans son hamac, les pieds sur son feu de bois, comme cela se pratique en forêt et est d'usage pour se protéger des moustiques, des rhumatismes et des mauvais esprits.

La suite, je la tiens de sa bouche même :

— Je me suis réveillé de bon matin, mon bon ami, car à Mato-Grosso on se réveille avec le chant des oiseaux, c'est-à-dire un quart d'heure avant l'aube, et c'est ainsi que de ma fenêtre j'ai vu s'éveiller Paris. C'est un drôle de spectacle dont on n'a aucune idée chez nous, et ils ne voudront pas me croire, mes compères, quand je leur raconterai ça, et qu'il n'y a pas d'oiseaux à Paris, et comment les premières bêtes qui passent ne vont pas à l'abreuvoir ou au marigot, mais sont tout au contraire des espèces de machines qui font de l'eau. Oh ! qu'elles sont curieuses vos arroseuses municipales, haut perchées sur leurs roues, quand elles tournent en rond, comme folles, place de l'Opéra, comme des vilains insectes à la surface d'une mare. Oh ! Paris, c'est à ne pas croire ce que j'y ai vu, de mes yeux vu !...

IV

Quand j'arrivai ce premier matin au *Grand-Hôtel* voir comment s'était passée la première nuit parisienne de mon « sauvage », on me pria de bien vouloir passer à la direction. La matinée n'était pas encore écoulée et déjà « l'homme des bois » avait eu affaire à la police.

L'incident n'était pas grave, mais est tellement typique de la mentalité d'un primitif évolué que je laisse encore la parole au « coronel » pour exposer la chose :

— Hé, mon cher ami, ce matin, je m'étais mis à ma fenêtre pour regarder Paris. J'étais bien. J'avais installé un sac d'oranges à côté de moi et je mordais dans mes oranges, assis sur le rebord de la fenêtre, les pieds dans le vide. Je ne pensais à rien, mais j'étais content d'être là, à cette fenêtre, au sixième étage, et de regarder en bas, et de cracher la pelure et les pépins dans la rue. Te voilà donc à Paris, tu en as de la veine, mon vieux Bento, que je me disais en mangeant mes oranges, des belles oranges achetées l'avant-veille à Lisbonne, tout un sac que j'avais fourré dans le Sud-Express. Et à force de me réjouir d'être là, je me disais encore : Si tu as vraiment toute la veine que tu mérites, sûr que tu vas la rencontrer Sarah Bernhardt, mon vieux Bento, et alors, tu pourras t'en retourner chez toi et faire le malin, car si tout le monde en parle, on peut les compter sur les doigts d'une seule main, au Brésil, les hommes qui ont eu la chance de la voir passer, la grande Sarah Bernhardt[a] !...

— Alors, vous l'avez vue, coronel ?

— Mais non, on ne m'en a pas laissé le temps !

— Comment ça ?

— Eh bien, voilà. J'étais à ma fenêtre et je me réjouissais comme un singe de manger de si bonnes oranges, quand je remarquai tout à coup que la place de l'Opéra se remplissait de monde. Immédiatement je me dis que la grande Sarah Bernhardt allait passer ! Mais si la place était noire de monde, tout le monde avait le nez en l'air. Alors, je me suis dit que ce n'était pas Sarah, mais mon grand, mon illustre compatriote, le fameux Santos-Dumont qui allait passer en l'air puisque tout le monde regardait en l'air, et je me réjouissais encore plus, car je n'ai jamais vu d'avion et qu'il y a longtemps que j'ai envie de voir voler un de ces oiseaux que l'on m'a dit être plus lourds que l'air et qui ne tombent pas grâce à une formidable machine, invisible, mais qui fait un bruit de tonnerre et qui les tient collés au ciel comme la foudre la nuée. Enfin, j'allais voir de mes yeux un véritable prodige. Il faut venir à Paris pour voir ça, me disais-je, et je me cramponnais à la croisée, et le corps suspendu dans le vide, les pieds arc-boutés contre la façade de l'hôtel, rongeant toujours une orange, mais au risque de me démantibuler la tête, je cherchais dans le ciel la venue de mon glorieux compatriote. Et voilà que la police fait irruption dans ma chambre et qu'un officier m'a fait rentrer...

Ce cher Bento ! Il attendait Santos-Dumont et Sarah Bernhardt et il n'a jamais voulu comprendre que les badauds ameutés sur la place criaient au fou et que c'était lui que l'on regardait d'en bas, lui, l'homme nu qui mangeait des oranges à une fenêtre du *Grand-Hôtel* et qui faisait de l'acrobatie de singe à un sixième étage, place de l'Opéra ! Quant à Santos-Dumont et à Sarah Bernhardt cela faisait déjà des années qu'ils étaient morts ; mais Bento n'a jamais pu en convenir, tellement sa foi, sa bonne foi, était grande et immense son sot orgueil. Ah ! quel entêté !

V

Durant les six mois qu'il resta à Paris, Bento allait trois fois par jour, très régulièrement, rue du Hanovre, le matin, l'après-midi et de dix heures du soir à minuit.

— Pourquoi y allez-vous le matin, coronel ? lui demandai-je.

— Pour la santé.

— Et l'après-midi ?

— Pour la distraction.

— Et le soir ?

— Pour les manières.

— Quelles manières, coronel ?

— Oh, vous le savez bien, voyons. Les belles manières de Paris.

— Ah !

— Oh, oui. Vous savez, chez nous, à Mato-Grosso, l'amour c'est comme cela... (et se frappant de la main gauche sur le biceps, Bento faisait se balancer son avant-bras, le poing droit dressé en l'air). Et, à Paris, l'amour c'est comme ceci... (et Bento, réunissant ses dix doigts en cul de poule devant la bouche, se bécotait rapidement l'extrême bout des doigts).

Quelques années plus tard, je lui ai vu répéter cette mimique suggestive devant un cercle de chasseurs, de vaqueiros, de muletiers qui l'écoutaient bouche bée.

C'était au fin fond du Brésil, chez lui.

Assis, autour d'un feu, en plein air, buvant le maté, les hommes de la fazenda écoutaient leur chef leur raconter pour la centième fois son séjour à Paris et leur énumérer par le menu les délices des maisons d'illusion et les charmes de leurs pensionnaires : « ... vous ne me croirez peut-être pas, hein, les gars, mais rue du Hanovre, où j'avais mes grandes et mes petites entrées, ces dames ont une dame secrétaire à leur disposition, oui, une dame qui a de l'instruction et qui écrit ! C'était une grande et belle personne, fort distinguée, qui arrivait tous les soirs entre dix heures et minuit. Quand elle était là, au milieu des filles maquillées, aguichantes et

nues sous leur déshabillé en soie de couleur trans-
parente, elle, toute revêtue de noir dans une
longue robe au col montant, et qu'elle prenait en
main un petit carnet en maroquin rouge, suspendu
à une longue chaîne d'or qui lui tombait du cou et
lui barrait deux, trois fois la poitrine, qu'elle avait
opulente, et qu'elle notait dans son mignon petit
carnet les desiderata des filles, et qu'elle les répri-
mandait, et leur enseignait les belles manières de
Paris, et qu'elle les mettait à l'amende pour telle
ou telle peccadille, j'en avais chaque fois le souffle
coupé d'admiration, mais aussi d'envie, une envie
folle de posséder cette femme altière et bien habil-
lée. Au bout d'un mois, encouragé par les filles
que j'avais mises au courant de mon envie, j'osai
m'ouvrir à cette belle femme, qui y consentit bien
volontiers en échange de je ne sais plus combien
d'argent. Ah, mes enfants, c'était un morceau de
roi ! Elle habitait la maison voisine, où elle me
conduisit un soir par un escalier dérobé, éclairé à
l'électricité et tout rempli d'épais tapis de luxe.
Quand elle poussa sa porte, j'entrai dans une
chambre éblouissante de lumières et où brillaient
des miroirs disposés dans tous les sens. Le plafond
lui-même n'était qu'une grande glace qui réfléchissait les éclairages combinés pour faire reluire
un lit en forme de coquillage et tout étincelant de
nacre et de petites ampoules allumées dans des
perles de verre. Je n'osais respirer, ni bouger un
doigt et je restais là, debout, au milieu de toutes
ces merveilles clignotantes, mais la belle madame

française, qui avait disparu dans son cabinet de
toilette, où elle faisait couler un bain et d'où me
venaient des effluves de femme et des parfums, je
l'entendais chanter et, de temps en temps, elle me
criait à travers la porte entrouverte : "— Ne bouge
pas, mon gros loup, je viens !..." Elle vint, oui,
mais au bout d'une heure ou deux, mes colons, car
c'est le temps que les Parisiennes mettent quand
elles ont envie de faire l'amour avec un homme qui
leur plaît et qu'elles se font une beauté pour la
nuit. Vous n'avez pas idée de ça, vous autres ! Elle
était belle comme un paon sauvage, la bougresse,
quand elle revint et que je la vis, dans tous les
miroirs qui la reflétaient mille et mille fois, s'installer sur sa couche, arranger ses oreillers et ses dentelles, se border dans ses draps, qui étaient d'un
beau bleu tendre, tapoter une couverture d'her-
mine. La poitrine moulée dans une chemise noire
avec des entre-jours en forme de fleurs et des
larges manches flottantes, elle s'était coiffée haut,
les mèches tirées en arrière, une mince frange sur
le front, deux boucles collées aux tempes. Ses
sourcils étaient peints, ses cils lourds, ses paupières
argentées, son œil fier et rieur, sa bouche agrandie
et rouge, ses ongles carminés. Elle avait mis tous
ses bijoux et, comme elle montait dans son lit,
j'avais eu le temps de remarquer qu'elle avait une
entrave au pied, oui, une petite chaîne en or !
"Viens t'asseoir, mon gros loup, me dit-elle, et ne
bouge pas !..." Elle était belle comme la reine des
nuits et jamais je ne me serais permis d'approcher

sans son autorisation. Ce n'est pas que j'avais peur
d'elle, non, mais je ne savais pas comment m'y
prendre avec une aussi grande, une aussi noble
dame, vous comprenez ? Sur son invite, je m'assis
donc bien sagement au bord du lit et je fus encore
plus impressionné quand je la vis ouvrir son petit
carnet rouge et qu'elle se mit à m'interroger. Elle
voulait savoir comment on disait l'amour en brésilien, et ceci, et cela, et telle et telle partie du corps,
et le nom des pièces du vêtement, et des prénoms
de femme de mon pays, et les petits mots de tendresse, et les mignonneries. Puis elle voulut savoir
quelle était la musique qui se jouait chez nous,
comment l'on dansait, si l'on buvait beaucoup et
quoi ? Et puis, elle m'interrogea sur vous, mes
amis, elle voulait savoir si un dresseur de chevaux
gagnait beaucoup, beaucoup d'argent et combien
l'on payait les fourrures au chasseur, ce que pouvait rapporter une fazenda ou un ranch d'élevage,
ce que vous faisiez de votre argent, si vous le
dépensiez avec des femmes ou si vous alliez beaucoup au cinéma et au théâtre ? Quand elle apprit
que j'étais millionnaire parce qu'on ne peut pas
dépenser son argent chez nous et que le moindre
d'entre vous faisait des économies, comme tout le
monde et bien malgré soi dans nos forêts, où il n'y
a ni théâtre ni cinéma, elle voulut savoir vos noms
et elle vous a tous invités, toi, Manuel, et toi,
Théodoro, et aussi José Luiz, Nésinho et le vieux
Zezé, et elle m'a bien recommandé de vous emme-
ner tous avec moi la prochaine fois, disant qu'elle

saurait fêter mes amis et que vous ne vous repenti-
riez de rien. "— Oh, pour ça, que je lui ai dit, je
vous le crois !..." Et alors, je me suis mis à lui
raconter qu'il y avait aussi des mines d'or et que
l'on trouvait beaucoup de diamants, beaucoup
d'émeraudes dans les rivières de nos forêts, bref,
que le Mato-Grosso était le paradis sur terre, un
véritable pays de cocagne, le seul où il faisait bon
vivre ! Elle notait tout ce que je lui disais et elle
m'arrêtait pour me demander des chiffres. Je vous
dis que c'est une femme de tête et qu'elle est ins-
truite ! Elle écrivait encore plus rapidement que je
ne parlais, et c'était bien amusant, car elle traçait
des petits signes rigolos et entortillés comme des
diables de petits serpents insaisissables et je n'arrivais pas à déchiffrer une seule ligne de son petit
carnet ! À la longue, je ne savais plus pourquoi
j'étais là, mais je riais, tellement sa curiosité était
vive. Ah ! je me suis bien amusé, cette nuit-là, et
quand elle me mit à la porte, je partis content.
D'ailleurs, il faisait déjà jour et cela n'eût pas été
convenable de rester plus longtemps auprès d'une
dame aussi intelligente... »

Je dois dire que le « coronel » avait épousé une
Indienne, mais que durant le mois que je passai
alors dans sa fazenda de la Création, Bento, qui
tenait à me rendre au centuple les politesses que
j'avais eues pour lui à Paris et qui s'évertuait à me
faire passer le temps le plus agréablement possible,
mieux que cela, qui me traitait en ami, en frère,
qui me laissait monter son mustang, qui me fai-

sait boire dans sa *bombilha*, qui m'a fait cadeau de son couteau à cran et de son revolver, ce qui est la plus grande marque d'estime que l'on puisse témoigner à quelqu'un parmi ces bergers farouches où un homme désarmé est à la merci du premier venu, Bento ne m'a jamais présenté à sa femme ; pas plus que ses hommes et ses partisans, d'ailleurs, qui tous étaient pleins de complaisance et de gentillesse pour moi, me témoignaient beaucoup d'amitié et d'égards, m'invitaient chez eux, le *campista* dans son rancho, le chasseur dans sa clairière, le pêcheur dans son île, le trappeur à bord de sa *bolsa*, le cultivateur dans sa *chacara*, me faisaient même entrer dans leurs demeures, qui dans sa hutte, qui dans son camp ou sous sa tente, pour me présenter leur dernier-né, mais ne laissaient jamais approcher ni leurs femmes, ni leurs filles, tellement le sentiment de la famille est une notion sacrée chez ces gens dispersés dans l'immense forêt équatoriale, et, partout, dans les fermes perdues de l'intérieur, le foyer est un lieu interdit, où l'étranger ne pénètre jamais et quelle que soit l'hospitalité généreuse, biblique, totale que l'on réserve, aujourd'hui encore, au voyageur, considéré dans ces familles patriarcales qui vivent sur leur défrichement, comme un envoyé, un messager de Dieu, que l'on écoute, que l'on honore et que l'on consulte, mais que l'on tient à l'écart des jupons !

Le jour de mon arrivée chez Bento j'avais été reçu par les cris, les piaillements, les pleurs

effrayés, les hurlements de terreur poussés par
deux, trois douzaines de gosses qui avaient jeté
l'alarme au ranch, ce qui m'avait fait arrêter net
dans la cour.

Ces cris venaient d'un arbre touffu, un énorme
caoutchoutier, dans le feuillage sombre duquel
j'apercevais, assis dans des vieux pneumatiques de
Ford suspendus entre les branches et qui leur servaient de balançoires comme dans un zoo à une
tribu de petits singes jacassants, vingt à trente
petits enfants hurleurs, que ma venue avait épou-
vantés et qui faisaient des efforts désespérés pour
sauter de leur perchoir. Ces gosses, qui paraissaient tous du même âge, étaient tous des enfants
de Bento, légitimes et illégitimes, naturels et
bâtards.

Aussi, pendant que le «coronel» terminait le
récit de ses fredaines à Paris par le tableau suivant : «... une autre fois, cette maîtresse femme
m'a mené au bord d'un petit ruisseau, à la campagne, sur les bords de la Marne, comme ils
disent, les Français, et elle s'est jetée sur moi, et
j'en ai appris des choses de l'amour, ce jour-là !...
Je ne vous en dirai pas plus. Mais écoutez, vous
autres ! Sachez, qu'en France, l'herbe n'est pas
coupante et pleine de serpents, comme chez nous,
mais qu'elle est douce et tendrelette, et que, ce
jour-là, elle était pleine de couples. Ça vous épate,
hein ? Eh bien, ces couples, des milliers de
couples, ils étaient tous couchés dans l'herbe et ils
se baisaient tous sur la bouche, oui, mes garçons,

en plein air, avec des petits drapeaux qui flottaient dans la prairie et de la musique qui venait de je ne sais où dans le vent. Ah, quelle journée !... » je me mis à penser aux mystères des nuits sud-américaines, aux petits enfants tout nus perchés dans l'énorme caoutchoutier et à leur curieuse généalogie, me demandant qui étaient leurs mères et comment et à quelle saison de l'année Bento, ce bourreau des cœurs, allait les surprendre, les enlacer, les remplir de ses œuvres, ces femmes cachées dans leurs cabines secrètes, et aux dangers que ses aventures galantes devaient faire courir à ce tyran vivant selon son bon plaisir, mais dont les partisans et les ennemis, éparpillés sur des centaines de lieues de forêts solitaires, étaient tous également autoritaires et jaloux, armés et toujours prêts, pour une question d'honneur, à vous loger une balle de carabine entre les yeux (sans parler des femmes qui se livrent dans l'ombre du gynécée à toute une sorcellerie pour vous jeter un sort au passage : philtre d'amour, breuvage mortel et autres manigances). À combien de pièges, de traquenards n'avait pas dû échapper cet homme dans ses courses nocturnes par les sentiers et les pistes jonchés de petites croix de bois, lui, le *caudilho*, le chef, l'inconstant qui n'avait pas hésité à aller chercher femme jusque dans les aldées des Indiens Bororos, dont les filles sont si belles, mais dont la principale tribu passe pour être anthropophage !...

Mais j'entendais rire l'insouciant.

Le jour pointait. Au ciel, des étoiles inconnues

crépitaient, s'éteignaient comme dans notre bra-
sier la dernière souche de notre feu qui se mourait
en lâchant des étincelles.

La veillée était terminée. Bento était au bout de
son histoire. Ses auditeurs s'en allaient déjà, taci-
turnes, comme ils le sont tous dans cette région
quand ils s'en retournent à l'ouvrage.

Un étalon hennit dans le corral. Des perruches
s'ébattaient dans la cime des eucalyptus. Un sabiá
sifflait dans un palmier. Soudain, le soleil fit un
bond. Il allait encore faire chaud, mais chaud... et
c'était à mon tour d'être émerveillé.

VI

À Paris, quand je montais dans sa chambre, je
trouvais mon Bento tout nu.

S'il n'était pas à sa fenêtre, où malgré son aventure du premier jour il se tenait en permanence,
tellement le spectacle de la place de l'Opéra le cap-
tivait, il était dans sa salle de bain en train de laver
son linge comme je l'avais déjà vu faire aux légion-
naires, c'est-à-dire en frottant sa chemise dans un
fond de cuvette d'eau froide, les deux bras plongés
dans de la mousse de savon, et frottant jusqu'à ce
qu'il ne restât plus d'eau dans la cuvette, que le
savon se fût évanoui, ses bulles irisées crevant en
l'air, et que la chemise parût blanche, sèche et

presque chaude à force d'avoir été frottée. Alors, on la roule, étroitement serrée dans le sens de la longueur, le col pris autour d'une bouteille vide, les manchettes boutonnées sur des verres ou des gobelets de leur dimension, et, au bout d'un petit quart d'heure, elle est repassée, impeccable et cassante.

À poil, Bento était un fort bel homme, quoique un peu court sur pattes et avec un rien d'embonpoint. Mais son torse était superbe et sa musculature prodigieuse.

Une chose qui m'intriguait beaucoup, c'était de voir une large et brune cicatrice partir du sommet de la colonne vertébrale, lui passer sous l'aisselle gauche, lui barrer deux, trois fois la poitrine et le dos, lui rayer les côtes et les reins, descendre, en lui zébrant transversalement le ventre. On aurait dit la marque d'un fouet, mais alors d'un fouet en cuir de « *capivara* » ou de tapir et dont la lanière eût eu deux, trois mètres de long et lui eût été appliquée avec une force surhumaine pour marquer ainsi ce corps musclé d'une spirale qui en faisait plusieurs fois le tour et qui était aussi profonde et régulière qu'un pas de vis.

À chacune de mes visites, cette étonnante cicatrice m'intriguait davantage et j'aurais été curieux d'en connaître l'origine si je n'avais craint d'apprendre quelque ignominie ou un fait déshonorant pour le « coronel », non pas que cette cicatrice fût dégoûtante à voir (au contraire, elle était si nette et si bien tracée qu'on aurait pu la prendre

pour un dessin, un tatouage, car elle était décora-
tive), mais tant elle paraissait suspecte ; — suppo-
sition infamante et paradoxale, puisqu'il s'agissait
d'un être insouciant, franc, direct, jouisseur certes,
mais simple et sain comme Bento, auquel je
commençais à m'attacher, l'était ; mais supposi-
tion qui me causait néanmoins un certain malaise
quand il m'arrivait de m'y arrêter. Et même si
cette cicatrice était la suite d'un accident, par
exemple que Bento se soit pris dans son propre
lasso et ait été traîné par son cheval, je ne voyais
pas bien cet orgueilleux m'avouer piteusement la
chose, surtout que le « coronel », comme tous les
chasseurs, était un vantard.

De temps à autre, pour le mettre au vert et parce
que, justement, Bento m'entretenait souvent de
ses parties de chasse endiablées dans les forêts
vierges de sa patrie, je l'emmenais passer la journée dans ce qui reste des forêts royales qui
entourent Paris d'une ceinture de verdure dans un
rayon de cinquante à cent kilomètres de la capitale. Il fallait alors l'entendre rire en comparant
nos bois et nos halliers à la brousse impénétrable
de son pays, le voir mesurer avec mépris la taille de
nos arbres, puis tomber tout de même en extase et
l'entendre alors pousser des cris d'admiration à la
vue de nos chasses si faciles d'accès et si bien
entretenues et de nos tirés bien ordonnés, avec
leurs allées en étoile, leurs futaies, leurs coupes de
différents âges, leurs boqueteaux, leurs éclaircies
blanches de bouleaux, leurs clairières, où seuls les

grands solitaires restent debout, des feuillards cen-
tenaires, des chênes millénaires qui se mirent dans
les étangs.

C'est lui, mon « sauvage », qui, un jour que je
l'avais promené par monts et par vaux en forêt de
Compiègne, me frappa si soudainement sur le bras
que je faillis lâcher le volant et « rentrer » l'auto
dans un arbre, me dit :

— Cendrars, quand sortirons-nous enfin de ce
beau parc ?

À quoi je lui répondis :

— Mais, coronel, toute la France n'est qu'un
grand parc !

— Ça c'est vrai ! s'exclama Bento avec émotion.

Il était profondément troublé et resta rêveur
toute la journée, sans plus parler. Mais, une autre
fois, comme nous rentrions de la forêt de Ram-
bouillet, que je connais bien pour y avoir habité et
où je lui avais fait surprendre au gîte, sans descendre de voiture, des biches et des cerfs, ayant
quitté les chemins forestiers et roulant pleins gaz
sur la route de Paris, car il se faisait tard, et j'avais
deux fauteuils pour une première aux Folies-Bergère, dont je ne voulais pas manquer l'Ouverture
américaine, qui était de mon ami new-yorkais Cole
Porter, et où je tenais absolument à mener mon
« homme des bois » pour lui montrer le Tout-Paris,
Bento me raconta d'impromptu et sans désempa-
rer, bien que sur la N 10 mon engin tapât le 150 :

— Je me demande si vous avez encore du loup-
garou en France[a] ? Chez nous, il y en a beaucoup.

Vous avez vu ma cicatrice, n'est-ce pas ? Ce sont
de sales bêtes, aussi personne ne s'y risque, car
c'est une chasse dangereuse. La chasse au loup-
garou ne peut se pratiquer qu'une seule fois par
an : dans la nuit qui suit le Vendredi-Saint, et
encore faut-il qu'il fasse pleine lune et s'y être
préparé longtemps à l'avance. Il faut rester chaste
toute l'année, ne pas avoir de péché mortel sur la
conscience, s'être confessé et avoir communié
tous les dimanches, avoir fait une retraite chez un
vieux curé de chez nous, le père Urbano, qui
encourage le chasseur, l'initie, lui dévoile les
mœurs du loup-garou et ses habitudes, tresse un
lasso spécial à trois brins, avec des carres de 7 et
non pas de 9 ou de 11 comme les lassos à cinq
brins qui sont d'un usage ordinaire, la chasse au
loup-garou étant une entreprise exceptionnelle,
où l'on risque non seulement sa vie, mais son
salut de chrétien. C'est également le vieux padre
qui remet au chasseur la balle en argent qu'il est
seul à savoir confectionner et qui seule peut tuer
le monstre, enveloppée qu'elle est dans une
prière magique dont le padre Urbano est également seul à savoir la formule. Au moment du
départ, le vieux prêtre lui donne encore une
gourde d'eau bénite, non pas tant pour la soif ou
pour étancher ses effroyables blessures si le chasseur venait à être piétiné par la bête dont il ne
faut pas prononcer le nom, mais pour réconforter
son âme en cas de rencontre avec cette bête hor-
rifique, qui est si spontanée et inattendue dans

son apparition, qu'il y a de quoi épouvanter le chasseur le plus intrépide.

Donc, il y a de cela cinq ans, un loup-garou semait la terreur chez moi, à la fazenda. Ses diableries étaient sans nombre et ses victimes ne se comptaient plus : veaux mort-nés, poulains à cinq pattes ou avec des dents de carnivore, enfants mal venus, bétail saigné à blanc, bergers étranglés, femmes devenues folles ou lunatiques pour l'avoir vu et qui s'imaginaient être enceintes de ses œuvres, et qui disparaissaient un beau jour dans les bois circonvoisins sans laisser de traces ni jamais plus faire parler d'elles, voyageurs errant, à l'aube, sur les sentiers, la tête à l'envers sur les épaules, le menton en l'air ou le visage retourné dans le dos, et avançant à reculons, désorientés, ayant perdu l'usage de la parole ou bafouillant des idioties, « tropeiros » ayant conduit leurs mulets de charge se noyer dans les marais sans faire une seule empreinte sur la rive, dans la boue, « arrieiros » pendus, colons étripés, fillettes violées, chiens mordus, clôtures arrachées, abreuvoirs renversés ou souillés, coqs plumés vifs, coups de griffes dans les portes, traînées d'excréments. Bref, c'était un véritable démon que ce loup-garou que je me décidai d'aller attaquer en désespoir de cause ! Après avoir séjourné toute une année dans la retraite du père Urbano, dans la Serra Currupira, et avoir fait le nécessaire, je rentrai chez moi pour le Vendredi-Saint, et allai m'embusquer la nuit à l'entrée du cimetière, tout rempli d'ossements à moitié ron-

gés, mâchoires d'ânes et têtes de vaches cornues,
que le loup-garou en question abandonnait volontiers aux vautours perchés sur les arbres rabougris
des alentours, et qui passait pour être le lieu que le
monstre hantait de préférence, plusieurs hommes
du ranch affirmant l'avoir entendu hurler entre les
tombes, ou l'avoir aperçu se glisser, sauter, gamba-
der entre les croix, dont beaucoup, en effet, étaient
renversées et presque toutes portaient traces de
morsures enragées et de stupéfiants coups de
griffes.

J'avais une chance extraordinaire, j'y voyais
comme en plein jour, il faisait le plus beau clair de
lune dont je me souvienne dans ma carrière de
chasseur. J'étais calme et sûr de moi. Je me tenais à
l'affût derrière le pilier de gauche, à l'entrée du
cimetière, dont les tombes m'apparaissaient sous
la lune comme les petites cases d'un damier en
noir et blanc, et j'étais bien tranquille, je ne pouvais rater mon coup, car j'avais repéré chacun de
ces casiers et rien d'insolite ne pouvait m'y surprendre car j'étais préparé à tout. J'avais glissé la
cartouche du prêtre, dont la balle est en argent et
la bourre faite de la prière que j'ai dite, dans ma
carabine Winchester, et j'avais bien en main mon
lasso de 7 qui, si j'avais la chance de capturer le
monstre vivant et de le ramener ligoté, selon les
déclarations du père Urbano devait lui permettre
d'exorciser le loup-garou et de débarrasser une fois
pour toutes la région de cette engeance satanique.
J'avais aussi la gourde d'eau bénite, dont je buvais

de temps en temps un coup, en me signant ; mais
j'ouvrais l'œil, et le bon. Je suis incapable de dire
d'où il vint, mais tout à coup l'être sans nom fut là,
à moins de six pas, perché sur une tombe. C'était
un être bizarre et impatient, qui ne tenait pas en
place. Tantôt il se pouillait et tantôt il se léchait le
poil, sautillant d'une patte sur l'autre, se tournant,
se retournant, si bien que je le voyais de dos, de
face, de profil, assis, couché, accoudé, debout, fré-
tillant, nerveux, agité, accroupi et redressé, grand
et petit. Il avait les oreilles mobiles, un museau en
suçoir avec deux longs crocs qui lui pendaient des
commissures des lèvres, l'échine en lame de couteau, un poil roux, très touffu sur le train arrière,
des bras et des jambes démesurément longs, le
torse un peu plus faible que la taille d'un homme,
son sexe bien en évidence, le ventre blanc, le front
plissé. Il louchait des deux yeux et, comme un
singe, il avait quatre mains, mais le pouce en griffe.
Quand je lui lançai mon lasso, il fit un bond en
l'air, et, se voyant pris, il éclata de rire et se mit à
défaire avec dextérité le nœud qui lui enserrait le
cou. J'avais attaché l'autre bout du lasso autour du
pilier derrière lequel je m'étais jusque-là dissimulé
et je tirais de toutes mes forces sur le lien pour que
cet être-là ne m'échappât pas ; mais rien n'y fit, ce
démon était d'une telle force que c'est comme en
se jouant qu'il donnait du lâche au nœud coulant
pour arriver à passer sa tête, quand je me précipitai
de trois pas en avant et lui logeai ma balle en plein
front. J'avais tiré à bout portant. Mais l'animal me

sauta dessus en poussant un cri épouvantable. Je
ne puis dire ce qui m'est arrivé. C'était bien la première fois que ma balle manquait son but. Je vous
jure que je l'ai visé entre les deux yeux et que j'ai
été prompt comme l'éclair. Mais cet être-là a été
encore plus vite que moi, il m'a saisi par le cou et
il m'a fait pivoter sur moi-même, tout cela d'une
main, d'un doigt, comme un gamin fouette une
toupie, et en glapissant, sur un mode aigu, comme
une hystérique...

— Et alors ?...

— ... Alors ?... Mais rien, je ne me souviens de
rien, je ne sais pas ce que le diable a pu faire de
moi... Quand je me suis réveillé, le lendemain
matin, j'étais dans mon hamac avec cette inexpli-
cable blessure, dont vous avez vu la cicatrice qui
me descend de la nuque au fessier, *et qui ne saignait
pas*, comme si moi-même j'avais été pris au lasso !

— Vous n'aviez pas été mordu ?

— Non.

— Il avait peut-être une queue comme un cas-
tor ou un tamanoir, et vous a-t-il fustigé ?

— Je ne pense pas. Il était fait comme un
homme et se tenait debout et me faisait face.

— Il n'était pas armé ?

— Non.

— Il s'est peut-être servi de votre lasso ?

— Je ne crois pas. On a retrouvé mon lasso attaché au pilastre de l'entrée, le nœud coulant soigneusement défait. Mais peut-être qu'en bondissant il m'a saisi par ses pattes arrière pour me

battre avec ses pattes avant ou me pincer entre ses ongles du pouce qu'il portait longs et tire-bouchonnés. Mais, en vérité, je n'en sais rien.

— Ce n'était pas un homme ?

— Un homme ?

— Oui, un homme masqué, déguisé... Enfin, Bento, un rival ?... un jaloux ?...

— Mais c'est impossible ! Un être humain n'a pas cette force-là, ni cette agilité. D'ailleurs, il puait la bête.

— Et vous n'avez pas eu le temps de lui loger une deuxième balle dans la tête, une balle explosive ?

— J'y avais bien pensé. Mais le padre me l'avait formellement interdit à cause du choc en retour.

— Quel choc en retour ?

— Je ne sais pas, moi, le choc en retour !... Le vieux Urbano m'a expliqué que l'on ne tire jamais deux fois de suite sur un loup-garou, sinon la deuxième balle revient et vous frappe, vous.

— Et ce loup-garou, qu'est-il devenu ? Fait-il toujours des siennes à la fazenda ?

— Non, il a disparu de la région et jamais plus on n'a entendu parler de lui, même pas à cent lieues à la ronde.

— Alors, Bento, c'est que votre balle l'avait tout de même touché et qu'il est mort. Il est allé crever dans les bois.

— Je ne crois pas.

— Et pourquoi ?

— Parce que... Je ne sais pas si je dois vous le

raconter... Je le vois souvent en rêve. Il me guette. Il m'attend. Notre affaire n'est pas réglée. Il veut avoir sa revanche. C'est son tour. Un de ces jours, c'est lui qui partira à la chasse, à la chasse au « coronel », et qui m'enverra en Enfer. Et il ne me ratera pas, lui. Je le sais. Je mourrai de mort violente.

. . . .

Du moment que Mistinguett n'en était pas, la revue des Folies-Bergère était étourdissante d'entrain, d'exubérance, de luxe et de lumières, les tableaux bien machinés, les filles superbes et la musique américaine de mon ami Cole Porter inouïe de sonorité et de nouveauté. La Direction tenait un succès, le public toujours si difficile d'une première était emballé et mon Bento, qui ne quittait pas la scène des yeux, applaudissait à tout rompre les défilés et les apothéoses du nu et du supernu. Son enthousiasme était même si communicatif qu'il débordait sur les trois, quatre, cinq rangées de fauteuils les plus proches qui nous environnaient, si bien que notre coin était le centre d'où partaient les ovations dont toute la salle saluait chanteurs, danseurs, musiciens, vedettes, acrobates, exhibitionnistes, costumes, éclairages, décors et rideaux. Vraiment, je n'aurais pu mieux choisir que ce spectacle de luxe pour faire plaisir à mon « sauvage ».

À l'entracte, j'entraînai mon « homme des bois » au foyer, puis au bar, et, tandis que femmes en peau, messieurs en habit, critiques et courriéristes circulaient, papotaient, discutaient autour de

nous, je demandai à Bento, l'esprit préoccupé par
ce qu'il m'avait raconté dans la voiture :

— Mais, dites-moi, coronel, le Père Urbano
vous avait bien remis la petite balle en argent,
n'est-ce pas ?

— Bien sûr. Pourquoi ?

— Mais alors, vous aviez la conscience tranquille et aucune peccadille à vous reprocher ?

— Le Padre m'avait donné l'absolution avant
de partir. Je m'étais confessé chaque vendredi.
J'étais en règle.

— Alors, je ne comprends pas que cette balle
magique n'ait pas été plus efficace. Vraiment, vous
n'aviez plus rien à vous reprocher ?

— Que voulez-vous dire ?

— Écoutez, coronel. Je suis sûr que vous n'avez
pas pu rater votre coup de fusil, vous, un chasseur
émérite. Alors, il y avait autre chose.

— Mais quoi ?

— Je ne sais pas.

— Alors, vous doutez de ma parole, Cendrars ?

— Non, Bento, non. Mais...

— Dites !

— C'est que vous m'avez raconté qu'avant de
se rendre à la chasse au loup-garou il faut en quelque sorte faire vœu de chasteté. Vraiment, vous,
Bento, vous avez pu rester chaste ?... vous ?... Tout
un an ?... C'est que c'est long, un an, et j'en doute,
car cela me paraît bien difficile...

— Je vous jure...

— Ne jurez pas, coronel, mais réfléchissez. Vraiment, vous n'avez pas péché ?

— Je jure que durant toute l'année que j'ai passée dans la retraite du Père Urbano, je jure que je n'ai pas commis le péché de la chair.

— Même pas en pensée, Bento ?

— Oh ! Cela c'est une autre histoire...

— Alors, j'ai compris, coronel, j'ai tout compris.

VII

Dix ans plus tard, je me trouvais être pour la deuxième fois chez Bento, au fin fond du Brésil, et je m'étais encore arrêté dans la cour pour admirer l'énorme caoutchoutier, l'arbre généalogique de la fazenda de la Création.

Rien n'était changé autour de moi, sauf que les gosses qui s'étaient mis à brailler et à chialer en me voyant entrer, étaient beaucoup moins nombreux que la première fois, que les balançoires Ford étaient aujourd'hui des vieux pneumatiques de Chevrolet ou de Dodge, donc d'un calibre un peu plus gros, un peu plus confortable, qu'une ampoule électrique était allumée en plein jour devant le seuil du ranch et que, comme moi, le Bento qui me serrait dans ses bras en m'envoyant de grandes claques dans le dos, avait pris du ventre.

— Alors, Bento, le temps passe, on se fait vieux, hein ?

— Ne m'en parlez pas, ami Cendrars, c'est tout juste si je fais ma demi-douzaine de gosses par an !

J'allai à la chasse, je montai à cheval, je fis de longues randonnées dans la région qui avait beaucoup prospéré, mais pas plus que lors de mon précédent séjour, Bento ne me présenta à sa femme, ni à aucune des mères de sa nombreuse progéniture.

Entre autres choses, Bento m'enseignait le maniement du lasso, à pied et à cheval. Un jour, après déjeuner, nous étions entrés tous les deux dans le corral. Je lui avais indiqué une pouliche, d'une belle couleur isabelle, et le « coronel » s'évertuait à vouloir me l'attraper selon les règles les plus classiques de l'art des dresseurs de chevaux pour me faire une démonstration de la capture à pied, qui exige de l'œil et de la décision et demande un poignet solide et du jarret. Plusieurs fois déjà la bête lui avait échappé en sautant, avec une élégance incroyable et en deux temps, à travers le nœud du lasso, d'abord, passant la tête et les pattes avant, puis, ramassant prestement son train arrière, comme si elle avait été dressée pour, alors qu'elle était à demi sauvage.

Il est vrai que l'animal était jeune et ardent ; mais j'avoue que Bento avait un peu trop copieusement déjeuné ce jour-là, que le « coronel » était

lourd et congestionné et que ce rude athlète n'agissait pas avec sa maîtrise habituelle. Les *vaqueiros*,
assis sur la clôture et qui le regardaient faire,
riaient sous cape.

Il est vrai encore que tout le monde avait bu un
bon coup, car c'était un 1er septembre, jour de
mon anniversaire, et que j'avais régalé le rancho
d'une copieuse tournée de « cachaça ».

La journée était à la joie. Le temps était splendide, la terre plus rouge, le ciel plus bleu, le soleil
plus brûlant, les cigales plus stridentes que jamais
je ne l'avais vu sous les tropiques, dans ce climat
béni du plateau brésilien où, chaque matin, on a
l'impression d'assister à l'éveil du monde et que
l'on va vivre, vivre pour la première fois, tant tout
vous semble *nouveau* et que l'on est heureux
d'exister ; rien, donc, n'annonçait un malheur,
quand Bento se mit soudainement en colère.

Il était haletant. D'une voix rauque il ordonna
aux hommes de rassembler une fois de plus les
bêtes énervées et de les rabattre sur lui. De grosses
gouttes de sueur lui inondaient la face. Il se noua
un mouchoir autour du cou, tomba la veste en
jurant, alla se placer au milieu de la piste, réunit
son lasso, apprêta le nœud coulant et, quand le
troupeau des chevaux arriva dans une furieuse
galopade, je vis le « coronel » s'élancer au milieu
des bêtes surexcitées par les cris des péons qui les
poursuivaient, disparaître au milieu des croupes et
des crinières, éviter je ne sais comment les bêtes
qui fonçaient sur lui ventre à terre, brandir son

lasso au-dessus de son grand chapeau qui émer-
geait, faire tournoyer le nœud et courir à la rencontre de la pouliche que je lui avais désignée,
cette sacrée pouliche isabelle qui lui avait joué
tant de tours et donné tant de fil à retordre, et
qui, cette fois, arrivait en queue de la cavalcade,
dans un nuage de poussière ; — et comme je
croyais mon ami renversé, piétiné, je vis le lasso
se détendre soudainement, la pouliche trébu-
cher, une patte prise, le « coronel » monter en
l'air, décrire une courbe, Bento retomber sur le
crâne et la pouliche repartir à fond de train en
traînant mon malheureux ami, qui ne lâchait pas
l'autre extrémité du lasso enroulé autour de son
poignet, derrière elle, sur quelques centaines de
mètres.

Quand nous accourûmes, Bento était déjà dans
le coma. Il avait le poignet disloqué, l'épaule droite
démise, le bras gauche et la jambe fracturés. Il n'y
avait pas trace de ruade ; mais comme sa chemise
s'imbibait rapidement de sang, je la déchirai, pensant qu'il avait le thorax défoncé. Alors je constatai
avec stupeur que *c'était sa vieille cicatrice qui saignait abondamment sur tout son pourtour.*

Je n'en croyais pas mes yeux.

Mais me remémorant l'histoire du loup-garou et
ce que Bento m'avait dit, certain soir, au foyer des
Folies-Bergère, je compris que c'était la fin et qu'il
n'y avait plus rien à faire.

Néanmoins, j'essayai de le ranimer avec une
calebasse de *cachaça*, qui est un alcool de sucre,

mais brutal, dans lequel, au Mato-Grosso, on fait macérer des piments rouges.

Dès que le bruit se répandit que le *patrão* était mort, je vis accourir les femmes de la fazenda.
Il en sortait de tous les bâtiments du ranch, du cellier, du poulailler, de la grange, du garage, des étables, des écuries, du grenier, du fruitier, du séchoir, du *matadouro*, de la porcherie, de l'échaudoir, du lavoir, des ateliers, de la sellerie, des cuisines, de la cantine, du fouloir à manioc, des gamines de douze ans avec un petit bébé sur la hanche, des vieilles sorcières, une dernière fois enceintes et portant leur ventre prégnant bien en évidence, des ouvrières et des bergères, des cotonnières et des tisseuses de soie, filles de colons portugais, espagnols, italiens, des femmes de polacks, bûcheronnes ou charbonnières, des fines mulâtresses, de lourdes métisses d'Indiennes, des *caboclas* émaciées, aux grands yeux tristes et à l'épais chignon des autochtones, des négresses crépues, et jusqu'à des petites Japonaises, timides et embarrassées, tout cela accourait pieds nus et sans rien dire ; mais, naturellement, ces femmes n'étaient pas toutes les amies, les amantes, les maîtresses, les concubines du « coronel ».
Au bout d'une heure apparut la *patrôa*, la femme de Bento. Entourée de ses filles et de ses servantes, elle s'avançait très dignement. Quoique déformée par ses trop nombreuses maternités c'était un beau type de Vénus sylvestre, avec, comme beaucoup

d'Indiennes de race pure, des yeux langoureux qui lui mangeaient la face, un masque tragique, une démarche noble, un port orgueilleux.

Nous avions déposé le corps de Bento au pied de l'énorme caoutchoutier qui ombrageait sa cour. À cette heure, les gosses avaient disparu et les cerceaux des pneus se balançaient comme d'ironiques couronnes mortuaires, comme si avec la mort de ce puissant procréateur sa filiation se fût magiquement effacée pour ne laisser que des cercles noirs, autant de cartouches vides dans la ramure de l'arbre emblématique de la fazenda de la Création.

Non, le maître n'était plus, et jamais je n'ai eu une telle impression d'éclipse !

Mais devant le cadavre de son époux, la veuve de Bento entamait déjà *um choro grande*, une lamentation funèbre, où selon la coutume de la tribu dont elle était originaire, elle mêlait à ses pleurs et à ses vociférations le récit chanté des travaux et des vertus du défunt, invoquant les ancêtres de l'homme, implorant leur protection sur sa descendance. Les filles de la veuve et ses servantes reprenaient certaines phrases de son oraison en chœur, phrases que toutes les femmes de l'assistance répétaient à leur tour comme dans une église on récite les litanies, cependant que les hommes présents se signaient dévotement. Quand la nuit tomba, on alluma un grand feu et cette veillée barbare et émouvante dura toute la nuit.

Les nouvelles se savent vite dans la brousse. D'heure en heure, comme la lune et les étoiles

pivotaient, les voisins, les amis, les partisans du
« coronel » arrivaient à cheval ou en voiture et se
faisaient de plus en plus nombreux. Les cavaliers
mettaient pied à terre pour rendre un dernier hommage à leur chef, mais ceux qui arrivaient en voiture de leur lointaine résidence, stoppaient leur
auto les phares braqués sur le groupe de la pleu-
reuse et des récitantes improvisées et répondaient
aux répons des litanies funèbres en faisant marcher
leurs klaxons.

À l'aube, on enterra Bento dans le petit cimetière où mon ami avait vainement livré combat au
loup-garou, sur le lieu même où il avait eu, à ce
qu'il m'avait avoué, mais sans rien changer à son
genre de vie, la révélation de son genre de mort.

— C'est le destin, quoi ! avait-il coutume de
dire.

Sic transit gloria mundi.

MES CHASSES[a]

for Bee and Bee[b]

I

L'« OKU »

J'adore la chasse[a]. Je sais ce que c'est que
d'abattre d'une balle foudroyante un être bondissant. Au front, on venait toujours me chercher.
J'étais le meilleur fusil de la compagnie. J'avais
d'ailleurs de qui tenir. Mon père, champion du
monde, dès ma plus tendre enfance m'avait
entraîné au tir de vitesse. Je me souviens d'un certain matin de juin dans un entonnoir de la Somme,
en avant de Dompierre, où j'en ai tiré vingt-sept,
comme on tire le pigeon à Montécarle. Pour
chaque Allemand, le lieutenant payait cinquante
litres. Qu'est-ce qu'ils se sont envoyé comme
pinard, les copains, quand la compagnie est redes-
cendue à Moricourt, notre cantonnement ! Ils ont
chahuté toute la nuit. Moi, je tendais l'oreille à la
canonnade qui comme un bruit d'usine grondait
continuellement à l'horizon et je songeais par-
devers moi à l'imbécillité de cette industrie nouvelle de la mort en série dont Pierre Mac Orlan,
dans une boutade fameuse, a souligné d'un trait
l'absurde : « *Envoyer un homme de soixante-quinze*

kilos lutter avec un obus du même poids, c'est peut-être de la logique, mais... ! » Aussi, depuis la guerre, si je n'ai jamais manqué une occasion d'aller à la chasse, jamais plus je n'ai tiré un coup de fusil sur un être vivant, sauf en cas de danger, de légitime défense, ou pour le ravitaillement de l'étape quand je suis en expédition. Sinon, je me planque dans la grande nature de Dieu et me tiens peinard, ma Winchester à la main, et me contente d'observer les bêtes sauvages. Je n'ai fait qu'une seule fois exception, et ce pour satisfaire à la curiosité d'un garçonnet qui m'accompagnait tous les matins quand j'allais faire un tour, de bonne heure, dans la plantation de son père. C'était au Brésil, derrière Araraquara. Des bêtes traversaient le sentier et, tous les matins, l'enfant me demandait pourquoi je ne tirais pas et à quoi me servait donc la carabine que j'avais à la main ? Alors, pour l'en dégoûter, j'épaulai et tirai un *oku*, qui est un oiseau balourd qui tient à la fois du perroquet et du corbeau, et qui sent effroyablement mauvais. Petit Pierre s'enfuit en courant à la maison car tirer l'*oku* porte malheur. En rentrant, je fis le plein et montai en voiture pour m'en aller plus loin, ailleurs. Tous les gens de la fazenda me regardaient de travers et faisaient un signe dans mon dos.

LE TIGRE[a]

On me dit : — Cendrars, on vous a fait préparer un affût aux tigres dans la forêt vierge. Pà Tinho vous attendra à la sortie du corral avec des chevaux. Soyez fidèle au rendez-vous. C'est à trois heures du matin. Nous, nous allons nous coucher.

Il était passé minuit. Les amis brésiliens dont j'étais l'hôte à la fazenda s'arrachèrent à leur hamac pour monter dans leurs chambres. J'allai chercher ma carabine, allumai une cigarette, éteignis la lumière électrique derrière moi et sortis de la véranda pour aller à ce rendez-vous. La nuit était étouffante et chaude.

Il n'y a pas de tigre au Brésil. Le fauve qu'on y chasse, l'*onça*, est un grand léopard, assez lâche, qui vous attaque presque toujours par-derrière, en se laissant tomber sur vos épaules du haut d'un arbre. Mais c'est une belle pièce. Certains exemplaires font plus de trois mètres.

Pà Tinho était là qui m'attendait, assis sur la barrière, fumant sa pipe. C'était un nègre herculéen, mais d'un grand âge. Barbe et cheveux

étaient blancs. Il était extraordinairement taciturne. Sans rien dire, donc, nous enfourchâmes
nos chevaux. Des lucioles zigzaguaient dans les
airs, ainsi que, au fur et à mesure que nous avan-
cions dans la solitude, les cris lugubres et de mauvais augure des *bem-te-vi (Je t'ai vu ! Je t'ai bien
vu !)* qui sont des mouettes nocturnes, avec des
crochets, des ongles acérés au bout des ailes.

Arrivés à l'orée de la forêt vierge, nous mîmes
pied à terre, entravâmes nos montures, cassâmes la
croûte, puis, après avoir chassé nos chevaux dans
un champ de maïs qui était proche, nous entrâmes
sous bois. Le Père Auguste ne m'avait toujours
rien dit puisque, aussi bien, je ne lui avais rien
demandé.

Il marchait devant moi, à quatre pattes, flairant
de gauche et de droite en parfait pisteur qu'il était,
se faufilant à travers les fourrés, écartant les lianes
sans faire de bruit, marquant un léger temps
d'arrêt à l'emplacement d'une « épine du diable »,
qui est une liane chausse-trape, ou d'une *inajà*,
autre liane dont les feuilles vous font des entailles
pires qu'une lame de couteau. Et il repartait de
l'avant. Je le suivais comme je pouvais dans le noir
et les enchevêtrements. La sueur me coulait de
partout.

L'imagination est certes la chose la plus inquié-
tante quand on se glisse ainsi de nuit dans les
sous-bois de la forêt vierge. Non que je songeasse
au serpent sur lequel on peut inopinément mettre
le pied et qui se tord pour vous mordre la cheville

ou le mollet, — j'étais en leggins ; mais je pensais plutôt à cette rencontre extravagante que l'on peut faire soudain d'un grand tamanoir dressé sur ses pattes arrière et qui vous attend les bras écartés. « — C'est la plus sale bête de nos forêts, m'avait raconté Bento, le "coronel", un autre grand chasseur devant l'Éternel, dont j'ai déjà raconté l'histoire dans ce volume et à qui l'aventure est arrivée. Imaginez-vous que ce salopard, qui par ailleurs est une bête absolument inoffensive, se dresse sur ses pattes arrière quand il vous entend venir et vous attend, immobile, les bras écartés. Vous pouvez passer à un centimètre de lui, à le frôler, sans que le salaud bouge ou se dérange d'un poil. Mais malheur à vous si vous butez contre lui dans l'épaisseur de la feuillée ! Automatiquement, ses bras se referment et il vous étouffe, ses ongles qui n'en finissent pas s'insinuant doucement sous les côtes. Son étreinte est mortelle. Vous n'avez pas le temps de lui lâcher un coup de pétard. Si jamais vous vous trouvez nez à nez, n'hésitez pas, plantez-lui votre couteau au cœur. Il s'offre… » Je n'avais pas de couteau étant parti d'impromptu à cette partie de chasse au tigre ; mais je me souvenais avoir répondu à C.-F. Ramuz, qui m'avait demandé un jour si je n'avais jamais peur dans la forêt vierge, vu qu'on y court de grands dangers : « — Et vous, le grand solitaire Vaudois, dites-moi donc si vous n'avez jamais eu peur quand vous vous tenez dans votre chambre ? Oui, n'est-ce pas ? Eh bien, en forêt vierge, c'est la même chose. On s'y tient seul. Le danger, ce sont nos propres imaginations qui le créent... » Je suivais, donc, Pà Tinho de mon mieux, imitant tous ses mouvements, rampant, flairant, stationnant une minute, contournant les souches et les troncs, évitant les embûches, mais je commençais à en avoir marre car je n'étais pas entraîné à cette reptation silencieuse.

Au bout d'une heure et demie le vieux nègre s'arrêta net pour me chuchoter :

— Nous y sommes. Vous entendez le cabri ?

— Quel cabri ?

— Là, à votre droite, à deux cents mètres. J'ai débroussé. Je l'ai attaché par une patte. Je vous ai fait un abri. Allez-y.

— Et toi, tu ne viens pas, Pà Tinho ?

— Non, je vais au gué. Là, sur votre gauche, à un demi-mille. J'espère tirer une *anta*.

— Mais tu ne vas pas tirer le tapir, nom de Dieu. Et mes tigres ?

— Oh, ils seront déjà couchés. Je ne tirerai pas avant dix heures. Il y a souvent des *antas* à dix heures. Quand vous entendrez mon coup de fusil, il sera dix heures. J'espère qu'il en viendra beaucoup. Des grosses.

— Bon. Quelle heure as-tu ?...

Mais le nègre avait déjà disparu dans la ramée. Comme par enchantement.

*

J'étais seul.

J'appuyai sur la droite et me mis à avancer dans la direction que ce louftingue d'Auguste m'avait indiquée. Je tendais l'oreille. Je ne percevais pas la voix du cabri, mais j'entendais le murmure de la forêt comme des litanies étouffées et le remuement des chaises au fond d'une cathédrale. Parfois, un choc lointain, un écho sourd se répercutait sous la voûte du feuillage comme dans une nef, et des pas se rapprochaient. Mais tout cela n'était que leurre. J'avançais. J'aurais voulu entendre un rugissement, un râle. J'avançais avec l'impression qu'on m'avait appliqué des conques sur les oreilles pour me déformer l'ouïe. Ce remuement, cette mystérieuse présence autour de moi, ces soupirs au fond des grands bois, ces courses éperdues dans les feuilles, ces pas qui s'éloignaient, ces coups sourds, ces heurts lointains, tout cela n'était-il pas le bruisse-ment de mon propre sang, amplifié, repercuté cent et mille fois ? J'étais en nage. J'avais les tempes bat-tantes. J'avançais en aveugle. Je trébuchais dans le noir comme on tombe au fond de soi-même. Alors, pour ne pas m'égarer, je me remis à penser à Ramuz. Que faisait-il à cette heure, Monsieur l'écrivain vaudois ? Était-il déjà couché ? Dormait-il ? Peut-être me voyait-il en rêve ou était-il en train d'écrire solitairement sous sa lampe ? Et je vis net-tement une main tenir une plume, et une plume courir sur une feuille de papier blanc vivement éclairée dans le cercle de lumière tombant d'un abat-jour, et cette feuille se couvrir d'écriture...

Je m'étais arrêté et, tout à coup, je sursautai. Une trompette, une lamentable petite trompette d'un sou pleurait derrière moi... et je fus long à reconnaître un misérable, un tremblotant bêlement.

C'était le petit cabri. J'avais dû le dépasser. Je revins sur mes pas. Je fis cent vingt-cinq à cent cinquante pas, appuyant légèrement à droite. Je découvris mon affût. Pà Tinho m'avait installé un siège fait d'une grosse branche recourbée. J'avais un petit toit sur la tête, deux poignées de roseaux. Un paillon m'arrivait à hauteur des épaules. Il était percé d'une meurtrière. Je m'assis sur le siège instable et installai ma Winchester dans la meurtrière. Dehors, le cabri bêlait à fendre l'âme. Il avait dû me sentir et devait avoir faim.

Je ne bougeais pas.

J'attendais le jour.

*

On ne fume pas à l'affût au tigre. On ne bouge pas. On guette. On guette l'aube.

L'aube n'allait pas tarder mais était longue à venir.

J'attendais comme on attend devant un rideau, au théâtre, et comme un rideau de théâtre la brousse qui commençait à s'éclairer en face de moi s'agitait, formait des plis, ondulait. Il devait se préparer quelque chose derrière cette courtine de verdure. De soudaines rafales secouaient la cime des grands arbres.

Puis, ce vent tombait. Des branches se mouvaient aux étages intermédiaires. Autour de moi les feuilles frissonnaient. Les brins d'herbe se courbaient vers le sol. L'éclairage montait d'un cran. Je ne sentais aucun souffle. Mais, là-haut, les cimes recommençaient à se secouer sur le plafond du ciel qui paraissait, soudain, d'un bleu intense entre les branches et, soudain, les oiseaux se mirent à chanter tous à la fois. Des cris, des roulades, des jacassements, des appels, des sifflements, des roucoulades, du phrasé, de l'égosillement. Cela était fou, enivrant, passionné et lucide, extra-lucide.

Cette symphonie éclatante dura un quart d'heure et s'arrêta d'un seul coup, tout aussi soudainement qu'elle avait été attaquée et, je ne sais comment cela se fit, mais le soleil bondit au ciel, les singes se mirent à hurler, à rire en chœur dans leurs villages haut perchés, tandis que des coulées de lumière ruisselante dégoulinaient le long des fûts des arbres géants et que les masses de la verdure se distribuaient, prenaient du relief comme sous l'effet d'un projecteur latéral.

Enfin, j'y voyais clair.

Je voyais ma main crispée sur ma carabine et le canon de mon arme engagé dans la meurtrière.

J'étais prêt à tirer.

Dans le prolongement du point de mire courait un étroit sentier que Pà Tinho avait aménagé à coups de coupe-coupe dans les fourrés les plus rapprochés et, au bout du sentier, s'évasait une petite clairière plus ou moins mal débroussée. Des

tourterelles picoraient des grains de maïs que Pà
Tinho avait jetés en abondance sur le sol. Dans
mon axe de tir, à dix mètres, était attaché le cabri
par l'arrière-gauche à un piquet. J'étais prêt à tirer,
mais il n'y avait pas de tigre. Le cabri regardait
dans ma direction. Il s'était tu et il se remit à bêler.
C'était une gentille petite bête, toute blanche.

Je m'envoyais des claques sur la nuque et sur les
joues. Déjà les moustiques attaquaient. Ils étaient
voraces. La sueur me coulait dans les yeux et, de la
pointe du menton, gouttait sur mon genou.

Un grand papillon bleu vola dans le sentier. Et,
au bout d'une heure, un perroquet.

*

Pas de tigre.

La matinée avançait. Une sonnette retentissait,
proche ou lointaine, à ma gauche ou à ma droite,
au ras du sol ou en l'air, devant ou derrière moi.
Quelle était cette bête dont je n'avais aucune idée
qui émettait ce son cristallin, cette bête inquiète
qui décrivait des cercles autour de moi dans
l'épaisseur de la brousse, cette bête errante qui
devait avoir un appareil spécial sur le dos car le
signal d'alarme qu'elle donnait avait les vibrations
d'un timbre frappé à intervalles réguliers d'un
léger coup de mailloche, était-ce un oiseau, un
insecte, un pachyderme ventriloque, un tatou
misanthrope cognant sa carapace contre tous les
troncs et trébuchant dans sa ronde, un crapaud

ailé ou la nargue d'un ægipan ? Cela devenait aga-
çant à la longue. J'avais envie de m'en aller. Je
m'ankylosais dans la position assise. Mais le plaisir
de surprendre l'once qui surviendrait m'attachait à
l'affût et je restais l'œil à la meurtrière, immobile,
les nerfs tendus, sur le qui-vive.

La matinée devenait brûlante. Les plantes relui-
saient comme enduites de caoutchoutine. Les
feuilles avaient l'air d'être découpées dans du zinc
et passées au ripolin tellement elles étaient rigides
et leur vert cru. Le cabri s'était couché. Sans ces
satanés moustiques dans mon abri et les tourterelles qui voltigeaient, picoraient, sautillaient au
milieu de la clairière, je me serais cru dans un site
artificiel tellement tout était immobile, figé et
intense de coloration et de relief. Rien ne rompait
le silence que les fuites éperdues d'un rongeur ou
d'un petit singe dans les fourrés circonvoisins, le
timbre d'alarme de cette bon dieu de bête à cloche
qui devait circuler en bicyclette et, parfois, le gro-
gnement satisfait des cochons sauvages. Il devait y
en avoir un joli troupeau qui baragouinait par là,
sur la gauche.

Quelle heure pouvait-il être ? J'attendais le coup
de fusil de Pà Tinho pour bouger.

*

Je ne sais plus à quoi je pensais quand mon
attention fut attirée par une mignonne petite grenouille qui s'en venait droit sur moi en sautillant

au milieu du sentier. Elle paraissait éclose de la nuit tant elle était tendre, fraîche et ses couleurs précieuses à croire qu'elle avait sauté d'un godet d'aquarelle alors que son créateur était en train de la peinturlurer. Je la suivais avec ravissement des yeux quand elle disparut au pied même de mon paillon et j'allais me lever pour la prendre et m'amuser avec quand je me rappelai soudain le dicton des chasseurs brésiliens qui dit : « Quand tu vois la grenouille, le serpent n'est pas loin. »

Et, en effet, un serpent, dont j'ai oublié le nom indien, mais qui était gris-bleu pâle, donc de l'espèce la plus venimeuse, s'avançait en toute innocence sur le sentier. Il n'était pas plus pressé que ne l'avait été la grenouille. Ses anneaux se déroulaient l'un après l'autre, il portait la tête haute et dardait de la langue. Quand il passa à portée de ma main ses yeux me parurent plissés et je n'en revenais pas qu'il ne me vît point.

Un serpent, ça se tue et ça se tue au bâton. Je n'avais rien sous la main. Si comme Pà Tinho j'avais été armé d'un long couteau pernamboucain je n'aurais pas hésité à lui trancher la tête. Les gens du pays disent qu'il ne faut jamais tirer à balle sur un serpent à cause du « choc en retour ». Probablement qu'ils entendent par là qu'une balle ricoche facilement au sol et peut blesser quelqu'un. Mais j'étais seul. Oui, mais je n'allais pas disperser de mon coup de feu les léopards que j'attendais depuis l'aube et qui pouvaient se trouver dans les environs. Que devais-je faire ?

Je m'étais levé. Le serpent longeait le paillon à l'extérieur et disparut de mon champ visuel. Allait-il entrer ?

Tout à coup je pâlis et j'eus la plus grosse frayeur de ma vie[a].

Quelque chose me touchait le pied.

Que devais-je faire ? Je ne bougeais pas. Je m'attendais à être mordu d'une seconde à l'autre.

La chose me grattait, me chatouillait la cheville.

Alors, avec mille précautions, je baissai les yeux le long de mon corps. C'était cette ridicule petite grenouille qui m'avait causé une telle émotion ! D'un bond, elle s'était installée sur mon soulier et maintenant elle s'efforçait d'atteindre plus haut.

Je la ramassai et la fourrai dans ma poche. Je sortis de l'abri. Un léopard ocellé glissait du couvert, s'engageant dans le sentier. Je rentrai sous l'abri. C'était une bête magnifique, à la démarche souple mais paresseuse. Ses épaules étaient juste dans ma ligne de mire. Sa queue traînait sur le sol. Comme l'*onça* débouchait dans la clairière je vis le cabri sauter, tirer sur sa corde, s'empêtrer dedans et bêler de désespoir. Mais le fauve ne le regarda même pas. Il s'assit sur son derrière et se mit fort tranquillement à se gratter l'oreille droite. Il avait une pu-puce.

Je n'allais pas tirer « mon tigre » pour en faire une superbe descente de lit !

Un coup de feu retentit au loin. C'était Pà Tinho. Il était dix heures.

J'allai détacher le cabri qui tremblait encore. À ma vue, tous les singes firent du vacarme dans le bocage. L'*onça* avait détalé. Je mesurai son empreinte. C'était du 12.

*

À déjeuner, mes amis brésiliens se moquaient de moi parce que j'étais rentré bredouille, mais quand je leur eus raconté la peur que m'avait faite la petite grenouille et que je tirai l'innocente de ma poche pour la laisser sauter sur la table, ils ne se tinrent plus de rire.

Dieu, une si petite grenouille !... et qui tenait dans un verre à liqueur !...

III

LE CROCODILE[a]

Jamais je n'oublierai notre arrivée à la fazenda de dona Veridiana.

J'étais au volant de la puissante *Marmon*. Dona Veridiana était à côté de moi, sur la banquette avant, et, sur la banquette arrière, ses deux filles, dona Maria et dona Clara. La voiture était découverte. Depuis le matin nous roulions par des mauvais chemins dans cette terre violette du café, la fameuse *terra roxa*, des croupes de diabase qui font la richesse de l'État de São Paulo, et nous étions tous quatre rouges de poussière. J'avais par-dessus le marché attrapé un coup de soleil sous le menton, par réverbération, j'étais aduste, et tous quatre étions fourbus. Les robes des femmes collaient à la carrosserie. Toute la journée la chaleur avait été écrasante et, maintenant que nous arrivions, de sombres nuées s'amoncelaient sur les cultures, d'épais bourrelets que frangeaient les derniers rayons du soleil couchant. Nous étions à la fin de la saison des pluies. L'orage quotidien était en formation. Tout était rouge, noir et or. On entendait les premiers roulements du tonnerre dans le lointain. J'accélérais.

— Oh, le lac, le lac ! s'écria dona Veridiana comme nous arrivions en bolide au sommet d'une éminence.

Je fonçai vers le lac qui miroitait à nos pieds et qui réfléchissait le grand drame qui se jouait bien au-dessus de nos têtes dans l'immensité du ciel entre le jour et la nuit, la lumière et l'ombre envahissante. Le paysage crépusculaire était infiniment tragique. Je tournai à gauche dans un vallon et redoublai encore de vitesse en bordure du lac pour arriver à la fazenda avant la pluie.

— Maria, Clara, oh, mes enfants, c'est le lac ! Cendrars, c'est le lac de mon enfance, le lac dont je vous ai si souvent parlé...

Dona Veridiana était dans un état inimaginable d'exaltation. Cela faisait quarante-sept ans qu'elle n'était pas revenue dans cette fazenda dont on apercevait les bâtiments blancs se mirer à l'autre bout du lac. Nous étions au terme de notre voyage commencé trois semaines auparavant, avenue Hoche, comme nous sortions dans cette même voiture de l'hôtel particulier de dona Veridiana pour aller rejoindre le bâteau, un *Blue-Star*, à Boulogne, et j'étais responsable du voyage, car c'est moi qui avais fait quitter Paris à ces trois grandes dames brésiliennes, que le berceau de leur famille, dont nous approchions, troublait aux larmes.

Que de souvenirs, que de deuils pour dona Veridiana ! Mais dona Maria et dona Clara, qui étaient nées à Paris, étaient également émues. Quant à moi, je ralentissais. Des nègres venaient sur le pas de leur porte comme nous passions devant les petites maisons délabrées des colons. Ils étaient étrangement muets. J'étais frappé de ne voir que des vieux et des vieilles, et des petits enfants chétifs, malingres. Cela était impressionnant.

La maison des maîtres était du type colonial, basse et longue. J'arrêtai la voiture entre trois palmiers impériaux et les sept marches de la véranda. Des vieux serviteurs nous attendaient. Chose curieuse, je n'arrive pas à me rappeler la tête du régisseur, cet important personnage qu'il est de tradition de rencontrer partout à l'intérieur du Brésil. Peut-être qu'il n'y en avait point dans cette plantation oubliée et après un si long absentéisme des maîtres, ou peut-être qu'il était malade, qu'il avait la fièvre. La fièvre devait régner dans la région. Tous les serviteurs qui nous entouraient avaient les traits émaciés, lymphatiques et des grands yeux languides, mélancoliques. En tout cas, je ne me souviens pas avoir vu cet homme ce soir-là ni plus tard durant mon séjour. Ce fut une énorme matrone qui nous souhaita la bienvenue et qui nous indiqua nos chambres.

Les premières gouttes de pluie tombaient. Il faisait noir. On se bousculait dans l'obscurité. En descendant de voiture, dona Clara, qui était enceinte, se trouva mal. J'allumai les phares. Je déchargeai les bagages. Je fermai la capote. J'éteignis. J'entrai dans la maison.

La fazenda de dona Veridiana était la plus antique fazenda qu'il m'ait été donné de visiter au Brésil. Les pièces étaient vastes, peu meublées. Cela
sentait l'abandon. Les parquets craquaient. Ils
étaient de deux tons, faits d'un bois plus clair et
d'un bois plus foncé. Des décorations bizarres,
brunes et bleues, couraient sur les murs blancs.
Quand j'entrai dans ma chambre, je trouvai une
grosse araignée velue prise dans ma moustiquaire.
J'allumai une lampe à pétrole en me disant qu'à
cause de la proximité du lac il devait y avoir des
vampires sous les toits. Puis j'allai fermer ma
fenêtre. Mais avant de la fermer, je m'étais penché
à la fenêtre pour voir où elle donnait. Ma fenêtre
donnait sur la *senzala,* l'ancienne cour carrée où
l'on enfermait autrefois les esclaves pour passer la
nuit. Cette cour était lugubre sous la pluie. Des
éclairs flambaient. Le tonnerre tonnait. L'orage
éclatait sur la maison. Où, mais où étais-je venu ?
Cela commençait comme un méchant conte de
fées par une visite chez l'ogre. Je me hâtai de sortir
de ma chambre. J'avais faim.

*

Généralement les filles sont jolies qui vous
servent à table dans les fazendas du Brésil, ce
sont des troublantes mulâtresses ou des jeunes
négresses vergogneuses et timides. Mais, ici, il n'y
avait que des vieilles, toutes. Par contre, comme
dans toutes les familles brésiliennes, elles étaient

d'une propreté méticuleuse et d'une extraordinaire
politesse vous présentant, par exemple, un verre
d'eau, comme les anges dans les tableaux byzan-
tins, des deux mains et sur une serviette d'une
blancheur immaculée. Mais toutes étaient brèche-
dents, ce qui ne manqua pas de m'étonner.
Était-ce dû à l'humidité du lac ou appartenaient-
elles toutes à la même tribu d'Afrique où cette
mutilation totémique était de pratique courante
depuis la nuit des temps et cette coutume ances-
trale leur aurait-elle été transmise sur la terre du
Nouveau Monde par leurs parents qui, eux,
avaient été arrachés au clan pour être vendus
comme esclaves ? La libération des Noirs ne date
que de 1887 au Brésil. Vu leur âge, beaucoup des
vieilles qui nous servaient à table avaient dû
connaître cette époque et plusieurs, naître en
esclavage, avant la liberté du ventre. Il y avait un
abîme dans leur politesse, leur maintien digne et
leurs gentilles petites manières, non de la servitude
acquise, mais un don complet de soi comme si cela
eût été une grâce d'état que d'appartenir à la
famille des maîtres blancs, que de les servir, que de
les assister, d'officier à leur repas. Dona Clara, vu
son état, était particulièrement choyée ; mais, moi,
un intrus, je n'étais pas exclu, je faisais l'objet de la
même communion. J'avais la sensation de partici-
per à un repas rituel. L'exquise dona Maria souriait d'aise. Comme elle était gourmande, la diversité des petits plats qu'on lui présentait et leur
exotisme l'amusaient fort. Quant à dona Veri-

diana, elle interrogeait la matrone qui se tenait debout derrière sa chaise sur les choses et sur les gens, demandant des nouvelles de toutes les familles de la plantation et l'énorme matrone noire, qui présidait, tout en surveillant les allées et les venues des servantes répondait à sa maîtresse qu'elle n'avait pas vue depuis près d'un demi-siècle, comme une nounou répond à un petit enfant, avec autorité, indulgence et tendresse. Manifestement, Célestina était en transe.

— Alors, les fils du vieil Emilhano sont partis, eux aussi ?

— Ils sont partis, dona Veridiana.

— Pour où ?

— Mais on ne sait pas, voyons ! Ils partent. Tous les hommes partent. Ici, c'est une fazenda de vieilles gens antiques.

— Et le fils de Zé, le berger ?

— Xico de Barafunda ? Oh, celui-là, il a pris sa guitare et il est parti. Dans l'Ouest ! qu'il a dit comme ça.

— Alors, ils partent tous pour l'Ouest ?

— On ne sait pas. Et comment pourrait-on le savoir puisqu'ils ne reviennent pas ! Il paraît qu'il y a des terres nouvelles par là. C'est un péché. Les jeunes ont abandonné les vieux. On n'a jamais vu ça, voyons. C'est un péché, un grand péché.

— Et les filles de José Antonho et de Maria Candida, Raymundinha, Nésinha, Leocadia, elles étaient sages, celles-là ?

— Et comment voulez-vous retenir les filles,

dona Veridiana, quand les garçons n'y sont pas, dites-moi, comment les retenir, comment faire ? Nésinha est morte dans le *sertão* de l'Ouest[1]. Leocadia est revenue, elle, vous allez la voir avec son bébé pas plus gros qu'une miette et qui a une tête de mouche, que c'est un malheur ! Quant à Raymundinha, personne n'a jamais plus entendu parler d'elle. Elle a dû être mangée par le loup-garou. Je vous le dis, dona Veridiana, ici, c'est la fazenda des vieilles gens antiques d'autrefois. Bientôt, nous serons tous morts. Pai José Antonho est déjà mort de chagrin et Maria Candida est devenue aveugle à force d'avoir pleuré...

*

Le bruit de notre arrivée s'étant répandu dans la fazenda les Noirs accouraient des plus lointaines colonies pour venir voir dona Veridiana et leurs deux jeunes petites patronnes de Paris qu'ils ne connaissaient pas encore, ainsi que « *le général français qui conduisait le char de la guerre d'une main !* » comme ils disaient, en parlant de moi. Nous passâmes donc sur la véranda.

Ils étaient tous là, les vieux, les vieilles, les enfants maigrichons et quelques rares jeunes femmes maladives ou avec des ventres qu'elles portaient haut. Malgré la pluie, ils avaient mis

---

1. *Sertão* : au Brésil, les solitudes de l'intérieur, le bled ou la brousse.

leurs plus beaux atours. Les hommes tenaient leur chapeau à la main. Les femmes qui n'avaient pas voulu les salir dans les sentiers détrempés, maintenant qu'elles étaient à l'abri s'empressaient d'enfiler leurs chaussures sur leurs pieds nus et leurs bas boueux. Ils nous entouraient humbles et timides. Un vieux nègre se mit à pleurer, et les vieilles négresses se jetèrent aux pieds de dona Veridiana et de ses filles pour leur baiser les mains. Un cercle de vieillards m'entouraient, des bergers, des bûcherons, des planteurs, ils me regardaient comme une bête curieuse et devaient faire Dieu sait quelles suppositions à mon sujet car le bruit de Verdun était arrivé jusqu'au fin fond de leur solitude perdue. L'un d'eux, plus hardi, me mit la main sur le bras et me dit :

— Général, fais voir tes armes.

Il s'appelait Manuel Theodoro. C'était un grand diable qui n'avait qu'un œil. Il était chasseur.

J'allai chercher ma carabine et lui en fis la démonstration. Ce qui l'épata le plus ce fut la graisse fine dont mon arme était enduite.

— Pour de la graisse, ça c'est de la graisse ! faisait-il avec admiration. Vous avez vu, vous autres ? Touchez-moi ça. C'est extra. Ça sent bon. C'est du parfum.

Il prononçait *pé-foumé*.

Mais, bientôt on entendit des cris. C'était Maria Candida, l'aveugle, qu'on amenait.

C'était une folle. Elle se précipita sur dona Veri-

diana, lui baisant les pieds, la palpant de partout,
lui passant les mains sur le visage, s'écriant :

— Où est-elle notre *patroazinha* que je la
reconnaisse ? Regardez comme elle est belle,
comme elle est douce et bonne ! Et les deux autres
chères petites patronnes où sont-elles ? Amenez-
les-moi que je les touche pour la bénédiction de
mes vieux jours. Dites, n'est-ce pas qu'elles sont
aussi belles que leur mère ? Maintenant, je puis
mourir heureuse, elles ne repartiront pas ! Je le
sais. Aujourd'hui, c'est la bénédiction qui est
entrée dans la maison. Tous nos hommes revien-
dront à la fazenda. Réjouissez-vous ! Je les vois. Il
n'en manque pas un. Pai José Antonho, mon
homme, marche à leur tête. Il les ramène tous.
Femmes, réjouissez-vous, mais ayez pitié de nos
chères petites patronnes qui sont veuves...

Elle se laissa tomber sur le sol, fit le signe de la
croix, récita une prière et se renversant sur le dos,
étendue tout du long, Maria Candida se mit à pro-
phétiser, ses yeux blancs grands ouverts :

— Dona Veridiana, Mère des Noirs, votre Frederico, le martyr, est au ciel et vous protège pour le
siècle des siècles ! Dona Maria, vous êtes la plus à
plaindre, car votre Frederico se meurt de la poitrine dans les montagnes blanches de l'autre côté
des mers ! Priez pour lui ! Mais, vous, ma douce
colombe, ô dona Clara, vous êtes la porte de la
bénédiction, consolez-vous ! Votre Frederico est
mort dans un grand feu, je l'ai vu, je le sais, je l'ai
entendu pousser un grand cri, une nuit il m'a

réveillée. Mais la série des deuils est finie, l'envoûtement qui faisait régner le mal dans notre belle
fazenda est dénoué, voici le fils du Soleil, la bénédiction du jour, l'enfant Espérance. Vous portez
dans votre sein un petit Frederico qui sera le Père
de nos enfants et fera régner la joie dans nos
cœurs. C'est une bénédiction ! Prions...

Nègres et négresses étaient à genoux. Dona
Clara était pâle. Dona Maria pleurait convulsive-
ment. Dona Veridiana me regardait fixement.
J'étais mal à l'aise. Mon ami Luiz, le mari de
dona Maria, était en effet dans un sanatorium, en
Suisse ; Ruy Pacheco Netto, le mari de dona
Clara, venait de se tuer en pilotant une voiture de
course dans les vingt-quatre heures du Mans ; je
savais par dona Veridiana que son mari, Frederico Silveiro de Mendonça, le fameux ambassadeur à Washington, avait été assassiné autrefois,
dans cette même fazenda, à la suite d'une
intrigue politique. Mais que signifiaient les diva-
gations de cette pauvre vieille aveugle dont
la confusion mentale était manifeste et pourquoi
y attacher de l'importance ? J'avais pitié de
dona Maria. J'allais intervenir pour faire cesser
les oraisons des Noirs, quand Maria Candida
s'écria :

— Menez-moi vers le Français et rendons-lui
grâce, c'est lui qui nous a ramené nos chères
petites âmes perdues !

Elle me prit la main, la posa sur son cœur,
poussa un soupir, leva la tête au ciel, comme inspi-

rée ; puis, elle se pencha vers moi et me murmura à l'oreille, très vite :

— Tu es beau. Tu es blond. Tu es pur. Tu es généreux. Tu as les yeux bleus. Tu n'as pas beaucoup d'amis, mais tu es bon. Crois une vieille femme qui va mourir : ne prends jamais plus le bateau ! L'eau t'est contraire. Amen. J'ai parlé.

Et Maria Candida sortit, entourée d'autres vieilles, et de toute une marmaille, et des Noirs.

Je sortis derrière elle, et pour éclairer sa route j'allumai et orientai les phares de la voiture.

— *Que boa ! Que bello ! que iluminação !* s'écrièrent les gosses en accourant comme des fous.

Des hommes aussi revinrent sur leurs pas ou sortirent de la véranda pour entourer la voiture.

Je vis dona Veridiana et ses filles rentrer dans la maison. Dona Maria allait au milieu. Les trois femmes se tenaient enlacées.

Il était tard. Il ne pleuvait plus. De gros nuages noirs couraient dans l'Ouest. Je vis scintiller trois étoiles. D'autres nuages se bousculaient. Les étoiles s'effacèrent. J'éteignis mes phares. Les Nègres peu à peu s'en allèrent. Qu'est-ce que j'attendais ?

Je rentrai à mon tour à la maison

Mais, cette nuit-là, je ne dormis pas.

Ce n'est pas que les paroles de la vieille folle m'inquiétaient. C'était l'ambiance, l'atmosphère, un je ne sais quoi de trouble qui planait sur cette maison, sur cette région. La noirceur du lac. Cette cour sous ma fenêtre. Le temps jadis. L'Afrique. Les cruautés de la traite. L'esclavage. Les gens perdus. La brousse. Les drames du défrichement. L'immensité de ce pays. L'avenir. La profondeur de la nuit. La menace du ciel. Tout cela comme un appel de l'autre monde.

Je passai la nuit à fumer des cigarettes à ma fenêtre.

Tout me paraissait irréel.

*

Non seulement la fazenda de dona Veridiana était antique, la maison vermoulue, les hommes vieux, mais la terre elle-même était épuisée. La plantation s'étendait sur des centaines et des centaines de lieues, je l'avais parcourue en tous sens, à cheval et en voiture, jusqu'aux confins des défrichements, partout les arbustes étaient rabougris, les caféiers sans sève, leur cime sans feuilles et la jupe des branches qui retombaient sur le sol envahie, étouffée par les mauvaises herbes et par les plantes grimpantes. Cela était lamentable à voir. Des secteurs entiers étaient saccagés par les termites qui avaient édifié leurs termitières jusqu'au beau milieu des chemins et d'autres secteurs étaient brûlés par les brouillards qui émanaient du lac et qui, à la mauvaise saison, se congelant à l'aube, compromettaient la future récolte. Séchoirs et bâtiments tombaient en ruine. Les pâtures étaient pauvres et le bétail ne payait pas de mine.

J'avais dit à dona Veridiana : — Vous devriez vendre, votre fazenda ne vous rapporte plus rien.

— Mais, je ne peux pas, Cendrars.

— Et pourquoi ?

— Et que deviendraient ces pauvres gens si je vendais, y pensez-vous ?

— Ça, c'est vrai.

— Vous voyez bien, je ne puis pas vendre. D'ailleurs, je suis attachée à ce site. J'y ai passé les plus belles années de ma vie, toute mon enfance, et jusqu'à mon mariage, et quand je brillais dans les ambassades, à Rome, à Londres et à Berlin, j'avais les *saudades* de mon pays, la nostalgie de ma terre et des gens de ma terre. C'est tellement autre chose chez nous, vous ne trouvez pas ?

— Alors, distribuez-leur la terre, vous êtes assez riche, dona Veridiana.

— J'y ai souvent pensé, Cendrars. J'ai même consulté un Père jésuite à ce sujet. Mais cela ne se peut pas. Ces pauvres gens ont besoin de nous. Sans nous, ils seraient perdus. Vous ne savez pas ce qui s'est passé au Brésil lors de l'abolition de l'esclavage ? Les Noirs ne voulaient plus travailler. Il s'achetaient des chaussures et des parapluies, les insignes des hommes libres, et ils s'asseyaient au soleil. Ils ne faisaient plus rien. Beaucoup sont morts de faim. Ou alors, ils venaient mendier chez leurs anciens maîtres, pleurant leurs petits enfants qui mouraient comme des mouches à la maison. Il paraît que cela a été effrayant. Tous les nouveau-nés passaient. Les Noirs appelaient ça *O Flagelo, la plaie d'Égypte.* Aujourd'hui...

— Aujourd'hui ?

— Oh, aujourd'hui, ça n'est plus la même chose, ils sont libres et ils travaillent. Mais dès que cela ne va pas, comme autrefois ils s'adressent à nous comme au bon Dieu.

— Mais les jeunes qui s'en vont et ne reviennent pas, dona Veridiana ?

— C'est vrai, vous avez raison, c'est notre faute, notre grande faute. Nous les avons abandonnés trop longtemps à eux-mêmes et c'est la ruine de notre immense pays. Avec le progrès économique et les richesses tout le monde est redevenu nomade chez nous. C'est peut-être de l'atavisme. Les riches propriétaires, comme nous, allaient tous vivre en Europe et nos gens, ne voyant plus leurs maîtres, partirent à leur tour, abandonnant leurs dieux lares, et jusqu'à leurs vieux parents, pour aller défricher l'Ouest, où il y a de nouvelles et de nouvelles terres. On a fait appel à la main-d'œuvre étrangère, on équipe le pays, les ingénieurs pensent à l'avenir, mais ces bouleversements et ces grands remue-ménage risquent de frapper à mort l'âme de notre patrie. L'unité brésilienne est faite de notre communion avec nos Noirs. Nous leur devons tout. Aujourd'hui, beaucoup de gens pensent comme moi, Cendrars. C'est pourquoi je suis revenue. L'Europe ne nous vaut rien à nous autres, Brésiliens. À Paris, j'étais une déracinée. J'avais le mal du pays. Toujours, toujours. J'avais la nostalgie, les *saudades* comme on dit chez nous. Et Maria, et Clara, les pauvres chéries, elles étaient perdues, elles n'avaient plus rien. Ici, elles vont se retremper l'âme. On ne peut pas vivre le cœur malade. Merci d'avoir compris ça, Cendrars, et de nous avoir ramenées chez nous. Mais vous devriez rester, Cendrars. Dona Maria...

*

Dona Maria...

Il y avait déjà trois mois que je flânais à la fazenda du lac et j'avais promis de rester trois mois de plus, jusqu'à la délivrance de dona Clara.

Je n'avais rien à faire. Le site était malsain. Le lac fiévreux. Le vallon mal aéré. Et le laisser-aller et la décrépitude de l'ensemble de la plantation me fichaient le cafard.

Au début, on avait agité des projets de réforme et parlé de faire installer le téléphone à la fazenda, la lumière électrique, l'eau courante et que sais-je encore ? J'avais dressé des plans, établi un horaire de travail et même ouvert des chantiers et commencé à faire réparer les chemins, les clôtures, les ponts. Mais cela n'avait pas duré, la fazenda était vite retombée dans sa somnolence et les vieilles gens de la plantation avaient repris leur train-train habituel de moindre effort et de négligence, auxquels ils étaient accoutumés.

La fazenda ne recevait jamais aucune visite. Elle était à l'écart, en dehors des routes de grande com-

munication. Perdue. Trop loin. Sans voisins. Dans
une zone désertique. Le Brésil est beaucoup trop
grand. Ainsi, une fois par semaine, quand j'allais
en voiture chercher le courrier au siège du muni-
cipe, j'avais à parcourir deux cent vingt-cinq kilomètres de mauvais chemins. Et c'est ainsi que je
rapportai un jour à dona Maria un câble de Leysin
annonçant le décès de Luiz.

... Alors, Maria Candida avait tout de même vu
juste ?...

Dona Maria...

Au début, je la voyais tous les matins. Nous sortions à cheval. Je l'accompagnais dans les colonies
quand elle allait donner ses soins aux vieux et aux
enfants malades. Nous ne parlions jamais beaucoup. Nos montures marchaient de front et à
chaque clôture je piquais des deux pour aller
ouvrir et refermer la barrière sur son passage et,
chaque fois, j'étais obligé de filer ventre à terre
pour la rattraper car elle profitait du temps que je
passais à la fermeture pour faire un temps de
galop ; puis, nos montures remarchaient de front.
Ce jeu, c'était sa façon à elle de me faire savoir que
nous étions bons amis. Ce n'était pas enfantillage.
Au contraire, je savais qu'elle se tourmentait.
Jamais nous ne parlions de mon ami Luiz avec qui
dona Maria n'avait pas été heureuse.

Dona Maria...

On mettait pied à terre dans les colonies. On
entrait dans les cahutes des Noirs. On y était
accueillis par des essaims de mouches, les pleurs

des gosses, les plaintes des hommes, la criaillerie
des femmes. Les vieux nègres se déculottaient, les
vieilles négresses montraient leur ventre. J'ouvrais
la trousse et je préparais les flacons et les panse-
ments. Dona Maria. Jamais je ne l'ai vue ciller ou
avoir un mouvement de recul. Elle se penchait et
faisait le nécessaire, crevait un abcès, badigeonnait
un ulcère, remontait une hernie, enfonçait une
sonde et donnait des conseils circonstanciés. Elle
était toujours souriante, douce et ferme, avec quelque chose d'entêté quand elle opérait et un rien de
cruauté dans le profil. Elle était belle. Elle était du
type indien et, comme je l'avais vu sur des vieilles
estampes portugaises donnant des têtes de chefs et
de femmes de chefs brésiliens au moment de la
conquête, je lui trouvais dans les yeux quelque
chose d'égaré, d'asymétrique. Quand la visite était
terminée, nous rentrions à la maison en faisant un
grand tour dans les champs. C'était alors une
course endiablée. On fonçait sur l'obstacle.
Radada, radada ! Mais toutes nos randonnées nous
ramenaient inévitablement au lac.

Ce lac !

Quoique trop bleu et bordé de la flore la plus
exubérante des tropiques, il n'avait rien de romantique. Dona Veridiana prétendait qu'il s'était
formé sur l'emplacement d'une cathédrale englou-
tie et, qu'enfant, un dimanche de Pâques, elle avait
entendu sonner des cloches au fond de l'eau.
Manuel Theodoro, le chasseur, par contre, affirmait qu'il était plein de crocodiles et m'avait

recommandé de ne jamais m'y baigner. Le fait est que si je n'ai jamais vu de crocodile, je n'ai jamais vu non plus une barque s'aventurer sur ce lac, ni des canards sauvages s'ébattre à sa surface, des poissons folâtrer entre deux eaux ou des échassiers pêcher sur l'une ou l'autre rive. Même les lavandières ne le fréquentaient pas. Enchâssé dans le paysage, c'était un œil, un œil injecté, féroce, oui, un œil de saurien. Manuel Theodoro avait raison, il ne fallait pas s'y baigner.

Ce lac ! Tout ce qui tombait dedans était entraîné au fond pour y pourrir et servir de festin aux crocodiles, le ciel, le paysage inversé, mon cœur que j'y jetais... maintenant que je le hantais seul, le matin, depuis que dona Maria ne sortait plus avec moi, prétextant que l'événement était proche et qu'elle devait se consacrer à sa sœur et préparer la layette de l'enfant qui allait venir... Et dona Clara et dona Veridiana, je ne les voyais plus guère non plus car les femmes sont ainsi faites, elles se détournent du monde et des hommes quand elles préparent un berceau. Ce lac, j'étais donc seul à le contempler... et quand je n'en pouvais plus d'ennui et de lourde mélancolie, j'allais m'enfermer dans la bibliothèque du défunt ambassadeur, où je passais toute la journée et souvent toute la nuit plongé dans la lecture, tournant les pages des vieux bouquins piqués des vers, lisant les chroniqueurs de la découverte, de la pénétration, du peuplement, du défrichement de cet immense continent couvert de forêts vierges, le mystérieux

Brésil, où je pénétrais à leur suite, enfiévré, mais sans espoir, je le savais bien.

Dona Maria...

Le passé. L'avenir.

Est-ce que je rêvais ?

*

Non, la fazenda du lac n'était pas un rêve.

Une fois de plus, la vieille aveugle avait vu juste dans son délire et, comme Maria Candida l'avait annoncé, dona Clara avait mis au monde un beau garçon, baptisé comme son grand-père Frederico. Le baptême avait donné lieu à de grandes réjouissances parmi les nègres de la plantation et maintenant que j'avais vu ça, je n'avais plus aucune raison de m'attarder plus longtemps à la fazenda.

... Seuls les hommes annoncés n'étaient pas de la fête, me disais-je en bouclant mes valises. Les jeunes gens ne sont pas revenus. Et Maria Candida s'est tout de même trompée !..

Quant à moi j'étais content de partir. Ma place était retenue. Je prenais le bateau. J'embarquais à Rio dans trois jours. Je ne devais pas lambiner en route. Je rentrais en voiture. Ma vieille *Marmon* ! À nous deux...

Mes valises étaient à bord. Le plein était fait. Les pneus gonflés. J'étais en bras de chemise. Couché sous la voiture, j'étais en train de régler mes tringles de freins quand Manuel Theodoro m'appela :

— Général, venez vite, il y a un magnifique crocodile, un vieux, une bête énorme.

Je sortis de dessous le châssis, les mains pleines
de cambouis :

— Un croco ? Vous en avez donc ! Je n'en ai
encore jamais vu dans votre lac. Où est-il ?

— Là. À cent mètres. Sur la gauche, derrière la
touffe des bambous. Prenez votre carabine. C'est
un gros. L'ancêtre des *jacarés*. Un grand-père.

J'avais promis à Manuel Theodoro de lui faire
cadeau de ma carabine s'il me faisait tirer avant
mon départ un de ces fameux caïmans qui d'après
lui infestaient le lac et dont je n'avais jamais vu
trace. On se doute, donc, avec quelle hâte je char-
geai ma carabine et me mis à courir derrière le
vieux chasseur qui avait déjà atteint la touffe des
bambous.

— Où est-il ?

— Je ne le vois plus.

— Il y a du fond ?

— Oh, oui ! Il a dû plonger.

— Vous avez une barque ?

— Une barque ?

— Oui... quoi... un bateau... un radeau... un
bout de planche... une seille... n'importe quoi qui
flotte...

— Mais, pourquoi faire ?

— Mais pour y aller ! On y va ?

— Comment, vous voulez y aller, général ?

— Bien sûr, que diable, on ne va pas le laisser
filer puisque vous l'avez vu !

— C'est...

— Quoi ?

— C'est qu'il n'y a pas de bateau à la fazenda.

— Comment, vous n'avez pas de bateau ? Vous avez un lac et vous n'avez pas de bateau, pas la moindre pirogue ?

— Il y a bien la barque de l'« oncle » Frederico...

— Qui ça, Frederico ?

— L'ancien patron, le mari de dona Veridiana.

— L'ambassadeur ?

— Oui, Dieu ait pitié de lui.

— Alors ?

— C'est que dona Veridiana ne veut pas qu'on s'en serve. Mais c'est un bon bateau, un bateau américain...

— Alors ?

— C'est que... Général, c'est dans ce bateau américain qu'on l'a ramené à la fazenda quand on l'a ramassé mort à l'autre bout du lac. J'y étais. Les salauds lui avaient tiré dessus, à la croisée du chemin, là où vous tournez avec votre auto. L'« oncle » Frederico était en train de pêcher dans son bateau américain. Il aimait bien la pêche, le défunt de dona Veridiana. Depuis, jamais plus personne n'est allé pêcher sur le lac. On a mis une petite croix sur la rive.

Manuel Theodoro me regardait de son œil unique.

(Aïe !... De ces petites croix en bordure des chemins il y en a partout à l'intérieur du Brésil. Elles marquent l'emplacement d'un homme qui fut

assassiné. Si on les dénombrait on saurait quel prix
l'homme attache à l'amour, ici, dans ces solitudes
prodigieuses, car tous ces hommes ont été assassi-
nés pour une question d'honneur et ces croix sont
plus nombreuses que les étoiles au ciel... Ô dona
Maria !)

— Faites-moi voir ce bateau américain, Manuel
Theodoro. Il n'est pas trop loin ?

— Non, il est juste à côté, mais n'y allez pas.

— Pourquoi ?

— Il porte la guigne.

— Ça ne fait rien, allons-y.

Le bateau de feu l'ambassadeur se trouvait être
un petit canot d'acajou. Il avait dû être de très
bonne qualité puisque depuis qu'il pourrissait dans
une anse, amarré à un bambou, à quelques mètres
de la rive, s'il était plein jusqu'au bord, il n'avait
pas encore tout à fait sombré. L'avant, l'arrière
émergeaient de justesse. Une vieille caisse à savon
flottait sur le banc du rameur. Je me dis qu'elle
pourrait me servir d'écope. Je calculai la distance.
La berge était surélevée. En prenant mon élan,
d'un bond je pouvais sauter dans le canot. On ver-
rait bien s'il tiendrait le coup.

— Manuel Theodoro, vous êtes bien sûr, vous
l'avez vu, vu de vos yeux, ce fameux crocodile ?

— ... Général !... N'y allez pas !... songez à ce
que vous a annoncé Maria Candida !...

Mais, déjà, j'avais sauté.

À ma grande surprise le canot ne coula pas sous
mon poids. Vraiment, il était de bonne qualité.

J'attrapai vivement la vieille caisse à savon pour vider l'eau du canot. Alors, il se passa quelque chose que je n'aurais su prévoir. Cette vieille caisse contenait un essaim d'abeilles sauvages et, en un clin d'œil, je reçus dix mille piqûres. La main, dans le cou, le visage, le nez, la bouche, les yeux. J'étais aveuglé. D'instinct, je me jetai à l'eau.

Mais je n'avais pas plutôt plongé au fond du lac pour me mettre à l'abri de ces maudites abeilles sauvages, que je me mis à penser au grand caïman qui devait me guetter par là, entre deux eaux. Alors, je me mis à nager vigoureusement vers la rive, préférant m'exposer au dard des abeilles qu'être saisi par les terribles crocs du crocodile.

Mais les petites abeilles sauvages, elles aussi, sont terribles. Primo, par leur nombre. Secundo, parce qu'elles vous piquent partout. Tertio, parce qu'elles sont d'autant plus furieuses que vous vous débattez. On connaît des cas de mort, tellement elles se sont acharnées. Quand on a le malheur d'être poursuivi par ces enragées, ce qu'on a de mieux à faire, c'est de faire comme les ânes qui, paraît-il, se laissent tomber par terre et font le mort. C'est ce que je fis couché dans l'herbe sur la rive, ne bougeant pas, tandis que j'entendais Manuel Theodoro me crier de loin :

— Dieu, ce que vous faites bien l'âne mort, général ! Surtout, ne bougez pas !...

*

Non, tout cela n'est pas un rêve, tout cela m'est arrivé il n'y a pas quinze ans, et cette fazenda du crocodile existe où l'on parle encore aujourd'hui d'un général légendaire qui faisait si bien l'âne mort. La preuve, c'est que je reçois de temps à autre une lettre où l'on m'appelle « *Mon général !* », où l'on me donne des nouvelles du petit Frederico, où l'on me demande : « *Quand donc reviendrez-vous chez nous faire l'âne mort ? On s'ennuie sans vous* » et qui est signée « *Maria* ».

Mais sans l'aventure avec ce crocodile que je n'ai jamais vu, moi-même je croirais avoir rêvé.

IV

LE BOA[a]

— Le boa, c'est né malin. Regardez, ce gros-là, voici des mois et des mois qu'il ne mange pas. Mais c'est pour se laisser maigrir ! Don Martino[b], qui revient de la Sorbonne, se moque de moi quand je lui dis ça. Il dit que les boas ça ne mange qu'une fois par an et que tout le restant du temps ça digère. Je le sais bien. Moi aussi, je l'ai toujours entendu dire. Mais, celui-là, vous pouvez me croire, c'est le roi des malins. Il fait semblant de rien, mais il est en train de se laisser maigrir pour pouvoir filer. Un de ces quatre matins, c'est moi qui vous le dis, il pourra passer entre les barreaux et il n'attendra pas pour disparaître. Que diront alors le jeune monsieur et la jeune dame ? Tout simplement, ils prendront le train et ne resteront pas un jour de plus à la fazenda, à cause de bébé. C'est moi qui ai raison, vous allez voir.

Nous étions debout devant la cage, senhor Mario, le régisseur de la fazenda de Santa Rita et moi. Ce que Mario affirmait me paraissait invraisemblable. La cage était en forme de pagode chinoise. Elle se dressait au milieu de la pelouse, devant le perron. Du temps de l'ancien propriétaire, elle avait renfermé des petits singes. Les barreaux en étaient assez rapprochés. Comment est-ce que le monstre qui était aujourd'hui làdedans allait-il faire pour passer entre les barreaux ? Il avait douze mètres de long et il était gros, plus gros que la cuisse. Et c'est tout juste si je pouvais passer la main entre les barreaux.

— Alors, senhor Mario, vous croyez qu'il pourra se faufiler ?

— Mais je vous le dis, monsieur Cendrars, le boa, c'est né malin ! Celui-là, il a déjà maigri de moitié depuis trois mois qu'il est là. Oh, je l'observe. Moi, il ne me trompera pas. Mais c'est don Martino qui ne veut pas me croire ! Et cela me vexe. Et puis, s'il arrivait malheur...

— Et comment ferait-il pour passer la tête ?

— La tête ? Mais il la passera de champ, pardine ! Attendez seulement qu'il ait bien maigri.

À moitié déroulé, le boa nous regardait, sa tête plate posée à même le plancher. Elle était large comme la pelle d'un terrassier car les boas ont une gueule qui leur permet d'avaler une tête de vache. On en rencontre souvent qui sont morts, la gueule ouverte, les cornes ne passant pas. C'est un spectacle hideux que cette carcasse de vache blanchie par le soleil, à moitié plongée dans la boue, au bord d'un marigot, et ce long squelette de serpent qui se déroule jusqu'au fond de l'eau vaseuse, où il a voulu entraîner sa proie en la tenant par le museau. Si la tête passe, tout passe, les os, le cuir, les sabots, le boa avale tout. Mais si les cornes ne tombent pas en pourrissant, c'est le boa qui crève, qui ne peut plus fermer la gueule. Les rives des cours d'eau et des marigots hantés par ces monstrueux reptiles sont pestilentielles. L'antre d'un boa est un pourrissoir.

*

Dans l'État de São Paulo, la fazenda de Santa Rita est la plus grande plantation de café d'un seul tenant. Sa superficie déborde légèrement celle de la Suisse. Cinq millions de caféiers plantés en quinconce montent à l'assaut des collines. Les crêtes sont nettes ; tirées au cordeau elles tranchent au milieu des champs, des pâtures, des pampas, de la brousse épineuse, des marais, des lacs qui composent et des trois rivières géantes qui délimitent l'ensemble de la propriété. Santa Rita contient d'immenses réserves, je ne sais combien de milliers et de milliers d'hectares de forêt vierge qui, sans la crise de 1929, serait, elle aussi, déjà abrasée, brûlée, arrachée, dessouchée, labourée, nivelée, travaillée et plantée de millions et de millions d'autres petits arbustes de rubiacée, uniformément verts, de la même taille, du même âge, alignés à perte de vue, chaque plant soigné, entretenu, abrité, numéroté, muni de sa fiche comme un poupon dans une pouponnière. Cette exploitation est un des plus beaux spectacles de

l'activité d'aujourd'hui. L'homme et la nature sont
aux prises. La technique moderne contre le climat
du tropique, la raison contre l'exaltation de la
forêt, la méthode contre l'exubérance végétale.
Sélection. Tri. Choix. Monoculture. Élevage.
Science et travail. Les engrenages des machines
prolongent et assouplissent la main de l'homme
pour lutter avec les termites ; la roue des camions,
avec la distance ; l'aile de l'avion, avec les chenilles
et les parasites ; le laboratoire, avec les gelées ou
les moisissures ; le microscope, avec les infusoires
et les bacilles ; la chimie, avec le sol ; le fusil, avec
la faune ; le cinéma et la radio, avec l'ennui, la solitude, le dépaysement ou le mal du pays, car il y a
beaucoup d'étrangers, des techniciens, des spécialistes, dans cette fazenda modèle où l'on innove
sans cesse des nouvelles cultures, où l'on acclimate
des nouveaux animaux domestiques pour amélio-
rer la race indigène en faisant venir d'Europe, des
Indes, des États-Unis, des bêtes primées et des
semences : coton, thé, ver à soie, Devonshire, un
taureau zébu, un étalon arabe, des mûriers, des
arbres fruitiers.

C'est dire que malgré son étendue la plantation
est très surveillée et qu'à Santa Rita les monstres,
comme celui qui était en cage lors de mon arrivée,
sont plutôt rares. Néanmoins, il se peut qu'un des
derniers boas se glisse jusque dans les enclos et les
paddocks pour choisir une jeune vachette ou une
pouliche de prix, ce qui fait chaque fois sensation à
la fazenda et terrorise longtemps les mamans,

enclos et paddocks se trouvant autour des bunga-
lows du personnel européen et les bêtes de choix
parquées aux abords immédiats de la maison des
maîtres. Et c'est ce qui était arrivé lors de la capture de cet exemplaire que j'allais surveiller tous
les matins avec senhor Mario pour constater s'il
était vrai que le gros serpent se laissait maigrir.

— C'était le dimanche de Pâques, m'avait
raconté Antoinette, une jeune Française, la gou-
vernante du petit Julinho, le premier-né de dona
Rita et de don Martino, des amis brésiliens ren-
contrés au Quartier Latin, un tout jeune ménage
qui venait de s'installer à la fazenda dont Martino
de Azevedo venait d'hériter. La maison était pleine
de beau monde qui était venu passer les fêtes à
Santa Rita. Pour une fois, on ne s'ennuyait pas et
j'avais fort à faire à cause des nombreux enfants
des invités qui voulaient tous aller jouer au jardin
et que je ramenais constamment sous la véranda à
cause de toutes les bêtes qui grouillent ici dans
l'herbe, les puces, les tiques, les carapates, tous les
insectes qui se logent sous les ongles, les vers qui
trouent la peau, les araignées qui mordent et
sucent le cou, les mouches qui brûlent, les larves
qui démangent, les fourmis rouges, les teignes, les
perce-oreilles, les mille-pattes. Le dimanche
matin, Monsieur nous avait promis de brancher
son nouveau poste de radio et d'essayer d'avoir
Londres ou Paris pour nous faire entendre l'envolée des cloches retour de Rome. Nous étions donc
tous à l'écoute, les enfants réunis dans le hall,

autour de l'appareil. Monsieur tournait les bou-
tons, tatillonnait, cherchait. Tout à coup une
grosse cloche se mit à sonner dans le hall. Les
enfants battaient des mains. Monsieur nous dit
que ce devait être la grosse cloche du carillon de
Saint-Paul de Londres et que c'était pour la première fois que cette maîtresse cloche se faisait
entendre au cœur du Brésil car c'était la première
fois que le nouvel appareil de Monsieur réussissait
à capter les ondes de Radio-Luxembourg. Et
Monsieur se mit alors à chercher Paris. Inutile de
vous dire combien j'étais émue à la pensée que
j'allais entendre soudain le gros bourdon de Notre-
Dame. Monsieur était en train d'orienter son
antenne quand signor Mario entra en courant pour
nous annoncer que ses hommes venaient de capturer un boa dans l'enceinte de la piscine. Il disait
que le serpent était gros comme ses deux cuisses,
long comme le corridor et que l'horrible monstre
était bien vivant, vu que ses hommes l'avaient
attrapé au lasso et qu'ils étaient plus de vingt à le
maintenir. Il venait demander s'il fallait lui couper
la tête ou le mettre en cage pour le montrer aux
enfants. Le malheur, c'est que Monsieur a dit
qu'on le mette en cage et, depuis, je ne vis plus,
moi, surtout que signor Mario prétend que le
serpent se laisse maigrir pour pouvoir s'échapper
et qu'un de ces soirs il se pourrait bien que je le
trouve dans mon lit. Quelle horreur ! Je n'en dors
plus. Je vous assure, monsieur Cendrars, que si
Monsieur et Madame n'étaient pas aussi gentils

avec moi je serais partie le jour même où cette bête, que je n'ai jamais voulu aller voir, est venue s'installer ici. Vous qui êtes son ami, vous devriez faire entendre raison à Monsieur et lui dire qu'il faut faire tuer cet affreux boa. On ne peut plus vivre ici, et j'ai toujours peur que la femelle de celui qui est pris vienne rejoindre son mari. Vous ne l'avez jamais entendu siffler ? Je vous assure qu'il siffle, la nuit, qu'il appelle. J'ai peur que tous les boas de la région ne l'entendent et viennent se réunir autour de sa cage pour le délivrer, j'ai très peur.

*

Le boa n'attaque pas l'homme, à moins qu'il ne le trouve endormi. C'est ce qui était arrivé à un pauvre Juif, deux, trois ans auparavant, dans une tout autre région, à la fazenda de Congonha[a], sise sur le rio Verde, une rivière aux eaux paresseuses et dolentes qui charrient des champignons gros comme des œufs d'autruche, dans le genre de la vesse-de-loup de chez nous, sauf que ces lycoperdons du tropique poussent à la surface de l'eau et voyagent avec le courant. J'arrivais de Rio par chemin de fer. J'étais descendu à la petite station de Varginha. Le chemin encaissé qui mène à Congonha longeait la rivière. Nous roulions comme dans un tunnel dans le fouillis des feuilles des bananiers penchés sur la rive. Il faisait moite. Le crépuscule tardait. Par des échappées je contemplais les eaux limoneuses du rio Verde et ces étranges colonies de grands champignons blancs qui coulaient mollement à notre rencontre. Tout à coup, le jeune Nègre qui conduisait la vieille Ford trépidante par ce mauvais chemin, retira la pipe de sa bouche pour me dire, les yeux allumés :

— Est-ce que monsieur sait qu'aujourd'hui c'est la fête à Congonha ?

— Ah !

— Oui, c'est la fête du Juif.

— Du Juif ?

— Oui, tout le monde se saoule la gueule à la fazenda, on boit à la santé du Juif.

— Quel Juif ?

— Mais, celui qu'on a sorti tantôt du ventre du boa, monsieur ne le connaissait pas ?

— Je regrette, mais, tu vois, j'arrive de Paris. Raconte-moi ça.

— Ah, mince, monsieur arrive de Paris ? Chouette alors, hein, ça c'est loin ! Mais je vais vous dire, c'est du colporteur qu'il s'agit. Monsieur ne le connaissait pas ?

— Non.

— Pas possible ! Que monsieur fasse un effort, qu'il se souvienne. Mais c'est le colporteur juif qui venait tous les ans à la fazenda avec son âne et de la si belle marchandise, des bretelles, des parfums, des mouchoirs de soie, des cachets pour les maladies de l'amour, et qui nous vendait en douce des pistolets. Que monsieur devine ce qui lui est arrivé aujourd'hui même ?... Non ?... Monsieur ne devine pas ?...

— Eh bien, dis-le.

— Eh bien ! on a rencontré son âne au milieu du chemin, avec la camelote, les ballots, et tout le saint-frusquin, et tout !

— Et le Juif, il était mort ?

— Mort ? Oh, bien mieux que ça ! Le Juif, il était mangé. Un boa l'avait avalé.

— Pas possible.

— Si. Comme je l'ai déjà dit, en rentrant du travail, tantôt, les *camaradas* ont rencontré l'âne du colporteur, mais pas le Juif. Alors ils se sont étonnés. Ils l'ont appelé. Ils se sont mis à sa recherche. L'herbe était toute froissée aux alentours. C'était la piste d'un gros boa. Alors, ils ont été encore plus étonnés qu'auparavant, car l'âne était debout et ne bougeait pas avec sa marchandise sur le dos. Alors, ils se sont mis à rire. Tiens, disaient-ils, c'est que le boa a préféré le Juif ! Ah, ça alors, on n'avait encore jamais vu ça ! Il y a une mare dans la brousse. Ils se sont mis à courir. Ils ont vite trouvé le boa qui était déjà lové et qui allait s'endormir. Le gros gourmand ne pouvait pas bouger. Il avait une énorme boule dans la gorge. C'était le Juif, le pauvre Juif. Alors, on lui a coupé la tête et le Juif est sorti, mais, Dieu, dans quel état ! C'était du vomi. Mais il y avait un petit machin carré qui flottait dans cette saburre. Monsieur, le portefeuille du Juif ! Quinze contos[1] ! Aussi, on fait la

---

1. 15 contos = 40 000 francs.

nouba. Tout le monde est saoul. C'est la fête. On boit à la santé du Juif. On ne travaille plus. On danse autour. Le Juif, on l'a immédiatement enterré, le pauvre, mais le boa, on l'a transporté triomphalement à la fazenda.

En effet, quand j'arrivai dans la nuit à Congonha, les Nègres de la plantation dansaient autour d'un grand feu. Ce n'étaient que chansons et cris de joie, des *gargalhadas* et de la musique. Le boa était étendu sur une claie. C'était un monstre de vingt mètres de long et de quatre-vingt-huit centimètres de tour de taille. Comme elle passe pour porter bonheur, les Nègres s'en partageaient la peau. J'en ai eu mon morceau. On ne pensait au Juif que pour boire à sa santé. De la *caninha*, de l'eau-de-vie de canne à sucre. Et l'on faisait partir des fusées.

*

— Alors, senhor Mario, vous trouvez qu'il maigrit votre pensionnaire ?

— Et vous ?

— Moi, je ne trouve pas. Il est toujours aussi gros.

— Et moi, je ne m'y fie pas. Je dis qu'il fait semblant. C'est un malin.

— Il est vrai qu'il est flasque et qu'il se fripe. Mais de là à croire qu'il pourra bientôt passer entre les barreaux de la cage ! Ce n'est pas encore pour aujourd'hui, vous savez.

— Je ne suis pas de votre avis, monsieur Cendrars, au contraire, c'est pour très bientôt. Je vous dirai une chose, quand un boa perd ses couleurs, c'est qu'il maigrit. Il paraît enflé parce qu'il se gonfle intérieurement. Il retient son souffle. Vous pouvez le constater, sa langue ne bouge jamais. Je parie que s'il se laissait aller à respirer normalement, il ne serait pas plus gros que le bras.

— Alors, pourquoi ne tendez-vous pas un bout de grillage autour de la cage, senhor Mario ?

— C'est... c'est que don Martino se moquerait de moi, vous le savez bien, monsieur Cendrars.

— À votre place, je poserais tout de même ce grillage, senhor Mario, on ne sait jamais...

— Taisez-vous, il nous écoute...

C'est ainsi que nous devisions tous les matins devant la cage du boa, Mario et moi, tandis que le monstre, immobile mais parcouru de frissons qui faisaient trembler ses écailles, dardait ses yeux sur nous, ses yeux d'hypnose aux lueurs jaunes, un regard qui troublait à la longue...

Il n'y avait pas de doute, le boa nous écoutait.

On s'en allait mal à l'aise. On restait inquiet. On pensait à lui dans la journée. On retournait voir s'il était toujours là. Mario et moi, nous nous retrouvions devant la cage aux heures les plus inattendues. Mario s'en allait sans rien dire. De même, je m'écartais.

Quelle sale bête !...

*

— Puisque vous vous intéressez aux boas, monsieur Cendrars, aujourd'hui, vous devriez m'accompagner.

— Et où allez-vous, senhor Mario ?

— J'ai un camion de barbelés qui se rend à Bebedouro. C'est un fond marécageux, le site le plus désolé de la plantation. Vous ne le connaissez pas encore. Venez avec moi. J'y ai une poignée de vaqueiros et quelque dix mille têtes de bétail, du *caracul*[1]. Il paraît que les bêtes sont malades. Il y a de la fièvre. Je voudrais voir ce qu'il en est. Emportez votre carabine.

— Pour les boas ?

— Oh, il n'en manque pas dans ces pâtures à cause de la proximité de la rivière, le rio Turvo, qui inonde régulièrement ces bas-fonds. C'est un coin malsain. On y rencontre de tout. Mais je voudrais vous présenter au coronel Logrado[a]. Ça, c'est un chasseur. Un homme. Il habite de l'autre côté de la rivière, sur l'autre rive, on pourrait pousser jusque-là. Vous venez ?

— Bon. Quand partez-vous ?

— Mais, tout de suite !

— Alors, le temps d'aller chercher une provision de cigarettes et de charger mon arme, et je suis à vous.

On se rendit d'abord à Bebedouro décharger le

---

1. *Caracul* : nom du bœuf indigène.

matériel. Ce site perdu, l'extrême pointe de la propriété dans l'Ouest, suait la fièvre. Les troupeaux
pataugeaient dans les bas-fonds épineux coincés
entre la haute-forêt et les profonds marécages qui
s'étendaient au large, jusqu'à la rivière. Le bétail
n'était pas beau à voir, maigre et couvert de plaies
saignantes, et les bergers, habillés de cuir et qui
montaient des mules, les *bolas* ou le lasso accrochés au pommeau de la selle, étaient farouches,
mais paraissaient tous malades. Ils campaient dans
des huttes de feuillage. Une lépreuse leur faisait la
cuisine. Puis, on fit un grand crochet pour aller
rejoindre la rivière au gué et la passer à la pagaie, le
camion en équilibre instable sur deux pirogues
accouplées.

La rivière était large, étale. Le ciel pur. La
lumière translucide. L'eau moirée. Le courant
paresseux et lourd. Le paysage déployé. D'épaisses
forêts, hostiles et noires de soleil, garnissaient le
rempart de la rive d'en face qui était montueuse et
avait des à-pics et des redans comme une fortifica-
tion. Dans cette région, le rio Turvo marque en
effet la frontière des plantations et des défrichements. Au-delà, il n'y a plus rien dans l'Ouest que
des terres et des terres nouvelles, des millions
d'hectares de forêt vierge, la solitude, la brousse.
Et tout cela se mire dans cette rivière pathétique,
dans ce ciel débordant qui vous remplissent les
yeux de paix et l'âme d'inquiétude.

Si, il y a une maison sur la rive opposée, la ferme
do Mato, une fazenda de « création » comme on

appelle au Brésil les fermes d'élevage, une maison plate, à mi-côte, vers laquelle nous nous dirigions lentement, en descendant le courant et le soleil dans l'œil.

C'est là qu'habitait le fameux chasseur dont Mario m'avait parlé tout le long du jour.

*

Sur la rive ouest, dans la profondeur des forêts, les terres du « coronel » Logrado étaient pratiquement illimitées et son bétail, plus qu'à moitié sauvage, se chiffrait par cent à cent cinquante mille bêtes, marquées au fer chaud d'une couronne d'épines coiffant un monogramme qui m'était familier puisqu'on le voit reproduit des centaines de fois sur la façade du Louvre, le chiffre royal : deux L majuscules, dont le premier est inversé : « ⅃L ».

Le « coronel » était un homme d'un autre âge. Des prospecteurs qui avaient parcouru l'arrière-pays et qui avaient découvert des gisements de charbon et des mines de fer, n'avaient jamais pu obtenir la moindre concession de lui. « — Je suis né dans ma ferme, avait-il coutume de dire. Je la tiens de mon père. Et, celui-ci, de son père à lui qui la tenait de mon arrière-arrière-grand-père. Toujours, il y a eu un Logrado par ici, un Logrado qui vivait seul, un chasseur. Nous sommes chasseurs de père en fils. De mon vivant, jamais je ne tolérerai qu'on abatte un arbre ou qu'on donne un coup de pic. » Et, en effet, jamais il n'avait voulu vendre, ni planter. À l'en croire, la ferme existait déjà dans ces forêts bien avant l'infiltration et la pénétration paulistes, elle était déjà debout au moment du peuplement du Brésil par les Portugais, elle datait même d'avant la découverte de l'Amérique. C'était un homme hautain, très pâle de visage. Il portait une barbe comme Pedro II. Il était très vigoureux mais de taille moyenne. Ses jambes étaient arquées. Ses mains, pleines de poils, avaient des doigts courts, aux ongles en spatule. Il avait de très beaux yeux noirs, vifs et fureteurs. Le « coronel » était un homme autoritaire. Il avait soixante et onze ans et sept fils, sept gaillards, qui faisaient son désespoir parce qu'ils n'étaient pas partisans de son genre d'existence. Lui était chasseur. Un taciturne. Un solitaire. Un sombre. Comme tout homme dévoré par une passion, il faisait peur à sa famille. C'était un possédé. Il était veuf. L'un après l'autre, ses sept fils avaient trouvé un bon prétexte pour aller vivre en ville. Le vieux était en procès avec chacun d'eux. Le patriarche vivait seul avec ses métis, ses chevaux, sa meute, des chasseurs d'hommes, des limiers de sang, des molosses comme on n'en trouve plus nulle part au Brésil depuis qu'il n'y a plus d'esclaves et que les Indiens sont pris en charge par les missions et mis sous le protectorat fédéral.

*

De merveilleuses histoires de chasse, toutes plus
inouïes les unes que les autres, circulaient sur le
compte du vieux Logrado. La plus légendaire est la
suivante. Elle se situe à l'époque où dona Lydia, sa
femme, venait de lui donner son dernier-né :

Le garçon avait déjà quatre ans et ce fils de chrétien n'était pas encore baptisé. Chaque jour, donc,
quand le « coronel » rentrait de la chasse, dona
Lydia, avec une sainte véhémence, lui faisait des
reproches, lui exposant ses scrupules de
conscience et lui énumérant tous les dangers qui
par sa négligence et son indifférence pouvaient
survenir d'impromptu pour compromettre le salut
de l'âme de son petit enfant. Un matin que le
« coronel », botté, équipé, armé, avait déjà sauté en
selle pour partir à la chasse, dona Lydia lui apporta
le garçon roulé dans un *poncho* et le lui mit d'autorité entre les bras. Pour faire taire le gosse qui hur-
lait et pour ne plus entendre les criailleries de sa
femme, le « coronel » piqua des deux, jeta sa monture dans la rivière, gagna l'autre rive, où il aborda
comme un furieux, cravachant son cheval qui par-
tit ventre à terre sur la piste de Bonfim, où se
dresse une chapelle et où habite le Padre Anselmo,
une trotte de deux cent cinquante lieues.

La piste de Bonfim ne pénètre presque jamais
sous bois. Elle longe d'abord les méandres du rio
Turvo, puis s'en écarte pour éviter la région des
marais, des *paranas* qui s'étendent sur une dizaine
de lieues, puis tourne brusquement à gauche pour
plonger dans une immense dépression désertique

et piquer droit dans l'Est. C'est une solitude sans nom, criblée de termitières, de palmiers nains à épines, de touffes de cactus, de fourrés de mimosées, d'arbres morts, de fondrières et de trous de tatous. On n'entend pas âme qui vive car la stridence des cigales ressemble plutôt à un grincement mécanique ou à un bruit de scie circulaire qu'elle n'évoque la palpitation d'un être ivre de soleil et de lumière célébrant son bonheur de vivre.

De s'enfoncer ainsi dès l'aube dans cette solitude, de chevaucher par cette belle matinée de septembre, l'été indien est une bénédiction au Brésil, la colère du « coronel » s'était apaisée. Il avait ralenti l'allure de son cheval. Même que ses traits s'étaient détendus car son fils s'était endormi devant lui sur la selle, sa petite tête contre sa poitrine et ses deux petites mains serrant étroitement son gros médius qui tenait la bride comme un crochet.

Le cheval allait l'amble. La piste se déroulait. Le « coronel » se sentait, je ne dirai pas heureux, mais confortable, tant il était fier. Il ne pensait à rien de précis, sauf que ce gamin-là serait probablement, comme lui, un chasseur digne de sa réputation, car on ne sait jamais dans les familles, c'est souvent le dernier-né, le benjamin, l'enfant inattendu, non désiré, alors que tous ses frères vous ont déçu, qui hérite des vertus du père. Les heures passaient. Des lieues étaient abattues. La piste se déroulait. Le cheval allait l'amble. Son fusil en bandoulière, le « coronel » se sentait bien. Mais par habitude son œil de chasseur fouillait le couvert.

À en juger par l'épaisseur de son ombre, il pouvait être neuf heures du matin quand un daim franchit la piste d'un seul bond. Cela avait été si soudain que le cheval avait fait un écart et que le « coronel » avait failli être désarçonné. Cela devait être un daim magique, car cela ne lui était encore jamais arrivé. Il n'était pas encore remis de sa surprise que déjà l'animal bondissant avait disparu sur sa gauche. Alors le « coronel » se lança à sa poursuite, à bride abattue.

Il jurait, il sacrait. Jamais il n'avait eu affaire à une bête pareille. Le daim s'élançait dans les fourrés les plus épais, disparaissait, apparaissait plus loin, fuyait, sautait les obstacles, détalait dans le découvert, entraînant le « coronel » à sa suite et le « coronel » lançait son cheval à sa suite, à travers les épines, les fourrés, les bouquets de mimosées ou de cactus, sautait les trous, franchissait les fondrières, galopait à tombeau ouvert, perdait le daim de vue, le retrouvait plus loin bondissant de plus belle, piquait des deux sans gagner un pouce de terrain. Quel satané daim ! Oui, mais quelle bête splendide ! Et quelles cornes ! C'était sûrement une bête magique ! Il n'en avait encore jamais vu de cette taille et sautant avec autant d'aisance, comme en se jouant et par nargue. Mais il l'aurait, et à la course ! Le « coronel » avait défait son lasso. Debout sur ses étriers, il faisait tournoyer le nœud coulant au-dessus de sa tête, il criait pour stimuler sa monture, il fonçait, il croyait gagner du terrain, mais il n'arrivait jamais à assez bonne distance pour détendre le bras et lancer le nœud fatal, quoique souvent le daim eût l'air de se laisser approcher. Enfer et damnation ! son fils le gênant dans ses manœuvres, le « coronel » lança l'enfant dans un arbre en passant, et reprit sa course. Maintenant qu'il était libre de ses mouvements, le daim ne lui échapperait pas !

Mais la poursuite dura toute la matinée, et toute la journée, et même fort avant dans la nuit car il faisait un grand clair de lune, et quand le « coronel » dut mettre pied à terre parce qu'il n'y voyait plus dans le noir, après le coucher de la lune, il fut pour de bon convaincu avoir eu réellement affaire à une bête magique : comme par enchantement, il se retrouvait sur la berge de la rivière, à l'endroit même où il avait abordé le matin, juste en face de chez lui. Dans l'ardeur de la poursuite il ne s'était rendu compte de rien, ni jusqu'où le daim allait le mener. Il avait perdu son orientation. Il ne savait où chercher son fils. Alors, il se jeta à l'eau, à la nage, poussant son cheval fourbu devant lui et regagna sa maison, se présentant à dona Lydia et devant tous les siens réunis, pour la première fois de sa vie, bredouille et tête basse.

L'enfant fut retrouvé deux jours plus tard, miraculeusement accroché dans les branches d'un mimosa. Il était sain et sauf. En souvenir de quoi on l'a baptisé un mois plus tard Emmanuelo, ce qui veut dire en hébreu *Dieu est avec nous*. Si dona

Lydia était contente, elle n'a jamais pu pardonner au « coronel » la trop forte émotion qu'il lui avait faite en rentrant cette fameuse nuit à la maison sans l'enfant et le sachant perdu ; aussi, quand elle est morte douze ans plus tard, elle a fait jurer à ses sept fils de ne jamais accompagner leur père à la chasse.

J'ai déjà dit que les garçons ont tenu parole.

*

Mario m'avait assuré que si je réussissais à faire desserrer les dents à cet homme renfermé j'apprendrais de sa bouche des choses étonnantes sur les mœurs et les mystérieuses habitudes des bêtes, ainsi que sur les secrets de la forêt. Dans tout le Brésil, il n'y avait de plus grand chasseur. Mais les présentations faites et Mario lui ayant exposé le but de ma visite, le vieux me regarda, haussa les épaules et se borna à déclarer :

— Bon, s'il veut rester huit jours, qu'il reste, on verra bien ce qu'il sait faire.

Je restai donc huit jours à la ferme *do Mato*, huit jours qui furent bien remplis, je vous le prie de croire, car j'avais tant de choses à voir et tout à apprendre : les armes, les pièges, les lignes, les appâts, la fameuse race des chiens du « coronel » et ses encore plus fameux petits chevaux dressés spécialement pour la chasse au boa, et comment on creuse une pirogue, et pourquoi les veneurs métis,

avec qui je sortais, observaient scrupuleusement tel
ou tel tour d'approche ou tel ou tel truc d'affût qui
me semblait être grossière superstition et qui, en
dernière analyse, se trouvait être un lointain atavisme, de la ruse d'Indiens. Le vieux ne faisait pas
plus attention à moi que si je n'avais pas existé.
Mais le huitième jour, il vint me trouver et me dit :

— Ça va. Senhor Mario m'a dit que vous vous
intéressiez aux boas. Venez avec moi. Je vais vous
en montrer un comme on n'en voit qu'en rêve.

Il avait une longue-vue sous le bras, une vieille
lunette qui m'intriguait fort, et il me mena au bord
de l'eau.

C'était le soir. Le rio Turvo paraissait deux fois
plus large qu'à l'accoutumée dans les feux du couchant qui irisaient le ciel et l'eau. La rive d'en face,
basse, inondée, retentissait des cris de milliers et
de milliers d'oiseaux aquatiques qui s'ébattaient
dans les roseaux ou qui tournoyaient en l'air,
viraient, viraient éperdus avant de se poser pour la
nuit.

Le vieux fouillait les bancs de boue avec sa
lunette.

— Là ! me dit-il. Vous pouvez le voir. Il a bien
cent mètres !

Et le « coronel » me passa la longue-vue.

Vint se dessiner dans l'objectif un banc de boue
en forme de croissant. Il se trouvait en avant de la
rive est, à l'entrée d'un bief qui dérivait dans les
marais. Le flot clapotait sur ses bords. J'en fis plusieurs fois le tour. Je distinguais très nettement des

jeunes tiges de roseaux percer sa berge érodée et blanche de déjections. Au milieu, se dressait un arbre foudroyé avec une grosse branche horizontale qui faisait potence. Sur la cime fendue de l'arbre mort était posé un gros oiseau brunâtre, un rapace de nuit. Je fouillai le banc minutieusement, en amont, en aval, pas trace du monstre, rien qui ne ressemblât de loin à un long tuyau ou à un rouleau de cordage.

— Vous le voyez ? me demandait le « coronel ».

Mais, saperlipopette, j'avais beau braquer la lunette, je ne voyais rien !

Je fus sur le point de mentir. Mais je déclarai bravement que je ne voyais rien du tout.

Le vieux prit cela pour une offense.

— Oh, monsieur Cendrars ! s'écria-t-il indigné, vous doutez de ma parole ?

— Mais pas du tout, coronel Logrado.

— C'est bien. On va y aller.

— Allons-y.

— Maintenant, allez vous coucher et tâchez de dormir. On le chassera demain matin. Sachez que ça n'est pas facile. Il a plus de mille ans et il est malin. Je l'ai déjà raté des centaines de fois. C'est un ennemi personnel de ma famille. Mon père aussi l'a raté des centaines de fois, et mon arrière-grand-père. Il est aussi ancien que nous dans la région, ce grand *sucuruju*[1]. C'est le roi du pays.

_____

1. *Sucuruju :* nom indigène du boa constrictor.

*

Le lendemain matin, à l'aube, quand je sautai de mon hamac, le « coronel » Logrado m'attendait déjà. Il était fin prêt. Comme je remarquai qu'il tenait un long épieu à la main, je lui demandai si je devais emporter ma carabine.

— Si cela vous amuse, me fit-il en se mettant en selle.

Le temps d'aller chercher mon arme et de revenir, le « coronel » était déjà parti ! Alors je descendis à fond de train vers la rivière. Le « coronel » avait pris beaucoup d'avance. Il remontait la rivière à contre-courant, se tenant à cinquante mètres de la rive. J'éperonnai mon cheval et le jetai à l'eau. C'est alors que je remarquai que mon cheval avait les yeux bandés. Derrière moi les métis de la ferme accouraient sur la rive pour suivre de loin les péripéties de notre chasse.

Nous remontâmes le courant durant trois bons kilomètres. Mon cheval nageait tout seul. On sentait qu'il était bien dressé. Je n'avais qu'à le laisser faire. Je suivais toutes les évolutions du « coronel » à trois cents, quatre cents mètres derrière lui ; mais quand je le vis obliquer vers la rive opposée, je pensai bien, en coupant court, arriver en même temps que lui sur le banc. Et c'est ce qui se produisit quand nos montures reprirent pied dans la boue.

J'avais vu juste, la veille. L'îlot était en forme de croissant. De frêles tiges de roseaux jaillissaient de la berge érodée et puante. Ce banc de boue pouvait avoir cent vingt-cinq mètres de développement sur quinze à vingt mètres de large. Au pied de l'arbre mort, il y avait une flaque. L'oiseau brunâtre était toujours perché sur la cime foudroyée. La maîtresse branche horizontale pendait jusqu'au sol. Le lieu était sinistre. C'était effectivement l'antre d'un boa. À cause des déjections du serpent, cela sentait terriblement fort. Je me tournais et me retournais la carabine à la main, je fouillais des yeux les moindres plis du terrain, tout tassement suspect, les fentes, les creux, prêt à tirer. Rien ne bougeait. Le terre-plein était ras et les maigres roseaux de la berge beaucoup trop clairsemés pour pouvoir dissimuler le monstre. L'eau coulait au ras du bord, un peu plus rapide à gauche qu'à droite et glougloutait à peine, mais continuellement. Il y avait de quoi avoir le vertige tellement la réverbération de ce banc de boue étalé était violente et suffocante son exhalaison. Rien ne bougeait, *sauf que mon cheval tremblait* et reniflait des naseaux, les oreilles pointées.

Je levai les yeux sur la croupe du cheval de Logrado, immobilisé à un mètre devant moi. Eh bien, cette croupe tremblait également et se recouvrait même d'une vilaine écume jaunâtre comme si la baignade de tout à l'heure avait fait déteindre la robe du petit cheval alezan.

Le « coronel » lui-même se tenait debout sur ses étriers, son épieu en arrêt. Il regardait fixement devant lui dans la direction vers laquelle son épieu était pointé, à mi-hauteur, comme si le serpent avait été dans l'arbre, par exemple sur la maîtresse branche retombante.

J'avais beau écarquiller les yeux, je ne voyais rien.

Tout à coup, le « coronel » enleva son cheval et fonça en avant. Je reçus un paquet de boue dans le visage. Je vis le « coronel » se cogner la tête contre la maîtresse branche, perdre son *sombreiro*, se précipiter avec sa monture dans la rivière et nager désespérément au large.

J'avais épaulé ma carabine, mais je ne voyais toujours rien bouger.

Ma monture se dérobait, caracolait, se cabrait. Je n'arrivais pas à la dompter, je n'en étais plus maître. Elle détala à son tour, traversa l'îlot en quelques foulées, se jeta dans la rivière comme si elle avait eu le mors aux dents, complètement folle et se mit à nager, le cou tendu, dans le sillage du « coronel ».

Je n'avais pas pu la freiner. Tout cela s'était déroulé comme dans un éclair. Mais en passant à mon tour sous la branche pendante, couché sur l'encolure de mon cheval qui m'emportait, j'avais senti à mon oreille un gros *clac* !, comme le coup de fouet d'un postillon, et ma bête avait bondi.

C'est tout ce que je puis dire du grand *sucuruju*. Il devait être enroulé sur la maîtresse branche et avait dû se détendre. D'où ce coup de fouet.

*

Nous avions traversé la rivière dans sa plus
grande largeur et nous arrivions vers la rive ouest,
quand je vis le cheval du « coronel » faire deux,
trois tours sur soi-même et couler à pic avec son
maître. Je restai sur place, nageant en rond pour
voir si le « coronel » Logrado allait remonter,
mais rien ne réapparaissait à la surface. Déjà des
pirogues se détachaient de la rive et les métis de la
ferme *do Mato* volaient à notre secours...

Les métis plongèrent toute la journée, puis
explorèrent la rivière en aval. Le troisième jour, ils
ramenèrent leur patron. Le « coronel » n'avait pas
été victime du boa, mais d'un écheveau de barbelés, une clôture arrachée qui flottait entre deux
eaux, dans laquelle son cheval s'était emmêlé les
pattes en nageant et le vieux Logrado s'était pris le
cou.

*

Quand je rentrai à la fazenda de Santa Rita,
Mario vint à ma rencontre. Il connaissait déjà la
fatale nouvelle. Il me serra sur sa poitrine et me
frappant amicalement de la main dans le dos, il me
demanda :

— Alors, vous avez eu peur, monsieur Cendrars ?

— Non, senhor Mario, je n'ai pas eu le temps

d'avoir peur, cela s'est déroulé beaucoup trop vite.
Mais quoi de neuf chez vous ?

— Le boa s'est sauvé !

— Le boa ?

— Je vous l'avais bien dit, hein ? C'était un
malin. Il a finalement réussi à se faufiler entre les
barreaux.

— Et que dit don Martino ?

— Rien. Mais c'est à son tour d'être vexé !

— Et dona Rita ?

— Oh, elle est furieuse contre Mlle Antoinette.

— Et qu'a fait ma gentille petite compatriote ?

— Imaginez-vous qu'elle est partie ! Elle n'a pas
voulu rester un jour de plus. Quand elle a su que le
boa n'était plus dans sa cage, elle a été prise d'une
frousse intense et elle a filé. Elle était comme folle.
Elle a fait ses valises et elle a pris le train séance
tenante.

— Et vos patrons, ils partent ?

— Il n'en est pas question.

— Et le bébé ?

— Il se porte bien.

— Et le serpent ?

— On a suivi sa piste jusqu'au garage et on l'a
perdue.

— On ne l'a plus revu ?

— Non.

— Et il ne manque pas d'auto au garage ?

— Non, pourquoi ?

— Imaginez-vous, senhor Mario, que ce gros
malin ait pris une voiture pour rattraper

Mlle Antoinette et vous la ramener, hein, qu'en dites-vous ?

— Oh, monsieur Cendrars, vous n'êtes pas sérieux !

— Peut-être bien qu'oui, senhor Mario.

— Vous plaisantez !

— Et peut-être bien que non, senhor Mario.

— Que voulez-vous dire ?

— Oh, rien.

LE BEC-FIGUE

Enfant, le marquis de Quattrociocchi m'emmenait à la chasse tous les dimanches. C'était en 1893-94, à Naples, j'avais six, sept ans[a]. Le marquis était mon précepteur par intérim. En semaine, c'était un homme doux et jovial, qui m'enseignait les rudiments du latin ; mais, le dimanche, il était transformé, se croyant Nemrod en personne. Après la messe, il tombait l'habit et entrait dans ma chambre lourdement chaussé, guêtré haut, en culotte, une cartouchière autour du ventre, un gilet de velours, à double poche gibecière remontante par-derrière et fixée dans le dos par un gros bouton de cuivre, lui boursouflant la bedaine, la casquette de Tartarin sur la tête, le fusil à deux coups en bandoulière, il me prenait par la main et nous montions courageusement au Voméro, derrière le fort de Saint-Elme. Le Voméro était à l'époque un endroit désert. Mon père commençait à peine à le lotir. C'était un immense cirque rempli d'une épaisse couche de poussière blanche, un ancien cratère ou solfatare où poussaient quelques maigres touffes de baguettes et deux, trois jeunes peupliers déplumés, presque aussi minces que leur tuteur. On s'installait sous un pampre, dans une *trattoria*, établie en bordure du cirque, et le marquis commandait du vin et déballait les provisions qu'il avait apportées. Nous étions toujours les premiers ; mais dans le courant de la journée du dimanche, d'autres vieux nobles napolitains, tous dans des tenues aussi esbroufantes que celle du marquis et armés jusqu'aux dents, venaient peu à peu nous rejoindre, commandaient du vin, déballaient leurs provisions, tranchaient pain, salami, fromage avec d'énormes coutelas de chasse, buvaient, s'empiffraient, mordaient à belles dents dans des poivrons, si bien qu'à l'heure du couchant nous étions au grand complet et que la tonnelle était toute sonore de violentes discussions et de joyeux éclats de rire. Mais c'était l'heure aussi de songer enfin à la chasse pour laquelle tous ces vaillants étaient venus. Tout le monde se levait. Les chasseurs chargeaient leur arme et allaient s'embusquer en bordure du cirque. Quand chacun était à son poste, mon précepteur sortait un pipeau de sa poche et en tirait un appel, deux notes bien mélancoliques. Je ne sais quel cri d'oiseau il s'imaginait alors imiter, mais je puis dire qu'il n'y avait du gibier d'aucune sorte dans cette étouffante et morne solfatare. Un dimanche sur dix, il venait un pauvre petit oiseau se poser sur une branche, bien à portée des chasseurs, et dix, vingt, trente, quarante, cinquante coups de fusil partaient tous à la fois. Dans mon innocence, je croyais qu'on avait tiré un moineau. Les vieux Napolitains prétendaient que c'était un bec-figue. Aujourd'hui, je suis convaincu que lorsque cette noble association de chasseurs, qui se cotisaient entre eux pour pouvoir jouer au loto, avait tiré un bon numéro, leur président (c'était le marquis de Quattrociocchi, s'il vous plaît !) pour faire honneur aux membres du club et respecter les statuts, leur offrait un serin acheté en cachette chez un oiseleur. N'empêche, on s'amusait bien, le dimanche, et quand on redescendait en ville, par la *chiaia de San-Martino*, la nuit, la ruelle retentissait de nos chants et les habitants se mettaient aux fenêtres pour nous voir défiler. Quand j'avais des sous, je me payais un âne, voire un cheval pour la descente des escaliers, et j'étais fier de moi, j'allais en tête. Il manquait bien un cor de chasse, mais il y en avait toujours un parmi nous qui avait apporté sa mandoline ou sa guitare et qui la faisait sonner. Par ailleurs, on sait qu'à Naples les voix sont jolies...

Je n'ose affirmer que mon père était content des progrès que je faisais en latin, mais ce bon vivant de Quattrociocchi m'a tout de même appris à boire et c'est probablement de lui que je tiens mon amour de la chasse car il m'a enseigné plus d'un tour. Ainsi, les jours de pluie (il pleut aussi à Naples et même le dimanche), quand « on n'espérait » personne et que le marquis se morfondait, sachant par expérience qu'aucun de ses bons vieux camarades ne viendrait le rejoindre par mauvais temps, alors que lui était obligé de sortir ce maudit fils de *forestiero*, ce qui le rendait maussade, pour se distraire, mais aussi pour se venger de mon père qui lui imposait une telle obligation, il prenait un malin plaisir à me montrer comment il faut s'y prendre pour fourrer une poule vivante dans sa poche, sans l'étouffer, ni sans qu'elle puisse pousser un gloussement d'alarme.

C'est, paraît-il, un truc de voleur de poules.

J'étais tout heureux de me faire la main et, s'il ne faisait si beau à Naples, toutes les poules du traiteur, chez qui nous tuions le temps quand il pleuvait, y seraient peu à peu passées... car la valeur n'attend pas le nombre des années.

J'avais six ou sept ans, c'était le bon temps, ô douces mœurs napolitaines !

L'AMIRAL[a]

*à Betty
et à Pierre-Jean Launay*[b]

I

« *Pernambouc aux montagnes bleues !* » s'écrie quelque part Victor Hugo dans un de ses innombrables poèmes[a]. Mais où sont-elles, ces fameuses montagnes bleues, commandant ? Je ne les vois nulle part et à chaque traversée je les cherche à cause de cette affirmation de Victor Hugo qui me revient en mémoire chaque fois que le bateau va faire escale...

Et je remis son binoculaire *Zeiss* au commandant.

J'étais sur la passerelle de l'*Eric-Juel*[b] où son commandant m'avait donné libre accès depuis cinq jours que j'étais à son bord. La triple cité s'étalait devant nous comme dans le creux d'une main, ses toits, ses clochers se découpant en silhouette sur le rose du soleil levant, et le grand transatlantique danois décrivait une courbe majestueuse sur l'eau calme pour entrer dans le port que

les cartes marines nomment aujourd'hui Recife et
les Pernamboucains Olinda, c'est-à-dire *Oh, la
Jolie !*, probablement parce que leur ville est noyée
dans la végétation luxurieuse du tropique, palétu-
viers, cocotiers, palmiers, papayers, citronniers,
jasmins sauvages et les touffes écrasantes des plus
beaux manguiers du monde, ou parce que les
églises et les maisons de l'antique capitainerie de
Pernambouc sont toutes peinturlurées ou décorées
d'anciennes faïences portugaises, des *azuleijos*, ou
des armoiries de la maison ducale de Nassau, les
Hollandais ayant à leur tour et longtemps possédé
cette ville au moment de la guerre des épices et de
la concurrence que toutes les marines de la vieille
Europe se faisaient sur cette côte du Nouveau-
Monde autour du fameux bois de teinture, le *pau-
brasil*, cette richesse de la fin du XVIᵉ siècle.

Si la mer était calme, la manœuvre d'accostage
était délicate. Car depuis que le récif fendu qui
barrait autrefois l'entrée du vieux port a été enrobé
dans la coulée d'un môle ou brise-lame gigantesque en béton armé et a donné son nom au nouveau port de Pernambouc, le bassin est d'un accès
difficile à cause d'un violent courant que cet
ouvrage moderne a fait naître entre les quais héris-
sés de grues et rutilants de lumière électrique, mais
où un transatlantique de deux cents mètres a du
mal à évoluer, drossé qu'il est par ce courant artificiel.

L'œil à la manœuvre, le commandant de l'*Eric-
Juel* me répondit néanmoins :

— Voici trente-cinq ans que je suis sur la ligne et que je fais régulièrement escale à Pernambouc, monsieur Cendrars. L'étymologie de Pernambouc signifie *la pierre dans la bouche* ou *la bouche dans la pierre*, je ne sais ; car si, avant la guerre, quand nous venions charger le sucre brut de cette région, le *demerara*, il y avait, en effet, un caillou qui bouchait l'entrée, la bouche du port, cet écueil lui-même était fendu comme une bouche, car c'était un récif de corail. Encore pouvait-on passer, et sans danger ; alors que, maintenant qu'ils ont construit leur grand truc en maçonnerie pour faire moderne et qu'ils sont fiers d'être à la page, c'est tout juste si nous n'allons pas jeter nos passagers de luxe à la côte. Et c'est ce qu'on appelle le progrès !... Mais je puis vous certifier qu'il n'y a jamais eu de montagnes, et même pas des bleues, dans ces parages. Ah, les poètes, ils se fichent autant de la véritable nature des choses que nos ingénieurs diplômés qui ont réussi à nous créer ici un courant sous-marin dans des eaux réputées pour leur calme. Depuis toujours Pernambouc a été connu comme un port sûr, mais, aujourd'hui, avec nos mastodontes, nous évitons, et de justesse, chaque fois une catastrophe. Puisque vous aimez la précision, vous, je dois vous dire, qu'en indien, Pernambouc, qui n'est qu'une corruption portugaise du mot tupi *Herà-n-mb-àquâ-n-a*, signifie *escarpé et pointu* s'il s'agit d'une montagne, mais aussi *se hausser sur la pointe des pieds, s'élever en pointe* s'il s'agit d'une roche à fleur d'eau, et, encore, s'il s'agit d'un courant, *se vider comme un pot, se répandre, couler bruyamment, se frayer la voie, se forer un trou, se faufiler, passer outre, s'engouffrer en bouillonnant.* Tout dépend de l'intonation que l'on donne au radical *àquâ* dont le sens tupi est *pont, dos* si l'on parle d'une montagne, ou alors *courant violent, remous, ressac* si l'on fait allusion à de l'eau comme l'explique le Père Luiz Figueira de la Compagnie de Jésus dans son « *Arte de Grammatica da Lingua Brasilica* », chose que l'on ne peut savoir qu'en écoutant parler les sauvages, dit-il, ou en devinant la clef de leur système d'accentuation car, des sauvages, il y a belle lurette qu'il n'y en a plus ! Mais il est tout de même curieux que Victor Hugo, qui ne connaissait pas plus le tupi que Montaigne les Toupinambas ou les Topinambous, ait fait allusion à des montagnes en parlant de Pernambouc comme s'il avait commis une simple erreur d'accent tonique et non pas une grave erreur descriptive, géographique...

Ce n'était pas la première fois que je tombais sur un commandant de navire ayant son dada. Que celui-ci fut fort en étymologie ou en grammaire tupi[a], ne m'épatait pas. J'en avais rencontré qui tricotaient, brodaient ou faisaient de la dentelle au fuseau. D'autres font des patiences. J'en ai connu qui se livraient à la radiesthésie, à l'hypnotisme, au mesmérisme, à la magie noire ou blanche. Si certains sont des inventeurs, des bricoleurs ou des scientifiques, beaucoup d'autres sont des poètes, des rêveurs, des amateurs, ont une nature d'artiste.

Si l'un est métaphysicien, pessimiste, et a comme livre de chevet les œuvres complètes de Schopenhauer dans sa cabine, un autre encombre sa chambre de bibelots, de tableaux, de photographies d'art, de potiches, d'objets exotiques et, comme une vieille fille sentimentale, s'applique sa vie durant et sous n'importe quelle latitude du globe à salir de l'aquarelle qu'il rate régulièrement. D'autres boivent. D'autres dorment ou digèrent à longueur de journée. Beaucoup ne pensent à rien. D'autres encore sont aigris. Mais le type le plus rare est assurément celui du vieux loup de mer, quoique tous soient à cheval sur le service. Et si j'écoutais avec admiration le commandant de l'*Eric-Juel* me faire avec aisance une leçon de choses, c'est que tout en me parlant, il allait, venait, l'œil à la manœuvre, surveillant le pilote brésilien qui entre-temps était monté à bord, donnait des ordres à son second qui, la main sur le shadburne à répétition sonore, ralentissait, stoppait ou faisait tourner en marche arrière les turbines de ce magnifique transatlantique dont le commandant Fredrik Jensen avait la responsabilité, après Dieu.

Jensen était un homme de cinquante ans. Il était grand, beau, fier, distingué, élégant, et le regardant faire et l'écoutant parler, ce matin-là, sur sa dunette, je compris pourquoi les passagères avaient surnommé notre commandant *l'Amiral*. Car c'est lui, l'Amiral, dont je vais conter l'histoire d'amour et, certes, l'on ne peut imaginer marin portant mieux ce titre que Fredrik Jensen, le commandant de l'*Eric-Juel*, le plus grand transatlantique alors en service sur la ligne de l'Amérique du Sud, l'orgueil de la flotte, de la nation danoise.

— N'oubliez pas que vous dînez ce soir avec moi, me dit le commandant comme je quittais la passerelle pour descendre à terre et aller faire un tour en ville. Je vous montrerai le vieux bouquin du Père Figueira. J'en possède un exemplaire assez bien conservé. Il a été édité à Lisbonne en 1651. Il est rarissime.

— Et vous ne venez pas avec moi, commandant ?

— Non. Excusez-moi. Jamais je ne quitte mon bord.

II

La mise en service de l'*Eric-Juel* sur le Sud-Atlantique avait fait sensation dans tous les ports, de Pernambouc à Buenos Aires, et, comme pour son premier voyage de retour tous les passages avaient été retenus d'avance chez les agents, j'avais eu beaucoup de mal à trouver une place en montant à bord, cinq jours auparavant.

Si j'avais embarqué sur ce bateau ce n'était pas par snobisme, ni parce que j'avais lu les articles dithyrambiques consacrés par tous les journaux de l'Amérique australe au premier transatlantique qui par son aménagement, ses installations, la dimension de ses salons, le confort de ses appartements, sa piscine, son garage pour automobiles, sa roseraie de quarante mille roses éblouissait les populations, avait raflé d'un seul coup la clientèle enviée des nouveaux nababs argentins et des fazendeiros brésiliens enrichis (type de vaisseau de luxe qui servit par la suite de modèle à une flotte internationale de paquebots de plus en plus somptueux et rapides que l'Italie, l'Allemagne, l'Angleterre, la France lancèrent concurremment sur cette ligne, du lendemain de la grande guerre à la veille de la crise mondiale, c'est-à-dire durant dix ans, dix ans qui comptent dans la ruine du monde, l'*Augustus* battant le *Cap Arcona*, l'*Asturias*, le *Saturnia* et le malheureux *Atlantique*, le dernier de la série, arrivant en tête et battant tous ses rivaux avant d'être détruit par un incendie resté mystérieux) non, en embarquant, je n'avais pas été victime de la publicité, ni de l'engouement général ; mais si j'étais monté à bord du danois, c'est que j'étais impatient de rentrer en France et que l'*Eric-Juel* était tout simplement le premier bateau à passer à Santos, et ce n'est, d'ailleurs, qu'à force de débrouille que j'avais réussi à dénicher une petite cabine de premières, avec une minuscule salle de bain, tant la presse était grande à bord.

Comme toujours, car j'ai mes habitudes en voyage, à peine installé, j'étais allé m'aboucher avec le gros Clausen, le maître d'hôtel, pour rete-

nir ma table dans la salle à manger et j'avais
obtenu, comme je le désirais, non pas sans dis-
cussion, mais grâce à la vertu d'un pourboire royal,
une petite table d'angle, où je serais seul, bien
tranquille et admirablement placé pour observer
les autres.

J'ai trop roulé ma bosse et je connais trop de
gens dans les cinq parties du monde pour craindre
ou pour avoir horreur de faire de nouvelles
connaissances à bord d'un paquebot ; d'ailleurs,
les amitiés de bord, pour aussi soudaines et inté-
ressantes et totales soient-elles, ne comptent pas,
pas plus que les serments de se revoir ou de
s'écrire ; j'ai trop voyagé pour ne pas savoir,
qu'aussitôt débarqués, les passagers d'un même
paquebot ne se reverront plus, chacun courant à
ses propres affaires, étant repris par ses propres
soucis ; savoir qu'elles sont sans lendemain fait le
charme même de ces rencontres enthousias-
mantes, de ces sympathies en coup de foudre, où
deux êtres se donnent l'un à l'autre comme pour la
vie, parce qu'ils sont entre ciel et mer et se croient
détachés de tout, oubliant que la plus longue croisière dure à peine vingt jours. Mais j'avais besoin
d'être seul, de méditer, de réfléchir pour mettre un
peu d'ordre dans tout ce que j'avais vu, vécu,
appris, observé durant les neuf mois que je venais
de passer à l'intérieur du Brésil, ne refusant
aucune aventure et comme perdu sur une planète
inconnue. Cette dernière expérience humaine suivant de près mes aventures de guerre, qui avaient

été pour moi une révélation de ce qui se passe, si jamais elle est habitée, sur l'autre face de la lune, celle qui ne se présente jamais à l'objectif des télescopes et est par conséquent inhumaine, était un univers par trop lourd à supporter et dont par moments j'étais las. C'est pourquoi je ne tenais pas à me mêler aux autres passagers et désirais rester à l'écart de la cohue. J'étais agacé, fatigué. Je n'avais envie de parler à personne. J'avais à travailler, à terminer un livre avant l'arrivée à Cherbourg, et comme toujours quand quelque chose de profond, d'intime se détache de vous et va être livré au public, malgré l'entraînement que j'en pouvais avoir, cela aussi chargeait mon humeur d'un rien de mélancolie.

Le gros Clausen, avec son ventre et sa bonne bille, m'avait fait une excellente impression. Je lui avais commandé mon menu quotidien et recommandé de me bien soigner. Comprenant qu'il avait affaire à un drôle de type, peut-être un peu maniaque, mais sûrement un client généreux, si difficile, il s'était empressé de me faire visiter la cave du bord, où j'avais choisi ma caisse de champagne et indiqué ma marque favorite de whisky. Nous nous étions quittés d'accord sur tous les points et enchantés l'un de l'autre. Mais, ne voilà-t-il pas que dès le lendemain matin, malgré tout ce que j'avais pu lui dire la veille au soir, malgré les explications que j'avais pu lui fournir pour bien lui faire comprendre mon désir de rester seul à ma table, et nonobstant le pourboire royal que je lui avais donné pour rompre avec cet usage déplorable qui veut que stewarts, maîtres d'hôtel, commissaires du bord sont dans l'obligation de présenter les passagers les uns aux autres, d'organiser des tables, des groupes, des jeux en commun et de distraire les gens qui s'ennuient, voilà que malgré tout ce que Clausen savait déjà ou avait pu deviner de mes habitudes — car, enfin, cela faisait partie de son métier que de retenir ce qu'on lui avait dit ou d'avoir du flair — voilà que, ce premier matin, alors que j'étais en train de faire du footing, cet animal de maître d'hôtel m'avait couru après sur le *sun-deck* pour venir m'annoncer triomphalement que le commandant m'invitait à sa table.

Ah, l'imbécile !

J'étais furieux.

— Mais, enfin, c'est insupportable ! m'écriai-je. Qu'est-ce qui vous prend ? Vous ne pouviez pas le lui dire, au commandant, que je ne veux voir personne ? Je vous l'ai, pourtant, assez répété hier soir ! C'est bien la dernière fois que j'embarque à bord d'un danois. Quelle compagnie ! Et vous vous imaginez que je vais venir comme ça m'installer à la table du commandant parce qu'il lui en prend la fantaisie, à cet homme, et que je vais aller m'embêter avec les officiels ? Dites à votre commandant que je récuse cet honneur, que je suis à son bord pour me reposer et que je demande que l'on me fiche la paix ! D'ailleurs, je n'ai pas de temps à perdre à des bavardages entre la poire et le fromage. Je suis ici pour travailler, c'est compris ?

Clausen me regardait ahuri. Manifestement, c'était la première fois qu'un passager refusait l'honneur de s'asseoir à la table du commandant.

— D'ailleurs, continuai-je, qui a-t-il à sa table, le commandant ?

— Le colonel de Viscaya, l'attaché militaire de l'Argentine à Paris, avec sa dame et ses demoiselles...

— Comment, ces trois pimbêches qui louchent ?

— ... le baron Fuchs, le directeur de la *Deutsche Bank* à Buenos Aires, et Mme la Baronne...

— Ils sont impossibles. Ce sont des cérémonieux. Je connais. J'ai déjà voyagé avec eux.

— ... Arrabal...

— Celui qui a une écurie de courses ou le croupier ?

— Non, Arrabal, le diamantaire. Puis, de Bolivie, S.E. Antonio Cruz das Cuestas y Silvaes, junior ; M. d'Entrecasteaux, du Paraguay ; Sir Custe ; Thompson-Phipps, de Santiago du Chili ; Lecumberry, de Montevideo...

— Quoi, Croco est à bord ? C'est rigolo. Et c'est tout ?

— Nous avons encore le Dr Duarte, de l'Institut Pasteur de Rio de Janeiro ; Sternberg-Miranda, du Trust de l'électricité ; le comte Matthias, le roi du sucre ; le professeur Lebon. Ces messieurs sont annoncés et montent à bord à Rio.

— Et comme femmes, qui a-t-il comme femmes à sa table, le commandant ?

— Mme de Pathmos ; Guerrero-Guerrera[a], la grande cantatrice portugaise, qui monte également à bord à Rio ; Miss...

— Ah, Béatrix sera à bord, elle aussi ? Cela me fera plaisir de la voir, elle est bonne fille. Dites-lui que je lui présenterai mes hommages dès qu'elle sera là. Mais vous direz au commandant que je suis très flatté qu'il ait pensé à moi, que je suis même très sensible au grand honneur qu'il voulait me faire, mais que je ne puis pas, que je ne puis absolument pas accepter son invitation. Inventez n'importe quoi pour m'excuser. Dites-lui que je...

— Oh, vous ne pouvez pas faire cela, monsieur Cendrars !...

— Ah,... je ne puis pas faire cela,... et pourquoi donc, mon ami ?...

— Mais, cela ne se fait pas ! Notre commandant est un homme charmant. Il sera horriblement vexé.

— Écoutez, Clausen. Je ne tiens pas à vexer le commandant de l'_Eric-Juel_ que je n'ai pas encore eu le plaisir de rencontrer, mais...

— Mais, lui, il vous a vu, monsieur Cendrars ! Le commandant Jensen vous a vu monter à bord et c'est pourquoi il m'a chargé de vous dire...

— Bon. Voilà, donc, ce que je vais faire pour avoir la paix et pouvoir travailler tranquillement. Je vais m'enfermer dans ma cabine et me faire porter malade. Vous pouvez donc disposer de ma table dans la salle à manger et le garçon me montera un plateau une demi-heure avant l'heure des repas. Je ne change rien à mon menu, mais que le garçon soit exact.

— Mais...

— Il n'y a pas de mais. C'est comme ça. Dites à Mlle Guerrero-Guerrera que je lui téléphonerai dès qu'elle sera à bord, tantôt. Quant à Croco, je rencontrerai ce farceur un de ces soirs, au bar. Au revoir, mon ami.

Clausen s'inclina, fit trois pas pour s'en aller, revint sur ses pas, s'inclina encore une fois, l'air gêné.

— ... Monsieur Cendrars !...

— Qu'est-ce qu'il y a encore qui ne va pas ?

— Monsieur Cendrars... tenez... voici le commandant Jensen... oui, le grand blond... là, en short... qui fait l'exercice... Puis-je me permettre... voulez-vous avoir l'obligeance de lui expliquer vous-même le pourquoi de votre conduite ?... Merci, monsieur... Je suis sûr que le commandant ne voudra rien entendre, quoi que vous disiez, et que je mettrai bel et bien votre couvert à sa table, vous verrez... Bonjour, monsieur...

Et Clausen disparut en se laissant glisser rapidement par une échelle.

On passait entre les îles et la terre ferme. Le Corcovado, la Gavéâ se distinguaient dans la cohue des montagnes qui entourent Rio de Janeiro et l'accore du Pain de Sucre, qui marque l'entrée du Guanabara, la plus belle baie du monde, se rapprochait, grandissait visiblement. Dans une heure ou deux on serait à quai.

Sur le pont, au soleil, un grand homme blond, le torse nu admirablement découplé, faisait de l'exercice au pied de la deuxième des cheminées courge du paquebot. Il tenait un bâton, les mains tendues vers le plancher, et sautait sur place, les pieds joints, en avant et en arrière, par-dessus son bâton. C'était un difficile exercice d'assouplissement que cet homme, qui était beaucoup plus âgé qu'il ne paraissait, exécutait avec brio.

— Le commandant Jensen ?... Excusez-moi de vous déranger dans vos exercices. Vous êtes extraordinaire ! lui dis-je. Je suis Blaise Cendrars...

— Oh, comment allez-vous ? Très heureux de vous avoir à bord, monsieur Cendrars. C'est un grand honneur...

— Tout l'honneur est pour moi, commandant. Mais justement je voulais vous demander : pourquoi m'invitez-vous à votre table ?

À ces mots le commandant Jensen éclata joyeusement de rire.

Mais je continuai, imperturbable :

— Je vous assure que je parle sérieusement. Je ne sais pas à quel titre je figurerais à votre table, commandant. Je ne suis chargé d'aucune mission, ni officielle, ni officieuse. Je rentre d'un voyage à l'intérieur du Brésil. Je suis à bord comme n'importe quel autre passager, à titre absolument privé. J'ai payé ma place. J'ai droit à ce qu'on me laisse tranquille. D'ailleurs, je dois travailler. J'ai un livre à terminer.

— Ah, vous écrivez ?

— Oui.

— Quoi ?

— Des histoires.

— Quel genre d'histoires, des romans ?

— Non, des histoires vraies[a].

— Je vous demande pardon, mais je n'ai jamais rien lu de vous. Vous savez, nous autres, les marins, si nous lisons beaucoup, nous sommes toujours en retard sur les nouveautés qui paraissent. C'est notre vie errante qui veut ça. Mais, puis-je vous demander pourquoi monsieur l'écrivain ne veut pas venir s'asseoir à la table du commandant ?

— À cause des officiels qui y sont.

— Que leur reprochez-vous ?

— Ils m'ennuient.

— J'aime votre franchise, monsieur Cendrars, me dit le commandant en éclatant encore une fois de rire. Puis, il ajouta, l'œil malicieux : — Permettez-moi d'être tout aussi franc avec vous. Je vais vous faire un aveu. Songez que je suis comme vous. Les officiels m'ennuient. Mais, depuis vingt-cinq ans que j'ai un commandement sur la ligne de l'Amérique du Sud, je suis tenu de les recevoir à ma table ! C'est vous dire que je ne me suis guère amusé sur cette ligne et que le monde se fait une drôle d'idée de l'indépendance du commandant d'un navire que l'on s'imagine être, après Dieu, maître à bord. Moi aussi je le croyais quand j'étais un jeune capitaine au long cours qui débutait. Mais un marin appartient corps et âme à la Compagnie qui l'emploie. Il doit servir. C'est son devoir. Et ce devoir en fait neuf fois sur dix un hôtelier. Souvent, j'ai l'impression d'être une espèce de chef de gare. Je pars à l'heure, j'arrive à l'heure. Depuis vingt-cinq ans je mène mon bateau dans les mêmes ports et depuis vingt-cinq ans ce sont toujours les mêmes personnes qui montent à bord dans ces ports. Et je me trouve non seulement dans l'obligation de voyager avec, mais encore de leur parler, de les écouter, de les entretenir, de les distraire, d'organiser des fêtes pour elles, de me mêler à leurs réjouissances, d'enregistrer leurs plaintes, et quelles que soient les conditions ou les nécessités du service. Un chef de gare, ai-je dit. Mais un chef de gare n'a que la responsabilité horaire du trafic. Il n'est pas obligé de monter à bord des trains et d'amuser les passagers de la compagnie, ni de les recevoir dans sa maison. Il peut rentrer chez lui, lire, bouquiner. Il a sa vie intime qui est justement la seule chose que le commandant d'un navire ne peut pas défendre à son bord : son chez-soi. Et maintenant que je vous ai avoué mon ennui, vous ne voulez toujours pas me faire l'amitié de venir à ma table, monsieur Cendrars ? On pourra bavarder. Vous m'êtes infiniment sympathique.

— C'est du chantage sentimental, commandant. Mais du moment que vous me prenez de cette façon-là, j'aurais mauvaise grâce à ne pas me rendre. Moi aussi je vous trouve bien sympathique, mais j'avoue que vous me surprenez. Dites-moi,

pourquoi m'avoir choisi pour vous distraire puisque vous ne me connaissez pas ?

— Je ne sais pas. Mais, quand je vous ai vu
monter à bord, hier au soir, à Santos, avec votre
chapeau de travers, votre visage tanné, votre
manche vide, votre tout petit bagage, votre allure
alerte, retenue et décidée tout à la fois, et droit
comme un i, j'ai deviné que vous n'étiez pas
comme les autres, et je me suis dit : « Ce petit
poilu-là, je veux l'avoir à ma table ! » Je me suis fait
apporter la liste des passagers. J'ai vu que vous
étiez Français. J'adore la France. Je vais très
souvent à Paris. J'y ai même un petit appartement,
ce que vous appelez une garçonnière, avec des
livres et quelques bouteilles d'une vieille fine. J'ose
espérer que vous y viendrez de temps à autre, en
ami, n'est-ce pas ? Mais, à propos, j'ignorais que
vous fussiez écrivain, cela n'est pas porté sur la
liste des passagers.

— Oh, vous savez, je voyage, j'écris, mais je ne
suis pas un homme de lettres en voyage. Je vous ai
déjà dit que je ne suis chargé d'aucune mission,
même pas de propagande.

— Alors, c'est entendu, vous venez à ma table ?

— C'est promis. Mais à une condition,
commandant.

— Laquelle ?

— Celle de déserter de temps en temps votre
table officielle et de venir, à votre tour, dîner en
particulier chez moi, dans ma cabine.

— Oh, cela est tout à fait impossible !

— *Impossible* n'est pas français, commandant ! Venez, donc. Laissez-vous tenter. Mettons, un soir sur deux. On bavardera en toute liberté. Vous trouverez bien un prétexte de service pour vous éclipser sans qu'on n'y trouve rien à redire. Personne ne se doutera de rien. La traversée est courte. Douze jours sont bien vite passés. Alors, c'est oui ?...

— ... Oui... finit par acquiescer le commandant Jensen après une longue hésitation. C'est promis. Je viendrai. Peut-être pas aussi souvent que vous dites, mais je viendrai... incognito... car j'ai à vous parler...

— Alors, topez là, commandant. Nous sommes d'accord. Et, vous savez, si vous voulez venir chez moi avec la plus jolie de vos passagères, ne vous gênez pas !...

... Mais le commandant Jensen était déjà parti en courant. Je l'entendis crier des ordres à la passerelle et le vis disparaître dans ses appartements privés comme la sirène du bord appelait au pilote.

L'*Eric-Juel* courait sur son erre. Nous étions entrés dans la baie.

... Que peut-il bien avoir à me raconter ? me demandais-je, accoudé au bastingage et contemplant la chaîne tragique des Orgues et, entre l'île Villegaignon et celle des Serpents, la ville de Rio qui s'étageait jusqu'à la Tijucà.

Et de temps en temps je tournais la tête vers la passerelle où Jensen, maintenant en tenue, oc-

cupait son poste en attendant l'arrivée des auto-
rités qui délivrent la libre pratique.

... Tout homme a son mystère... pensai-je.

Et je clignais des yeux en me retournant pour
contempler encore et encore l'immortel paysage
du Guanabara, car s'il était de grand matin, déjà le
soleil était ardent et la lumière insoutenable.

Rien ne bougeait dans la baie.

C'était grandiose.

Des pélicans et des frégates, l'oiseau paille-en-
cul des vieux auteurs, plongeaient çà et là autour
du navire.

III

Je m'étais fait un monde d'un enfantillage. La
table du commandant n'était pas ennuyeuse du
tout. À part les Fuchs, qui étaient plus solennels
que jamais, le roi du sucre, qui était aussi à plat
que les cours de sa marchandise à La Havane et
sur les différents marchés du monde, cours qu'il
consultait fébrilement, le radio lui apportant
quatre, cinq, six télégrammes à chaque repas, ce
qui empoisonnait le régime du comte Matthias et
ne lui faisait boire que de l'eau, les autres convives
étaient gais et les trois laiderons du colonel de Viscaya même fort spirituelles, surtout la cadette.

M. d'Entrecasteaux était un joyeux luron qui

faisait l'apologie des Soviets et parlait d'aller leur vendre du frigo et du maté en quantités industrielles. Sternberg-Miranda, du Trust de l'Électricité, en venant acheter toutes les chutes d'eau de l'Amérique du Sud en avait profité pour truster également les eaux minérales et fourrer dans sa poche les villes d'eaux et les casinos du Brésil. Enthousiasmé par l'avenir et les possibilités fantastiques de cet immense pays, il nous annonçait l'ouverture prochaine d'un Vichy, d'un Wiesbaden, d'un Montecatini brésiliens et le lancement, par l'intermédiaire de son « holding » des titres de propriété d'une cité-refuge pour milliardaires, à édifier dans les forêts d'araucarias géants du Parana, dans ce climat le plus sain du globe, sur ce haut-plateau ensoleillé, à trente heures des États-Unis par avion et à quatre jours seulement de l'Europe par zeppelin, car déjà cet étonnant brasseur d'affaires prévoyait la crise économique universelle qui devait éclater dix ans plus tard[1]. C'était un homme remuant et plein d'entrain. Le professeur Lebon n'était pas antipathique non plus. Psychologue expérimental, c'était un pince-sans-rire professionnel qui vous posait des colles et qui possédait un fond d'anecdotes choisies. Voir manger Arrabal, qui ne soufflait mot, était un spectacle car Arrabal mangeait comme quatre.

---

1. Cette ville de luxe a été inaugurée en 1929. Elle est reliée à São Paulo et à la côte par un service quotidien d'avions. Elle s'appelle : Londrina (la petite Londres).   B.C.

S.E. Antonio Cruz das Cuestas y Silvaes, jr. et Thompson-Phipps discutaient interminablement les frontières bolivienne et chilienne des territoires de Tacna et d'Arica, ces vallées désertiques des Andes qu'aucun de nous ne connaissait et qui, selon eux, allaient déclencher incessamment une conflagration panaméricaine. Ils nous prenaient à tour de rôle à témoin du bon droit de leur pays respectif et déploraient l'incompréhension des grandes puissances à Genève qui se désintéressaient d'une question aussi pathétique. Ils n'étaient d'accord que pour crier à l'injustice. Le D\\r Duarte revenait d'un long séjour dans le Haut-Amazone et rapportait à l'Institut Pasteur à Paris une collection de microbes inconnus et de dangereux bouillons de culture, béri-béri, *vermelhinha* du rio Madeira, lèpre *morféia* du Puru, chancre de la Ville du Thaumaturge-de-l'Acre et autres gentilles bestioles de la grande forêt équatoriale dont il avait plein malles et cantines et toujours quelques ampoules numérotées dans ses poches. C'était un homme aimable qui buvait des rasades d'une eau-de-vie de sa fabrication en vous expliquant que l'alcool de sucre est la nourriture spécifique des nerfs et du cerveau. Croco, très en forme, comme toujours quand il se rendait en Europe jouer les quatre ou cinq millions de francs qu'il portait sur soi dans les salles de baccara de Deauville, Spa, Biarritz, Aix-les-Bains, Montécarle, San Sebastian, était réjouissant de bonne humeur, car ces millions représentaient pour lui six bons mois de vacances et de vie éblouissante avant de s'en retourner dans sa solitaire fazenda d'*O Cruzeiro*, où il mettrait quatre, cinq ans à se refaire les poches à force de sordides économies. Sir Custe, mon voisin de droite, était l'affabilité même et se montra très surpris que je connusse ses deux ouvrages sur la langue « à claquettes » des Hottentots, publiés au Cap, cinquante ans auparavant, et Mme de Pathmos, ma voisine de gauche, était la grâce en personne. Béatrix, par contre, n'était pas à bord, elle s'était décommandée à la dernière minute, et je l'aurais bien regretté ou fait la cour à ma toute gracieuse voisine, si le commandant Jensen ne m'avait accaparé.

Jensen était le plus séduisant des hôtes et, je crois pouvoir dire que nulle part au monde je n'ai été aussi bien traité qu'à son bord.

De Rio à Pernambouc il y a trois jours et, à l'arrivée à Pernambouc, nous étions déjà inséparables. Pourtant, nous n'avions pas encore commencé la série des petits dîners particuliers que j'avais envisagés et qui, j'y comptais bien, seraient autant de petites fêtes consacrées à la causerie et à l'amitié. La véritable traversée ne débutait qu'à partir de Pernambouc et tant que nous naviguions au large des côtes du Brésil, le commandant était trop occupé par le service et le brouhaha des escales ; aussi avions-nous convenu que la première de ces réunions clandestines aurait lieu au départ de Pernambouc, après avoir largué les amarres. Nous l'avions tirée à la courte paille, cette première, et le sort avait indiqué qu'elle se tiendrait chez lui, dans les appartements privés du commandant. Son intention de me parler sérieusement ne pouvait que se préciser de ce fait et j'attendais avec impatience le moment de faire plus ample connaissance avec cet homme charmant. J'étais aussi fort curieux de savoir ce que Jensen avait à me dire dans l'intimité.

IV

Pernambouc est une ville où j'ai deux bons amis. J'entends de ces amis romanesques ou imaginaires que tout globe-trotter se fait à chaque escale, aussi courte soit-elle ; de ces amis que je compare aux jalons royaux que les premiers navigateurs portugais plantaient dans tous les pays d'oultremer, bornes armoriées que l'on découvre aujourd'hui dans les contrées les plus écartées du globe, surpris que ces hardis marins aient poussé si loin ; amis que j'oublie facilement car ils ont surgi dans ma vie au hasard, au tournant d'une heure, mais que je crois mieux connaître que ceux que je fréquente quotidiennement à Paris parce que leur commerce est purement spirituel, donc plus vrai que vrai, quand je me rappelle tout à coup l'existence dans le monde de tel ou tel et que je me mets à repenser à lui avec intensité. Aussi je ne manque jamais d'aller le voir quand la fantaisie de mes pérégrinations ou les détours de mes itinéraires me ramènent dans le pays, la ville, l'échoppe, la boutique, le bar, la bibliothèque, la plantation, la tente, l'antique domaine, la famille de l'un d'eux où je ne croyais jamais revenir, ce genre d'amitié spontanée étant essentiellement passagère, due à un choc qui l'a fait naître fortuitement, souvent à l'occasion d'un bien menu détail ou d'une futilité, tel qu'un renseignement bibliographique, une adresse, la direction d'une rue, l'emplacement d'une maison ou d'une ruine, le chemin pour se rendre à tel ou tel endroit où, en vérité, l'on n'a que faire, sinon envie d'assouvir une vaine curiosité ou de tuer le temps en attendant que retentisse au port l'appel du bateau en partance.

Mes deux amis de Pernambouc sont Andréa del Sarto et Clemenceau.

Andréa del Sarto est un pauvre et vieil Espagnol qui a eu la malencontreuse idée de venir s'établir cordonnier dans une ville où les trois quarts de la population vont pieds nus. C'est dire qu'il n'a pas fait fortune depuis quarante-huit ans qu'il est dans le pays. Par contre, sa misérable boutique, sise dans une rue pleine d'ordures, où les *urubus* se pavanent par terre et sur les toits, à défaut de jolies bottines sur les étagères, est pleine des choses extraordinaires que les pêcheurs du littoral ou les cultivateurs de l'intérieur lui apportent depuis un demi-siècle bientôt. Il y a de tout dans le capharnaüm du père del Sarto, des gravures, des oiseaux

empaillés, des singes, des carapaces de tortues et
de tatous, un antiphonaire piqué des vers, un pois-
son-lune, des peaux de serpent de douze et de
vingt mètres de long et des petits serpents monstrueux dans des bocaux, dont un phénomène est
curieusement noué, est bicéphale, et, un autre,
possède vingt têtes et autant de petites queues cro-
chues, piquées dans un court boudin bleuâtre aux
écailles hérissées de dards. Je ne ferai que mention-
ner rapidement les coquillages partout répandus
sur le plancher de la boutique et dont les dimen-
sions, les coloris, les vulves contorsionnées, la
variété des formes sont extravagants et indescrip-
tibles ; qu'attirer l'attention sur les ailerons et les
mâchoires de requins accrochés au plafond, non
pour ajouter du pittoresque au décor, mais parce
que mâchoires et ailerons, affirme le vieux cordonnier, protègent du mauvais œil ; qu'énumérer quelques fruits de la terre, biscornus à ne pas croire,
calés par des vieilles godasses sur tous les rayons
de l'échoppe du savetier collectionneur et dont
l'exposition serait digne du cabinet d'un savant ou
d'un sorcier : racines de mandragores ressemblant
à des petites momies qui forniquent, champignons
véruqués ou phosphorescents, orchidées tue-
mouches et lis carnivores, un tronc de *mata-pau*,
ce gui gigantesque des tropiques qui mange les
plus grands arbres de la forêt vierge, qui les
épouse, se mimétise, se camoufle, revêt leur robe,
les empoisonne lentement, grandit, s'épanouit,
portant les mêmes branches, les mêmes feuilles, les

mêmes fleurs, les mêmes fruits, la même écorce,
les mêmes bourgeons, et qui finit par atteindre la
même taille que sa victime, dont il se nourrit et qui
en meurt et tombe en poussière, entraînant son
puissant parasite dans sa chute. Mais ce ne sont
pas les vitrines de papillons, les planches
d'insectes, les panoplies d'arcs et de flèches, de
harpons et de pagaies, ni les pirogues des sauvages,
ni leurs ustensiles et leurs calebasses, ni les éven-
taires d'étoffes, de broderies, de vanneries, de
poteries indiennes ou les paquets de peaux de
bêtes, ni les crocodiles de toutes tailles, les lézards,
les grenouilles-taureau ou les crapauds-buffle, les
colibris, les toucans, un tamanoir *bandeira,* un
requin-scie et son bébé, ni les autres créatures
naturalisées ou desséchées, dont une magnifique
arráia, une torpille, ou conservées dans de l'alcool,
ni les petits sachets de pépites, de quartz, d'agates,
d'émeraudes, de perles d'eau douce, ni les blocs de
cristaux, ni les poudres, les sables de couleurs, ni
les branches de coraux ou de madrépores, ni les
gousses de vanille, les noix odoriférantes, les fèves
aphrodisiaques qui m'attirent dans cette boutique
où rien, absolument rien n'est à vendre ; ce qui me
fait volontiers m'y attarder au risque de manquer
mon paquebot ce sont les statuettes si rares des
nègres chrétiens que j'y ai découvertes la première
fois que je suis entré chez Andréa del Sarto et qui
m'ont fait baver d'envie : des Christ, des Dieu-le-
Père, des Sainte-Vierge Marie, des Divin-Enfant,
des prophètes, des apôtres, des saints et des saintes

de l'Église catholique romaine, taillés selon la tradition fétichiste de la Côte d'Ivoire ou du Bénin en
plein cœur d'acajou, d'ébène ou de bois de fer par
des esclaves noirs importés d'Afrique au Brésil et
tout fraîchement baptisés par les Pères évangélisateurs du xviie siècle, mais dont la vision, le métier,
le sens plastique inaltérable, l'art pur n'avaient été
frelatés ni par la nouvelle ambiance, ni par l'idéologie imposée. Dans l'entassement de ses trésors
le vieil Espagnol lui-même a l'air d'un Jésuite
d'autrefois quand il refuse énergiquement, mais
avec beaucoup de politesse de vous vendre quoi
que ce soit ou que, l'œil pétillant d'intelligence
derrière ses vulgaires lunettes d'acier, cet homme
simple *qui ne sait pas lire* vous raconte la provenance de chaque chose, de chaque objet, les superstitions, les légendes locales qui s'y rattachent, les
mœurs, les vertus, les maléfices des bêtes, des
plantes, des minéraux et l'histoire, les noms patronymiques et le sobriquet, la généalogie de chacun
de ses pourvoyeurs, mariniers et paysans qui
viennent l'entretenir et partager sa veillée, car les
nuits sont féeriques sur cette terre ardente de Pernambouc et les bonnes gens parlent, parlent
jusqu'à l'aube, fumant leur courte pipe, buvant
d'innombrables *cafezinhos* trop sucrés, faisant
cercle sous une touffe de cocotiers dont les palmes
tremblent et frissonnent dans les risées de la brise
qui vient du large.

Quant à Clemenceau, ce n'est pas un homme,
c'est un lamantin, un vieux mâle qui s'ennuie et

qui nage solitaire dans le petit bassin de rocaille construit devant le kiosque à musique d'un square pelé, tout planté de cactus et d'euphorbes, aménagé dans un quartier désert, à l'ouest de la ville. Quand il émerge, ce triste cétacé célibataire montre une tête moustachue et vous regarde avec des yeux furibonds comme si on le dérangeait dans ses cogitations moroses. Et il reprend sa ronde un instant interrompue, méprisant, indifférent, songeur, ridant à peine l'eau vaseuse avec ses petites nageoires qu'on dirait porter mitaines. Je ne manque jamais d'aller lui apporter une brassée d'herbe fraîche, dont ce drôle de corps se montre très friand. Ce jour-là, je lui avais apporté une superbe gerbe de roses cueillies dans la roseraie de l'*Eric-Juel* comme qui va rendre visite à un vieux politicien oublié, déchu ou en exil. L'homme-poisson, de plus mauvaise humeur encore que de coutume, vint renifler mes fleurs bruyamment, se retourna vers moi, me regarda, se mit à tousser d'une façon bizarre comme s'il allait m'adresser d'amers remerciements, puis se laissa brusquement couler en arrière, la tête renversée, le menton haut, fermant, d'abord, son gros œil gauche, puis, inconsciemment, le droit, mais entraînant mes roses avec soi... Saurai-je jamais si mon geste a fait plaisir à cette espèce de bourru désenchanté ?... C'était un bouquet que j'avais payé très cher, car j'adore bien traiter mes amis.

Le soir, en rentrant à bord du grand transatlan-

tique pavoisé que tout le gratin de Pernambouc
quittait à regret, j'ai dû fendre la foule pour embarquer avec moi un bouc que j'avais acheté en passant au marché d'Olinda et que je tirais derrière
moi au bout d'une corde en franchissant la passerelle. À Einar Uvstrœm, le premier commissaire[a],
accouru pour savoir ce que j'avais l'intention de
faire avec mon emplette récalcitrante, je répondis
de ne pas s'inquiéter, que j'allais tout simplement
jeter la bête aux requins. Et, en effet, comme nous
quittions le port de Recife un peu plus tard, et le
dangereux môle de béton dépassé, je jetai le bouc
puant par-dessus bord, dans notre sillage, la mer
étant infestée de requins.

J'ai toujours entendu dire que les requins se
livrent entre eux des combats homériques autour
d'une proie et je croyais assister à un prodigieux
spectacle.

> ... *Que pensez-vous qu'il arriva ?*
> *Ce fut le bouc qui surnagea[b] !...*

Les requins s'enfuirent et le bouc nageait,
nageait vers la terre, le col tendu, sa tête démo-
niaque, avec les cornes et la barbiche, se détachant
sur le disque du soleil couchant.

J'étais déçu.

Mais suivant des yeux le bouc qui s'éloignait,
qui nageait désespérément des pattes et du cou :
— Tiens ! pensais-je, j'ai trouvé une nouvelle étymologie de Pernambouc : *pernas na boca* = *les*

pattes dans la bouche, autrement dit : *prendre les jambes à son cou, fuir.* Évidemment, c'est idiot. Mais je le dirai tout de même au commandant. Ça le fera rire et il m'en apprendra peut-être encore une autre.

V

À part l'histoire du bouc qui, en effet, amusa beaucoup Jensen, je ne sais pas de quoi nous devisâmes jusqu'au petit matin, le commandant de l'*Eric-Juel* et moi. Mais ce que je retiens de cette première visite que je lui fis, c'est l'étrange malaise qui me saisit quand je pénétrai dans son appartement privé, malaise qui ne fit que croître non seulement jusqu'à la fin de ce premier repas que nous prenions en cachette, non seulement jusqu'à la fin de la nuit qui se passa en joyeux bavardages autour d'une bouteille de whisky, mais jusqu'à la fin de la traversée, car ce n'est que dans le golfe de Gascogne, à la suite d'un incident de mer qui se termina drolatiquement mais qui troubla le commandant dans son être le plus intime, que cet homme, qui en tant que marin était toujours si maître de soi et qui en tant que mondain plastronnait si brillamment, m'exposa les scrupules de conscience qui empoisonnaient sa vie pour me demander tout de go conseil, comme si les conseils avaient jamais été utiles à qui que ce soit et comme si les donneurs de conseil n'étaient pas des larves ou des hypocrites qui ignorent tout de la vie, des refoulés qui ne se sont jamais laissé emporter par elle !

Quant à la passion, toute faite d'accidents extérieurs, qui d'abord entraîna, puis enchaîna « l'Amiral » et mit fin à sa carrière de marin, elle me navra, non pas le soir de tempête où le commandant Jensen m'en fit inopinément la confidence à bord de l'*Eric-Juel* qui dansait comme un bouchon, mais durant un grand nombre d'années où j'ai pu en suivre le cours, non pas en moraliste, mais en ami, et surtout, quand réduit au rôle de curieux j'allai, l'autre hiver, faisant escale à Montevideo, rendre une dernière visite à mon pauvre ami pour voir ce qu'il était devenu.

Le commandant Fredrik Jensen avait démissionné pour se consacrer à son amour. Il s'était même expatrié. Il habitait une somptueuse villa du bord de la mer. Je trouvai dans la grande maison blanche deux êtres éteints : « l'Anglaise », broyant du noir ; « l'Amiral », triste, ronchonneur, condamné à suivre du haut de sa terrasse avec une longue-vue les bateaux qui appareillaient, dont son beau navire qui m'avait amené, l'*Eric-Juel*, commandé par un autre, lui, le maître absolu du bord qui, parce que j'en avais une fois sans y penser exprimé l'envie n'avait pas hésité à faire faire un crochet de quelques centaines de milles à son transatlantique pour me montrer les rochers de Saint-Pierre et de Saint-Paul, histoire de faire s'envoler sous mes yeux et à longs coups de sirène les millions d'oiseaux de mer qui y nichent !

— Et, vous savez, m'avait-il dit comme je me confondais en remerciements et ne savais comment lui exprimer ma reconnaissance et ma confusion pour ce long détour, vous savez, nous n'aurons pas une minute de retard, nous arriverons à Cherbourg à l'heure annoncée, j'ai fait pousser les feux.

VI

Plus j'avance en âge, plus je m'étonne du grand nombre de gens qui sont venus me trouver un jour pour me confier leur vie comme si, à l'instar de Socrate, j'étais un accoucheur d'âmes[a]. À quoi cela tient-il ? Est-ce parce que je me raconte facilement à table, avec bonheur, sincérité, sévérité, cynisme, j'm'enfichisme, dans un grand éclat de rire et impitoyablement, n'ayant pas l'air de me prendre au sérieux, mais de raconter des blagues ou est-ce parce que ce rire, ce manque d'égards que je professe à mon endroit, mon peu de retenue, mon ton moqueur témoignent d'une grande expérience de la vie et font croire à mon auditoire (surtout aux femmes qui ont de l'imagination) que je m'étourdis pour ne pas souffrir de mon expérience ? Quoi qu'il en soit, mon attitude trouble les

gens et les fait venir s'ouvrir à moi. Souvent aussi
j'ai l'impression qu'ils ont deviné que je les ai devi-
nés. Ils se confessent alors comme mus par une
soudaine impulsion et, après, ils m'en veulent de
les avoir percés à jour ou de s'être laissé aller à se
jeter à mon cou (surtout les amis qui manquent
d'imagination, qui ne vous pardonnent pas qu'on
ne les interroge pas, puis ont honte de s'être livrés
et sont pleins de rancune, de désobligeance et de
brouille). C'est fou le nombre de gens qui
éprouvent le besoin de se justifier. Au fond, très
peu d'hommes savent vivre et ceux qui acceptent
la vie telle qu'elle est sont encore plus rares. Et
c'est pourquoi je n'étais pas pressé de recevoir les
confidences de « l'Amiral » et ne faisais rien pour
les provoquer.

... Chaque homme a son mystère, me disais-je.
C'est rien farce que chacun s'accroche à moi ! À en
juger par l'atmosphère qui règne dans ses appartements, le secret du commandant doit être lourd...

Et, appliquant l'axiome de police, je cherchais la
femme. Mais, chose curieuse, pas un instant je ne
cherchai parmi nos passagères, dont quelques-
unes, comme Mme de Pathmos, ma voisine, étaient
pleines de ce charme, de cette grâce, de ce raffine-
ment qui font la séduction des Sud-Américaines et
qui est tout le contraire du sex-appeal poupin,
tapageur, ou sportif des Nord-Américaines, et qui
toutes eussent volontiers flirté avec notre bel
« Amiral ». En effet, dès la première fois que j'étais
entré chez lui je m'étais dit qu'une femme devait

habiter là, qu'une femme devait vivre entre ses cloisons vernies, astiquées, reluisantes d'électricité et que les pulsations de la machine qui entraînait le grand transatlantique par-delà les mers faisaient légèrement vibrer comme tremble dans un décolleté, au point de faire visiblement s'entrechoquer les perles d'un collier, un carré de peau tendue qu'anime la respiration automatique d'une grande et froide personne. Mais au lieu de la grande femme nordique que j'imaginais le premier soir, ce fut un petit être noiraud et exotique qui se glissa sur nos talons quand nous passâmes dans la salle à manger et qui nous servit silencieusement à table.

Mon malaise ne faisait que croître.

Fé-Lî, le boy du commandant, ne le quittait pas des yeux. C'était une espèce de moricaud habillé d'une longue robe de taffetas noir, avec un haut chignon retroussé sur la tête, deux grosses boules d'or plantées dans les cheveux, des yeux sombres, passionnés, un teint mat, très clair, crémeux, des petites dents blanches, si serrées qu'elles paraissaient deux fois trop nombreuses, des petits pieds dans de mignons escarpins rouge et or, des longs bras, des longues mains, des longs doigts aux ongles carminés, avec autour de la taille une large ceinture d'or, très lâche, et tout un fouillis de colliers autour du cou. Une profonde cicatrice, partant de la racine des cheveux pour fendre le front, le nez, les lèvres, la pointe du menton, partageait très exactement son visage en deux pour le défigurer et lui faire une tête de chien, de bouledogue.

À bord d'un navire aussi moderne que l'*Eric-Juel*, l'aménagement des cabines des passagers et l'installation des salons étaient d'un style ultra-moderne, mais c'est surtout dans les appartements du commandant, ce sacro-saint du bord, où aucun passager ne pénétrait, sauf sur invitation, que ce style d'esprit nouveau, fait de grandes surfaces portantes, de panneaux de bois précieux, de contre-plaqué, d'angles miroitants, d'éclairages indirects, de linoléum et de caoutchouc triomphait. Le décorateur ou, mieux, l'ensemblier avait réussi par la conjugaison des matériaux employés — bois de rose, bois de satin, bois de nacre, peau d'ange et autres essences exotiques et rares — une subtile symphonie de tons très tendres et agréables à l'œil. C'était un peu par trop abstrait peut-être, donc un cadre impersonnel, mais le tout était d'un goût très sûr, recherché, voulu. Eh bien, dans ce décor étudié, une main étrangère, qui ne pouvait être qu'une main de femme, avait sévi en vandale sentimentale. Jamais encore, dans aucun intérieur petit-bourgeois, même pas dans une loge de concierge, je n'avais vu une telle débauche d'ornements niais et bébêtes : devant les hublots des brise-bise aux couleurs criardes sur lesquels se détachaient en silhouettes des Pierrots, des Colombines, un chat noir, une aile de moulin, un saule pleureur, une pleine lune ; par terre et sur le lit et les divans, emmi les coussins coruscants et difformes et bariolés, des grandes poupées alan-guies, costumées en marquises Pompadour, cha-

peautées, maquillées, lasses et voilées ; sur les
accoudoirs et dans le haut du dossier des fauteuils
des appuie-main et des essuie-nuque ajourés
représentant des emblèmes, flèches, carquois,
amours joufflus ; et, partout où l'on avait pu en
nouer un, autour des cache-pots, dans les plantes
vertes et jusqu'autour des boudins des radiateurs,
tressés dans les fils de l'installation électrique ou
flottant dans le courant d'air des ventilateurs des
bouts de rubans brodés de sentences amoureuses.
On oubliait qu'on était à bord d'un bateau et dans
l'habitacle d'un marin pour se croire dans la rou-
lotte d'un forain, d'un charlatan, d'une tireuse de
cartes tellement il y avait des chichis qui pendouil-
laient partout. Il y avait des bouts d'étoffe, des
bouts de tissus, des bouts de chiffon dans tous les
coins, galonnés, brodés, assemblés, découpés en
forme d'étoile, taillés en forme de montgolfière.
Seule une femme pouvait avoir eu ce mauvais
goût-là, seule une femme avait pu faire tous ces
menus travaux d'aiguille ou de crochet, une
femme sentimentale, une femme déçue, une
femme qui avait du temps à perdre, une femme
qui s'ennuyait, qui sait, peut-être une femme pri-
sonnière ? À table, sous chaque couvert, sous
chaque verre, sous chaque plat il y avait un nappe-
ron bordé de ruches de dentelles ; mille détails et
arrangements révélaient qu'une main de femme
avait assorti la verrerie, disposé l'argenterie, dressé
le surtout, choisi les roses, déployé les serviettes en
éventail, monté les coupes de fruits. Jensen devait

cacher une femme chez lui et je restais perplexe, m'attendant à la voir surgir. Mais, après tout, Fé-Lî était bien capable d'être l'auteur de tout cet étalage car ces sacrés boys orientaux, dès qu'ils se sont frottés à notre civilisation occidentale, adoptent tout son clinquant et ne s'attachent et n'aiment que sa pire, sa plus provocante camelote.

Je le regardais.

Fixe, énigmatique, son œil ne cillait même pas. Sa robe et tout son accoutrement de serveur de boîte de nuit étaient bien assortis avec les oripeaux qui déshonoraient le décor. Le commandant fumait-il l'opium avec ce foutriquet ? Je ne pouvais le croire. Mon malaise devenait insoutenable. Heureusement que nous passâmes bientôt au salon boire un whisky et que Jensen me montra des livres, dont la fameuse grammaire tupi du père Figueira.

VII

Il y avait un mystère à bord et le voyage suivait son cours avec monotonie, les passagers, papotant, cancanant comme il se doit. Seule Mme de Pathmos, que tout le monde croyait être mon flirt, s'étonnait de me voir si souvent la quitter dans la journée pour me rendre chez le commandant et de déserter tous les soirs salons et coursives.

Elle me demandait :

— Où étiez-vous, hier soir, on ne vous a pas vu ?

— Je dînais chez le commandant, chère.

— Et ce soir, me ferez-vous danser, vous savez qu'il y a bal ?

— Excusez-moi, mais, ce soir, c'est le commandant qui dîne chez moi.

— Alors, on ne vous verra pas ?

— J'en suis désolé, belle amie.

— On ne peut pas savoir ce que vous complotez, vous deux, c'est un secret ?

— Un grand secret.

Alors, dépitée : — Vous avez tort de vous méfier de moi, disait-elle, mais j'ai bon cœur. Je vous préviens charitablement qu'on commence à parler de vous à bord. Cela paraît suspect. On vous voit toujours ensemble, « l'Amiral » et vous, du matin au soir. Et ces fameux dîners où vous n'invitez jamais personne, savez-vous qu'ils font scandale ? Réellement, vous ne voulez pas venir me faire danser, ce soir ?

— Impossible, chère. Mais soyez au bar vers deux heures du matin, j'y viendrai.

— Et vous me raconterez votre grand secret ?

— Peut-être.

— Vous me direz...

— Je vous dirai que vous êtes belle.

Quand j'allais dans la journée chez le commandant fumer une cigarette, boire un verre, flâner, bavarder une heure ou deux, feuilleter un livre, lui

montrer des photographies du Brésil ou parler de
moteurs de sous-marins et d'aviation (ce qui le
passionnait), toujours avec l'appréhension de le
surprendre dans les bras d'une femme dont personne ne soupçonnait l'existence à bord ou en tête
à tête plus ou moins intime avec l'inquiétant
Fé-Lî, je tombais souvent sur le premier commissaire, Einar Uvstrœm, qui profitait de notre rencontre pour bourrer une pipe, me prendre par un
bouton de mon veston et tailler une bavette avec
moi. Einar était un petit bonhomme remuant et
fureteur. Il avait des yeux en boules de loto, gris
pâle ; comme Philippe II le nez, les joues, le visage
étirés et minces du type des aérophages, avec une
grosse pomme d'Adam proéminente et mobile,
toujours en train de déglutir. C'était un être
baroque, inquiet, nerveux, aux tempes dégarnies,
qui regardait à gauche et à droite tout en vous parlant et qui se détournait tout à coup, non pour cracher le jus de sa pipe, mais pour pousser une
espèce de rire ou de râle comme un qui a avalé de
travers et qui étouffe ; puis, il reprenait le cours de
sa phrase en s'essuyant les yeux. Il était extra-
ordinairement verbeux. Comme il était membre de
je ne sais quelle ligue antivivisectionniste, dans
chacune de nos rencontres il faisait allusion, en
s'excusant de s'être trouvé dans l'obligation de me
signaler au siège social de sa ligue, à La Haye, au
bouc que j'avais jeté aux requins.

— Comment avez-vous pu faire une chose sem-
blable, monsieur Cendrars, vous, un écrivain

célèbre ? Vous ne croyez donc point à la migration des âmes, à la réincarnation ?

Non, je n'y croyais pas ; mais je soupçonnais fort l'ennuyeux commissaire, pour l'avoir trop souvent rencontré dans les parages du château-avant, de surveiller les appartements du commandant. Est-ce que cet ahuri de Einar Uvstrœm se doutait-il, lui aussi, de quelque chose ?

Un jour, tout comme Mme de Pathmos l'avait fait, il me demanda :

— Qu'est-ce que vous complotez, le commandant et vous ? C'est un secret ? Peut-on le savoir ?

— Je ne comprends pas. Quel secret ? Quel complot ? À quoi faites-vous allusion, commissaire ?

— Oh, ne faites donc pas l'innocent, vous savez très bien à quoi je fais allusion. À vos petites séances clandestines, pardine ! J'ai même copie de vos menus.

— Et le nom et l'âge des passagères ?

— Vous blaguez, mais c'est sérieux et je vous tiens à l'œil depuis l'affaire du bouc. Sachez que l'on ne peut rien me cacher. J'apprends tout ce qui se passe à bord. Je dois le savoir. C'est dans mon rôle. C'est ma fonction. Vous n'allez pas m'apprendre mon métier, j'imagine. Voilà vingt-cinq ans que je navigue.

— Tiens, dis-je, c'est moins que le commandant.

— De quoi, le commandant ?

— Oui, Jensen m'a dit naviguer depuis trente-cinq ans sur la ligne.

— C'est exact, mais il n'a un commandement que depuis vingt-cinq ans. Or, si le commandant Jensen est le plus ancien commandant de la Compagnie, moi, je suis le doyen des commissaires. C'est d'ailleurs pourquoi nous sommes tous les deux à bord de l'*Eric-Juel*, le plus grand, le plus nouveau paquebot de la Compagnie. Bientôt, Jensen et moi, aurons droit à la retraite, dans trois ans.

— Alors, vous êtes des vieux copains !

— Que voulez-vous dire ?

— J'entends que vous devez être des vieux amis puisque vous naviguez depuis vingt-cinq ans ensemble.

— Je n'ai jamais dit cela.

— Comment ?

— Non. J'ai dit que nous naviguions depuis vingt-cinq ans sous le même pavillon. Et c'est tout. Ne me faites pas dire ce que je n'ai pas dit. Nous avons toujours navigué sur des bateaux rivaux. C'est même la première fois que je suis sur son bord, sous ses ordres. D'ailleurs, ce n'est pas Jensen qui m'a désigné. J'ai été désigné d'office. À l'ancienneté. Tout comme lui. C'était mon droit.

— Et vous n'êtes pas content ?

— Cela ne me plaît qu'à moitié...

Et le commissaire se détourna, ployé en deux, suffocant, secoué par une crise d'asthme.

— ... Je... je... je voulais dire, reprit-il, en

s'essuyant les yeux après le spasme..., je... je voulais dire... que Jensen est un... jou... jou... jouisseur, un orgueilleux. C'est un don... Ju... Ju...
Juan. Sa femme m'a chargé de le surveiller.

Lorsque je rapportai cette déclaration au
commandant, Jensen se prit à rire.

— Einar ? Mais c'est un pauvre type. Voici
vingt-cinq ans qu'il prend des notes, constitue des
dossiers sur chacun et bombarde la Direction de
rapports que personne ne lit. C'est un refoulé, un
aigri. Il se prend pour Sherlock Holmes.

À entendre le commandant toujours si maître de
soi, calme, souriant, affable, accueillant, rire de si
bon cœur, j'avais honte du roman que j'étais prêt à
accréditer. Un soir, j'invitai Mme de Pathmos à l'un
de nos petits gueuletons qui faisaient scandale et
qui, pour lors, avaient lieu chez moi, dans ma
cabine. Jensen la courtisa avec beaucoup de discré-
tion et durant toute la soirée « l'Amiral » se montra
gai, l'esprit dégagé.

Cet homme n'a rien de particulier à te dire, pensais-je, tu t'es trompé ou tu n'as pas compris. En
tout cas, il n'a pas d'aveux à te faire et surtout pas
à te consulter. Comment pourrait-il cacher une
femme à bord ? Cela est impossible. Ça serait du
cinéma !

Quant à Fé-Lî, que l'on ne rencontrait jamais
nulle part dans la journée, pas plus à l'office qu'au
poste du personnel hôtelier, je ne devais le revoir
qu'une demi-douzaine de fois avant l'arrivée à
Cherbourg, chaque fois que j'allai dîner chez le

commandant. Mais si j'avais tendance à l'oublier, chaque fois sa présence me troubla jusqu'au malaise.

Non, ce boy au visage fendu par un coup de kriss et qu'Einar Uvstrœm m'avait dit être Malais, ce boy ne pouvait être simple fantaisie ou philanthropie du commandant. Il y avait trop de soumission dans son attitude quand Jensen lui adressait quelques rares paroles monosyllabiques en un jargon barbare et parfaitement incompréhensible auxquelles il s'empressait d'obéir non pas comme un esclave qui s'est donné pour la vie à son maître et qui se plie à ses moindres caprices, mais comme une femme orgueilleuse... orgueilleuse de dominer passivement.

Je sentais alors que j'avais raison et qu'il y avait tout de même un mystère à bord, mais je désespérais d'en connaître l'énigme, car douze jours sont bien vite passés, et déjà, l'on approchait.

VIII

Nous étions dans le golfe de Gascogne. On devait arriver à Cherbourg le lendemain, à la première heure. C'était mon dernier jour à bord. Nous nous promenions sur le spardeck, le commandant Jensen et moi. C'était de bon matin. La mer était hachée, très creuse. Le vent soufflait en tempête. Le ciel était balayé, pur. Il n'y avait trace de nuage. Le soleil était triomphant. Il faisait un temps merveilleux pour qui aime le voyage, le mouvement, le large. Rien n'était en vue. Tout n'était que puissance, force, énergie déchaînée, écoulement, lutte. L'*Eric-Juel* écrasait la vague, retombait dans des paquets d'écume, dominait, avançait, poursuivait sa course. Les poumons se dilataient. Le gréement sifflait. On avait du sel dans les yeux et sur les lèvres. Les cheveux s'envolaient. Nous nous promenions, Jensen en short, comme tous les matins avant de faire ses exercices et de descendre à la piscine, et, pour une fois, je ne fumais pas. J'avais un gros chandail jeté sur les épaules, mais à cause du grand vent, j'en avais noué les manches très fort autour du cou. Quand nous arrivions à la poupe, nous devions nous cramponner ou nous donner le bras pour faire demi-tour. Les vagues prenaient le navire par l'arrière. Le pont se dérobait. On chancelait durant quelques pas. Puis, la promenade reprenait. On retrouvait son équilibre. On pouvait parler.

Nous avions déjà fait cent tours. Je racontais à Jensen, qui ne les connaissait pas, les aventures de von Lückner et de son voilier le *See-Adler*, le dernier pirate, qui avait forcé le blocus des Alliés durant la Grande Guerre et qui avait ravagé l'Atlantique et le Pacifique, canonnant, coulant, faisant sauter jusqu'à des gros transports militaires. J'en étais arrivé au naufrage du *See-Adler* et à l'installation de son équipage et de ses prises sur un

atoll des mers du Sud, quand Jensen me quitta
tout à coup et se mit à courir pour escalader quatre
à quatre la passerelle. Que se passait-il ? Trois
secondes ne s'étaient pas écoulées que la sirène du
bord retentissait lugubrement et que le grand transatlantique décrivait un arc de cercle sur la mer
moutonneuse pour finalement stopper face à la
lame.

En un clin d'œil la hanche bâbord fut noire de
monde. L'équipage surexcité, le personnel du bord
alarmé, quelques rares passagers mal réveillés et
quelques passagères en toilette de nuit, auxquels se
mêlaient des soutiers en tenue légère et des méca-
niciens en bleu envahissaient ponts et coursives, se
penchaient sur les rambardes, regardaient, gesti-
culaient, discutaient, émettant les hypothèses les
plus folles.

À quelques encablures de notre transatlantique,
un chalutier de pêche était en panne, sa trinquette
noire battant au vent. Le pont encombré et sa
coque pleine de taches de minium, c'était un véritable vaisseau de nuit, sale, très bas sur l'eau, à
moitié submergé dans la houle qui le faisait danser
et, par moments, disparaître presque en entier
entre les vagues. Il avait hissé trois boules noires,
un signal de détresse à sa vergue. Il répondait
misérablement par trois coups de sifflet et sur un
ton suraigu, comme si sa machine avait été à bout
de force, à chaque mugissement de notre grave
sirène marine et entre chaque riposte on voyait son
équipage massé à l'arrière agiter les bras et nous

hurler tous en chœur quelque chose qui ne nous parvenait pas. Ce dialogue dura longtemps. Enfin, le chalutier hissa les couleurs de la France et s'approcha de nous à toute petite vitesse, embarquant des paquets d'eau.

À la lunette, je voyais des faces noircies ou meurtries nous sourire sous leur suroît, des yeux rouler, des bouches s'ouvrir, crier ; puis, dans un grand mouvement d'enthousiasme, je vis ces hommes se prendre les uns les autres dans les bras ou par les épaules et se mettre à danser ; enfin brandissant des quarts d'étain et des bouteillons, ils se mirent à boire à notre santé en poussant des hourras à notre adresse. Ces gaillards étaient manifestement saouls ou archi-fous ou en proie à une furieuse exaltation. Je comptai six hommes, dont le mousse, juché sur les épaules d'un copain, qui agitait son béret, et le patron, reconnaissable au porte-voix qu'il tenait à la main.

Arrivé à bonne distance, cet homme se mit à interpeller notre commandant qui, également muni d'un porte-voix, lui répondait du haut de la passerelle. Personne ne comprenait rien à ce qui s'échangeait de bord à bord. Au bout d'une heure l'*Eric-Juel* reprit son cap et le chalutier disparut rapidement derrière nous dans la mer de plus en plus démontée.

On s'imagine l'effervescence qui régnait à notre bord après cette rencontre inopinée. Les bruits les plus fantastiques circulaient. On affirmait qu'il y avait la peste, le choléra à bord et que Jensen avait refusé de recueillir l'équipage de ce chalutier de malheur, et chacun de dramatiser à qui mieux mieux la tragique situation des pauvres abandonnés. Nos passagers étaient de plus en plus nombreux qui faisaient cercle autour des barmen, des stewards, des matelots de pont qui nous la baillaient belle en nous racontant d'horribles aventures de mer, des histoires de faim et de soif, d'abandon, d'épidémie, d'anthropophagie, d'hallucination collective, de perdition, de vaisseaux fantômes, d'équipages maudits. Et quand Jensen se montra, ce fut une ruée, car chacun voulait savoir.

Mais le commandant avait le sourire. Il déclara qu'il regrettait de n'avoir rien de sensationnel à nous communiquer, qu'il avait eu affaire à un farceur de Français, à un patron de Marseille qui n'ayant pas de T.S.F. à bord de son chalutier, l'avait chargé d'un message très important pour ses armateurs, mais que tout allait bien à bord.

Un peu plus tard et cette alerte calmée, nous reprenions, Jensen et moi, notre promenade sur le spardeck. Nous fîmes trois, quatre tours sans rien dire. Jensen était maintenant en tenue et paraissait songeur. Tout à coup il s'arrêta pour me déclarer :

— Ah, les Français, ils sont uniques au monde ! Je ne sais pas ce que vous pensez de vos concitoyens mais, moi, je les adore. Ils ont toutes les audaces, mais ce sont de braves gens. Je ne connais pas d'autre marin sur la surface des sept mers qui aurait eu le culot, comme l'a fait tout à l'heure le patron de ce misérable chalutier, de hisser un signal de détresse, et un signal international, s'il vous plaît ! pour stopper sur sa route un grand steamer revenant d'Amérique. Et savez-vous ce qu'il voulait, ce lascar ? Écoutez bien. Il m'a longuement expliqué que la pêche étant bonne il ne pouvait pas songer à rentrer à Marseille avant d'avoir fait son plein. Mais que, très sérieusement, il s'ennuyait... vu qu'il s'était marié le mois dernier ! Alors, n'ayant pas de T.S.F. à son bord, il faisait appel à mes sentiments de marin et à l'entraide que l'on se doit entre gens de mer pour donner de ses nouvelles à sa femme et tranquilliser « la petite ». Il a même ajouté qu'il me rembourserait de tous mes débours et qu'en souvenir de notre rencontre il m'enverrait une bonbonne de pastis dès qu'il serait rentré à son port d'attache ! Tenez, voici le texte du message qu'il m'a dicté.

Et Jensen me tendit le double du radiogramme qu'il venait d'expédier à la femme du Marseillais.

Je lus :

S/S « ERIC-JUEL »

17042-22-17/11/21 + + + DOP.

MADAME BLANCHE RICORDINI

CHEMIN DU CABANON

LA REDONNE PAR ENSUES + + + MARSEILLE

JE LANGUIS TOUT VA BIEN + + +

LE PATRON DES « TROIS-JEANNES »[a].

Comme j'éclatais de rire à cette lecture, Jensen me dit, très solennellement, comme souvent les Nordiques font :

— À propos, monsieur Cendrars, pouvez-vous me recevoir cet après-midi ? Je viendrai prendre le café chez vous. J'ai à vous parler. C'est très sérieux.

Dieu, qu'allais-je apprendre ?

IX

— Souvenez-vous, il y a longtemps que j'ai envie de vous parler, Cendrars, et de vous demander conseil car, vous, vous avez vécu ; mais je ne sais pas par quel bout commencer. Voici de quoi il s'agit : dois-je divorcer, oui ou non ? J'ai encore trois années à attendre avant d'avoir droit à ma retraite de commandant ; mais ne ferais-je pas mieux de donner immédiatement ma démission, en débarquant à Copenhague ? Cela ne peut durer plus longtemps. Ma vie est impossible. Et je serais enfin libre.

Le café fumait dans les tasses. La fine était servie. Mais en entrant dans ma cabine, Jensen s'était allongé sur ma couchette et il me tournait le dos. Il parlait dans la cloison et de temps à autre il faisait un grand geste de ses bras puissants, s'arc-boutant des deux mains contre cette cloison comme s'il avait voulu lutter avec le tangage du navire. On entendait des coups sourds contre la coque et dans les fonds et, parfois, une vague furieuse venait lécher le hublot de ma cabine vissé à bloc. J'étais assis dans un fauteuil, fumant cigarette sur cigarette, indigné d'être là, contraint et comme honteux du rôle que mon ami me faisait tenir car j'étais conscient que notre situation réciproque était comme par hasard celle d'un patient chez un psychanalyste, — et j'avais horreur de ce rôle. Mais je laissai parler Jensen sans l'interrompre une seule fois durant sa longue confession.

— Je ne sais pas si vous avez bien saisi ce que peut être la vie d'un commandant de navire ? Elle est absolument dénuée d'intérêt. Elle n'est pas tant faite d'abnégation que de privations. Je ne sais pas non plus ce que vous avez pu deviner depuis que vous êtes à mon bord, mais sûrement vous avez dû deviner quelque chose, et que cela ne tournait pas rond. Chez nous, au Danemark, on est pauvre. Mon père, qui était charpentier de marine, avait quatorze enfants. À onze ans, il m'a mis à bord d'une barque et, depuis, je navigue. J'ai navigué sur toutes les mers et comme pilotin j'ai fait un long stage à bord d'un caboteur qui faisait les îles de la Sonde. Je n'ai donc pas toujours commandé. Voici vingt-cinq ans que je suis dans la Compagnie. J'ai atteint le plus haut grade et, aujourd'hui, je suis fier de commander l'*Eric-Juel*, la plus belle unité de la flotte danoise. Quand je prendrai ma retraite j'aurai rang de vice-amiral chez nous. Mais est-ce que vous vous rendez compte, Cendrars,

combien cela est difficile, ardu, voire quasiment
impossible à un petit mousse de gagner de l'avan-
cement, de préparer des examens, de conquérir
des galons et d'arpenter enfin la dunette, maître du
bord ? À moi, cela m'a surtout paru long. À vingt
et un ans je commandais l'*Ampalang*, un cargo de
deux mille tonnes qui faisait rire dans les ports à
cause de son nom scabreux et qui chargeait de la
main-d'œuvre chinoise pour Panama. À l'époque
je ne pouvais imaginer, même pas en rêve, que je
commanderais un jour un grand transatlantique de
luxe, car j'étais trop pauvre et de trop basse extrac-
tion pour viser si loin. Tout au contraire, j'étais
alors convaincu que j'avais atteint le sommet de
ma carrière et que jamais je ne monterais à un
échelon supérieur. Durant tout ce temps-là je n'ai
jamais eu un sou, Cendrars. Ma solde d'apprenti
allait directement à ma famille et quand j'ai eu
mon brevet de capitaine, mon argent servit à établir mes frères et sœurs. Enfin, je me suis marié, au
pays, avec Frederika, la fille d'un compagnon de
mon père, pour faire plaisir au vieux, et nous avons
eu deux garçons et quatre filles : Christian, Per,
Ingeborg, Else, Karen et Christine, ma favorite,
dont la noce a lieu mardi prochain, précipitam-
ment, à mon arrivée à Copenhague et avant que je
ne réembarque la semaine prochaine, car ainsi va
notre vie de marin, on stationne dix jours en tête
de ligne, à Buenos Aires, et même pas une semaine
pleine au port d'attache, chez les siens. C'est vous
dire que ma vie a toujours été d'une monotonie

extrême et que, si je n'ai jamais eu d'avarie grave
en mer, j'ai toujours tiré le diable par la queue et
que Frederika, de son côté, a souvent eu du mal à
boucler le budget de son ménage. Mais c'est une
vaillante femme, jamais je ne l'ai entendue se
plaindre, et nous nous sommes privés de tout, tous
les deux, pour donner de l'instruction aux enfants.
Christian est ingénieur, Per travaille dans une
banque et a un bel avenir devant soi, et voici que la
plus gentille, la plus douce de mes filles se marie !
Les autres ne vont pas tarder à sauter du nid. Bientôt le foyer sera désert. Pauvre Frederika ! Quelle
honte et quel scandale ! Puis-je faire cela... divorcer... démissionner... disparaître... partir... ?

Le commandant leva les bras au ciel, se retourna
sur le dos, ferma les yeux, se tut. Le café tremblait
dans les tasses. Il était froid. Personne n'y avait
touché. Je dressai l'oreille. Je me versai un verre de
fine. Dehors, le vent sautait. Le bateau roulait
bord sur bord.

— Donnez-moi un cigare, Cendrars, me dit le
commandant.

Je lui tendis une boîte de cigares de Manille.
Jensen s'assit sur son séant, choisit et alluma son
cigare sans me regarder, tira deux, trois longues
bouffées, chassa la fumée de sa main gauche, se
recoucha sur le dos, allongea les jambes et reprit,
en fermant les yeux et en laissant son cigare
s'éteindre :

— Je n'avais encore jamais été humilié, mais
quand je passai sur la ligne de l'Amérique du Sud,

il y a vingt-cinq ans, et que l'on me confia des paquebots de passagers, des paquebots de plus en plus grands et de plus en plus modernes, je compris que j'avais tout à apprendre, non pas professionnellement, mais humainement, car je suis au fond un grand timide. Beaucoup de *self-made men* sont comme moi. J'en ai eu plusieurs à bord. J'ai eu le temps de les étudier. Ils découvrent leur faiblesse quand ils sont arrivés au pinacle de leur fortune. Ils constatent alors avec stupeur que la vie ce n'est pas une réussite, qu'il s'agit de tout autre chose que d'argent, de puissance, d'affaires ou de richesses. Que l'orgueil ce n'est rien. Que la vanité a ses limites. Que la santé est le premier des biens (et beaucoup sont alors épuisés). Qu'ils n'ont pas eu le temps de vivre ou qu'ils n'y ont pas pensé, alors que le vulgaire les prend pour les maîtres de la vie. Qu'ils ne sont maîtres de rien du tout, et surtout pas d'eux-mêmes. Qu'ils n'ont pas connu l'amour. Qu'ils ont raté leur vie. Qu'ils ne peuvent pas la rattraper, la recommencer, la refaire. Qu'il est trop tard. Et c'est ce sentiment qui explique tant de chutes retentissantes, des débâcles financières, voire des suicides. Songez que je ne savais pas m'habiller, ni me tenir à table ; que je n'avais aucune conversation, aucune manière. À force de bûcher j'avais appris tout ce que l'on peut apprendre dans les livres pour passer des examens, mais je n'avais aucun savoir-vivre et je n'avais encore jamais lu un roman. J'avais une casquette dorée, j'étais maître du bord, mais je ne savais pas

parler aux femmes. J'étais un butor, un rustre.
Jamais encore je n'avais été chez une manucure.
Jamais je ne m'étais payé une belle cravate, un
pantalon de flanelle, un veston de bonne coupe.
J'avais plutôt l'air d'un paysan que d'un marin. Je
portais aux pieds les souliers que j'achetais depuis
toujours au magasin de la Compagnie, des chaussures solides, bon marché, mais dont les semelles
chantaient et je me faisais couper les cheveux
réglementairement, par le coiffeur de l'équipage
pour faire des économies. Je ne savais pas danser.
Jamais je n'avais eu une heure de loisir ou de
l'argent de poche. J'étais service service. J'avais
appris mon métier de marin. J'avais réussi. J'étais
un jeune commandant. Je m'étais marié. J'étais
arrivé. Je n'ambitionnais plus rien. Et je n'avais pas
vécu, pas encore... Sur notre ligne voyage une
clientèle des plus riches, des plus distinguées du
monde. Des millionnaires argentins et brésiliens,
des financiers anglais, des présidents de trusts, des
industriels de tous les pays, des grands ingénieurs,
des inventeurs célèbres, et l'élite européenne, les
artistes, les intellectuels, les savants invités en
Amérique du Sud, une société dont je n'avais pas
idée et dont, du jour au lendemain, j'étais appelé à
fréquenter les femmes, les filles, les maîtresses.
Certes, comme tout commandant, j'ai eu des
aventures à bord, des aventures féminines dont je
ne vous dirai rien, sinon mon étonnement de
découvrir qu'un beau mâle cela comptait et que la
vie que j'imaginais être une ligne droite, faite de

bonne conduite, de constance dans le travail, de vertu dont l'honorabilité récompensait la valeur professionnelle, n'était pas ce que j'avais cru jusqu'à ce jour, mais qu'elle était complexe et duplice, offrant toutes les chances, tous les malheurs, toutes les joies à celui qui veut la vivre et l'accepter telle qu'elle est, telle qu'elle s'offre, telle qu'elle se présente tous les jours, car ce grand miracle de la vie est quotidien. Quoi de surprenant si après cette révélation et dans une telle ambiance je me laissai entraîner et si je commençai à mener petit à petit une double existence ? Oh, cela n'a jamais été très loin, rassurez-vous, car jamais je n'ai pu me détacher entièrement de mon passé d'enfant pauvre, de l'humilité des miens et de cette timidité qui m'a toujours fait agir avec prudence et sérieux. Je m'affinais avec circonspection. Je profitais de l'escale de Buenos Aires pour suivre des cours de danse et de maintien. Songez que j'avais plus de trente ans quand je me risquai pour la première fois dans un salon de manucure ! J'avais à bord une garde-robe choisie mais que je n'osais pas arborer à Copenhague de peur de faire scandale ou de faire honte aux miens. J'avais une belle bibliothèque dans ma cabine. Je lisais beaucoup, mais en cachette. Voilà en quoi a consisté longtemps la double vie que je menais. Avouez que c'était bien innocent, n'est-ce pas ? Et néanmoins cela me pesait. Quant à mes aventures féminines, cela se bornait à une passade dont, comment dirais-je, j'étais plutôt la victime que le séducteur...

jusqu'au jour où je fus touché par l'amour, un véritable coup de foudre. Mais comment vous
raconter cela, monsieur Cendrars ?...

Derechef, Jensen se tut.

Il commençait à faire sombre. Le soir tombait.
Le navire était assailli de toutes parts. La tempête
ne faisait que croître. On aurait du très gros temps,
cette nuit, au large d'Ouessant. Déjà venait de
l'office le bruit en cascades de la vaisselle cassée et
les pulsations de la machine se faisaient moins
régulières. On sentait que le grand transatlantique
peinait.

Je me demandais si j'allais donner de la lumière,
quand le commandant se leva, fit quelques pas
dans la cabine, alluma, éteignit l'ampoule du pla-
fonnier plusieurs fois de suite et alla se recoucher
dans le noir :

— Souvenez-vous, Cendrars, à Pernambouc je
vous l'ai refusé quand vous m'avez si gentiment
invité à vous accompagner à terre. Je vous ai même
déclaré que jamais je ne quittais mon bord. C'était
l'exacte vérité. C'est à la suite d'un vœu que...
mais jamais je n'arriverai à vous raconter jusqu'au
bout comment je fus amené à prononcer ce vœu
car, maintenant, nous touchons à ma vie actuelle
et vous comprendrez à demi-mot où je veux en
venir, à moins que vous n'ayez déjà deviné de quoi
ou, plutôt, de qui il s'agit... et si vous ne l'avez déjà
fait, je suis encore plus gêné de savoir que je vous
mets sur la piste... Mais je compte absolument sur
vous pour m'aider, vous êtes un ami... C'était il y a

trois ans, à bord du *Prince-Alaf*. Il y avait très peu
de monde sur la ligne de l'Amérique du Sud à
cause des sous-marins allemands qui arraison-
naient et torpillaient même les neutres, et depuis le
début de la guerre les traversées n'étaient pas
gaies. On ne pouvait même pas organiser de bals
car les rares voyageurs qui étaient obligés de traverser l'Atlantique pour leurs affaires n'emme-
naient pas leurs femmes avec eux par ces temps
troublés. Souvent nous n'avions pas un jupon à
bord. Les salons étaient déserts. Ça faisait triste. Il
faisait noir. Tous les feux étaient voilés. Et quand
nous revenions dans les eaux européennes la navi-
gation devenait réellement dangereuse, car les
côtes de France étaient aveuglées, les phares, les
signaux, les bouées éteints, et l'on pouvait
s'attendre à une torpille. Cela devenait mélanco-
lique à la longue et tous les marins, jusqu'aux soutiers, faisaient de la neurasthénie. À bord du
Prince-Alaf qui faisait route au Sud nous n'avions,
donc, que quelques passagers, montés à bord à
Southampton et à Cherbourg. Il n'y avait pas de
quoi faire une tablée, mais nous étions tout de
même des privilégiés car il y avait un couple à
bord, venu par le Sud-Express à Lisbonne, embarqué à la dernière minute et que personne ne nous
avait annoncé, un couple rentrant de son voyage
de noces. Ah, Cendrars, jamais vous ne sauriez
croire que ce fut une allégresse pour nous tous et
combien la jeune femme fut choyée à bord. C'était
un être exquis, mince, délicat, frémissant, vibrant,

avec de grands yeux noirs, un teint mat et une couronne de cheveux épais sur un profil d'impératrice,
un fier profil. Dès que je la vis franchir la coupée,
emmitouflée dans ses fourrures, je ressentis un
grand coup au cœur et à la façon dont elle me tendit, dont elle me donna sa main à baiser quand je
lui souhaitai la bienvenue à bord, je sentis qu'elle
aussi était troublée. C'était le coup de foudre. Un
grand sentiment venait de naître. Je ne vous en
dirai pas davantage, Cendrars. Jusqu'en vue des
côtes du Brésil la traversée fut un voyage dans le
bleu, un grand rêve, hors du monde. Nous étions
toujours ensemble. Nous nous isolions. Nous
échangions des serments. Elle était romantique,
passionnée. Mais le grand sentiment qui m'inon-
dait d'une joie qui coulait jusqu'au tréfonds de
mon être pour me renouveler et donner à mon
âme une jeunesse que je n'avais jamais connue,
cette puissance miraculeuse, cette force magnifique me rendait tremblant et respectueux d'émotion. Elle avait vingt ans. Elle s'appelait Felicia.
Elle était Anglaise. Je l'adorais. Ma timidité natu-
relle freinait tous mes élans, et, néanmoins, j'étais
comme transporté. Lui, le mari, je le connaissais
bien pour l'avoir eu souvent à bord. C'était le
Commandeur d'Israëli, le roi des chemins de fer
en Argentine, un cadavre quinteux, un octogénaire
qui, comme je devais l'apprendre par la suite,
s'était fait voronoffiser pour pouvoir coucher au
moins une fois avec Felicia. La jeune femme
n'était pas heureuse, elle était insatisfaite ; mais

elle était devenue effroyablement riche par ce mariage, le vieux grigou y ayant mis le prix : il lui avait fait don de toute sa fortune, qui était immense. Felicia avait consenti à cette union par défi. Elle était belle et orgueilleuse. Elle voulait vivre sa vie, libre et indépendante. Et, maintenant qu'elle m'avait dans ses bras, elle ne regrettait rien. Moi, pour ne pas songer à l'avenir et à son argent qui me faisait peur, je me laissais griser. Le bonheur est égoïste et insolent. Et c'est ainsi que nous prîmes terre dans une grande impatience d'amour et dans un grand oubli de tout et de tous, elle, des convenances les plus élémentaires et, moi, pour la première fois, de mon devoir d'officier. Car c'est au vu et au su de tous, passagers et équipage, qu'à peine accosté à Pernambouc, nous nous installâmes, elle et moi, dans la plus somptueuse automobile qui stationnait à quai, une *Hudson* 8-cylindres, tout en nickel et en glaces biseautées, et que dans un provocant coup de klaxon le chauffeur nègre démarra... Oh, Pernambouc !... Vous m'avez dit, Cendrars, combien vous aimiez cette ville et vous m'avez parlé des deux bons amis que vous y aviez. Maintenant vous allez comprendre pourquoi je ne pouvais pas descendre à terre et vous accompagner en ville, et à la suite de quel épouvantable malheur j'ai fait le vœu de ne jamais plus quitter mon bord dans aucune escale. Pour moi, Pernambouc est la ville de mon destin, car c'est à Pernambouc que notre envolée dans le bleu s'est terminée dans le sang, le sang de ma bien-

aimée, un sang plus rouge que la terre rouge du
Brésil qui l'absorbait alors que, défigurée par les
éclats du pare-brise, elle gisait dans les débris de la
voiture, au pied d'un maudit rail de fer, le seul
poteau planté dans ces solitudes au moins à cent
lieues à la ronde, et que je voyais son sang précieux
couler comme le crépuscule tombait, et que je me
demandais si Felicia était morte ?... Vous connaissez cette terre de feu, Cendrars, ses vergers, ses
bananeraies, ses plantations de tabac, de coton, de
cacao et de café qui s'étendent à perte de vue derrière la ville. Cet hinterland est un des plus beaux
paysages du monde. Mais avez-vous déjà roulé à
plus de cent à l'heure sur la route qui traverse
toute cette riche étendue pour aller se perdre dans
les forêts qui barrent d'un trait noir les horizons de
cette plaine immense ? De loin la forêt vierge ressemble à une cathédrale insensée et plus on s'en
approche, plus sa façade paraît barbare et féerique
sous le soleil perpendiculaire du tropique avec ses
trous d'ombre dans ses frondaisons et ses reliefs
indéchiffrables. Mais quand on y pénètre, cela
vous épouvante, tellement le sous-bois est mystérieux. C'est tout le contraire d'une sensation mystique. Sous chaque feuille un œil vous épie et dans
tout tremblement de la feuillée on s'imagine qu'un
être, plutôt un démon de la brousse qu'un dieu, va
se révéler soudainement à vous pour vous ordon-
ner de le suivre dans la profondeur inexplorée des
bois. On a la sensation d'un danger imminent.
C'est une attente insoutenable qui épuise, qui

effraye, qui hypnotise comme l'approche d'un
serpent que l'on guette, que l'on veut voir de ses
yeux avant de fuir. Felicia était dans un état inimaginable d'exaltation. Elle voulait aller partout.
« Plus vite ! plus vite ! » criait-elle au chauffeur noir
que notre ferveur passionnait visiblement puisque
dans ces solitudes il roulait à tombeau ouvert, en
faisant sonner son klaxon, sa *buzina*. Toute la journée nous avons roulé par des chemins, des pistes
de plus en plus mauvais. Vous connaissez la nature
du tropique, Cendrars, ce ciel bleu perroquet qui
vous éblouit, cette terre rouge qui vous chauffe par
en dessous et dont la réverbération fait éclater la
peau comme un coup de soleil, ce soleil qui vous
écrase, ce plein air qui sent le taureau et les grands
troupeaux en liberté, les fragrances des différentes
zones de cultures, de pâtures, de jeune ou de
vieille brousse ou de pampas abandonnées que
l'on traverse quand on fait une longue, une épui-
sante randonnée, le parfum entêtant des lis sauvages, le baume térébenthineux des manguiers et
des goyaviers, la bonne odeur enfantine et fraîche
des caféiers en fleur, l'encens lourd des ananas
mûrissant dans la poussière, l'aigrelet, l'insidieux,
l'empoisonnant lait sur des feuilles des agaves fen-
dues et le suc caustique des cactus coupés qui vous
donnent la migraine, et d'un million d'autres
essences vertigineuses et résines qui travaillent les
plantes exotiques dont la variété et la multiplicité
des formes et l'inattendu de l'aspect et du port suf-
fisent déjà amplement pour vous faire tourner la

tête dans ce pays chaud. Mais, dites-moi, avez-vous déjà roulé dans cette nature à plus de cent à l'heure, dans un état fondant, enlacé à votre bien-aimée ? Je crois qu'aucun couple au monde n'a jamais connu pareille ivresse. Ah, quelle journée !... Mais il fallait rentrer. Le crépuscule s'écoulait rapidement. La nuit montait. Nous roulions sur la grand-route. Le chauffeur accélérait pour rentrer à bord. Un pneu avant éclata. La voiture fut projetée contre un maudit bout de rail, un poteau de fer planté à l'entrée d'un *mata-burro*[1]. Le nègre avait été tué sur le coup. Je croyais Felicia également morte. J'étais indemne. Que n'aurais-je donné pour mourir dans ce stupide accident...

Le gong du dîner retentit derrière ma porte.

— Vous allez dîner ?

— Non, commandant.

— Merci.

...

— Comme les généraux, les femmes meurent

---

1. *Mata-burro* : pont en claire-voie que l'on jette sur les petits canaux d'irrigation ou *arroyos* qui séparent les plantations de cette plaine si fertile de Pernambouc. Les éléments du plancher sont espacés de façon telle qu'une bête errante s'y prend la patte ou le sabot et ne peut franchir le pont. Ceci afin que les troupeaux et les mules des différentes fazendas ne puissent se mélanger, ce qui donnerait lieu à de sanglantes revendications entre bergers et est souvent à l'origine d'une vendetta entre familles de propriétaires.

Par ailleurs, le réseau routier de Pernambouc est en terre battue et il est très imprudent d'y rouler à grande allure, surtout quand on franchit l'un de ces petits ponts qui sont généralement branlants et mal entretenus.   B.C.

dans leur lit ! me dit tout à coup Jensen, sur un ton étrangement chagrin et après un long silence.

Qu'insinuait-il ? Était-il las et déçu ? Maintenant, je croyais deviner de qui il s'agissait. Il n'y avait pas de doute, le boy Fé-Lî c'était Felicia, l'Anglaise. Mais pourquoi ce déguisement et pourquoi se cachait-elle, pourquoi était-elle encore à bord ? Tout cela m'était incompréhensible. J'aurais voulu donner de la lumière pour voir la tête que Jensen faisait en ce moment. Il devait en avoir assez.

— Je vous fais grâce, Cendrars, de l'histoire de mon lamentable retour à bord et des millions d'ennuis que cette affaire me valut de la part de la Compagnie. L'heure presse. Il faut que je monte sur la dunette, nous n'allons pas tarder d'être à la hauteur du feu d'Ouessant et, cette nuit, je suis de veille. Je sais bien que vous m'avez compris. Mais il vous faut encore quelques éclaircissements. Les voici. Nous étions à quatre jours de Rio, où il y avait des cliniques modernes, et des chirurgiens, et des spécialistes pour l'opération grave et délicate que la défiguration de Felicia nécessitait. Le Commandatore ne voulut donc point la laisser dans l'hôpital de Pernambouc où elle avait été transportée après l'accident. Il la fit monter à bord du *Prince-Alaf*. À Pernambouc on l'avait pansée et on lui avait fait des piqûres contre la gangrène. À Rio, elle resta des mois et des mois en clinique et subit je ne sais combien d'interventions chirurgicales. Elle en est sortie l'année dernière seulement

avec le visage que vous savez[a]. Entre-temps
d'Israëli était mort, de jalousie et de vieillesse. Que
pouvais-je faire d'autre ? Je l'ai prise avec moi, à
bord. Seulement, comme un commandant est
exposé à mille intrigues et jalousies de la part de
ses subordonnés (vous avez pu vous en rendre
compte à bord de l'*Eric-Juel* en voyant Einar
Uvstrœm fouiner partout et rôder autour de moi et
interroger jusqu'à un passager comme vous, Cendrars, et lui susurrer des choses !) pour couper
court à toute dénonciation possible, j'ai eu l'idée
de lui faire faire un nouvel état civil et de lui faire
changer de sexe. C'est moi qui l'ai fait engager
comme boy ! Vous imaginez ma vie, depuis ?... Et,
maintenant, on peut éclairer, j'ai tout dit.

Et le commandant se leva prestement, alluma
l'électricité, vint se planter devant moi, me mit les
mains sur les épaules et me dit, les yeux dans les
yeux :

— Vous êtes un ami, vous, un vrai. Merci de
m'avoir écouté jusqu'au bout sans broncher.
Dites-moi maintenant ce que je dois faire ? Voici la
situation. Felicia est malheureuse à bord. Cette vie
ne lui convient pas. Elle m'aime, mais elle devient
folle. Elle ne peut plus supporter le rôle que je lui
ai imposé. Moi, je l'aime, je l'aime autant que le
premier jour, mais je me sens responsable de son
accident et de son affreux malheur, et le sentiment
de ma culpabilité empoisonne mon amour. Songez, Cendrars, à ce qu'est la beauté pour une
femme, j'entends dans sa vie consciente, dans la

notion qu'elle a d'elle-même, et non pas au prestige que la beauté peut exercer auprès de ses semblables et des jouissances de vanité qu'une femme peut en tirer. Il faut que Felicia ait une âme bien trempée, une volonté prodigieuse pour supporter une telle disgrâce. Je suis prêt à lui vouer ma vie, à la lui consacrer entièrement pour l'aider car je sens que ses forces fléchissent. Mais j'ai peur, une peur irraisonnée de sa richesse. Elle est fantastiquement riche. D'Israëli lui a tout laissé. Cela se chiffre par milliards. Il y en a plus d'une dizaine. Je me fiche pas mal de ce que l'on pensera de moi, mais ne croyez-vous pas, Cendrars, qu'à la longue tout cet argent finira par m'avilir, même aux yeux de Felicia, et par tuer notre grand amour ? Sachez que si je donne ma démission je dépendrai entièrement d'elle. Est-ce admissible pour un homme comme moi ? Et, d'autre part, si je divorce pour épouser Felicia, qui me le demande et à qui je le dois, aujourd'hui qu'elle ne peut plus se montrer, je tiens à laisser toutes mes économies et ma maigre pension de marin à Frederika, à qui je n'ai rien à reprocher et vis-à-vis de qui j'ai de grands torts. Et les enfants, que penseront mes enfants de leur père ? Que dois-je faire, je vous le demande ? Mais, prenez votre temps pour me répondre, réfléchissez. Je dois monter en haut. Venez me rejoindre dans la chambre des cartes, cette nuit, sur la passerelle ou donnez-moi votre réponse demain matin, avant de débarquer à Cherbourg, on dit que la nuit porte conseil...

Et le commandant Jensen s'enfuit en laissant ma porte ouverte.

X

Ma porte battait en suivant les oscillations du navire...

Je sortis à mon tour de la cabine, n'y pouvant rester une seconde de plus.

J'avais besoin d'air, de grand air.

Et sur le pont, je fus servi.

La pluie cinglait. Le vent soufflait en ouragan. D'immenses montagnes d'eau, qui surgissaient subitement de la nuit noire, se déversaient sur l'avant du navire. Des vagues furieuses glissaient vertigineusement le long de la lice. La poupe dansait, haut, bas, se déportant à gauche, se redressant à droite et dans le halo de son fanal arrière qui tombait sur la mer bouillonnante, tourbillonnaient des crêtes écumeuses, aussitôt englouties. À en juger par les hurlements du vent, le ciel devait être tout aussi agité que l'eau. On devinait les masses opaques des lourds nuages qui cavalaient vers la terre. À tribord, dans l'extrême est, au fin fond de l'horizon bouché, s'épandait de temps en temps la lueur diffuse d'un feu à éclipse qu'on venait de dépasser. Cela devait être le phare d'Ouessant, la France.

... Que pouvais-je conseiller au commandant ?
Son sort me paraissait réglé d'avance comme du
papier à musique. Il ne pouvait échapper à son
destin. La vie va de l'avant. Personne ne peut rentrer à reculons dans sa propre vie. Cela se vit une
fois et ne se revit pas. Puis, une autre fois encore,
mais ailleurs et tout autrement. Puis encore peut-
être une troisième fois avec un troisième parte-
naire. Et c'est tout. C'est la vie. Je n'avais donc
rien à dire à Jensen. Je ne tenais pas à revoir le
commandant. Je ne voulais pas rencontrer, maintenant que je savais, Fé-Lî, « l'Anglaise »...

Je m'abritais comme je pouvais sur le pont.
Bientôt, je fus trempé. Je redescendis dans ma
cabine chercher un imperméable. Je remontai.
J'errai, mais tout à bord était mouillé et les salons
déserts. Cela sentait l'abandon, comme toujours
en mer par gros temps. D'ailleurs, comme la plu-
part des passagers débarquaient le lendemain
matin à Cherbourg, les voyageurs étaient dans leurs
cabines en train de boucler leurs malles. Je me
réfugiai au bar où, seul, Croco somnolait devant
une bouteille vide. Alors, j'allai chez Mme de Pathmos[a].

— Tiens, me dit-elle en me voyant entrer, vous
êtes gentil. Vous venez m'aider ?

— Non, lui dis-je. Je m'ennuie, je viens bavarder.

— Pauvre chou, fit-elle. Vous avez du vague à
l'âme ?

Sa cabine était en désordre. Elle était en train de

faire ses valises. Ses robes, ses chapeaux, son linge
étaient étalés sur son lit.

Je la pris dans mes bras.

— Cajita !

— Tajito[a] !

Jamais Sud-Américaine ne débarqua dans son
hôtel, à Paris, avec des valises aussi mal faites.

C'est la vie.

XI

Je n'étais pas rentré chez moi depuis quatre
jours, je n'avais pas encore eu le temps de
reprendre contact avec mes amis parisiens ni
d'aller voir mon éditeur et c'est à peine si mes
valises étaient défaites que Jensen me téléphonait
pour m'annoncer qu'il était arrivé de la veille, par
avion, et me prier de passer d'urgence chez lui,
« dans ma garçonnière », précisait-il.

Je n'avais pas très bien compris de quoi il me
remerciait au téléphone, mais « *c'est fait !* »
m'avait-il dit et, maintenant, il avait un grand service à me demander puisque j'étais responsable de
ce qui était arrivé, et que je vienne tout de suite,
toutes affaires cessantes.

Il était à peine neuf heures du matin à l'horloge
de la Tour Pointue.

... C'était fait, mais quoi, le divorce ou la rupture ?... le commandant avait-il démissionné ?...

Le 9, le 11, le 13, le... Coïncidence, j'ai d'autres amis qui habitent la maison.

Le commandant habitait l'île Saint-Louis, quai de Béthune, dans l'immeuble le plus cossu de Paris et le seul entièrement construit sur les données du dernier confort américain, comme à Park Avenue ou à Riverside Drive, dans les quartiers riches de New York, mais où je ne puis entrer sans regretter l'admirable petit hôtel à la française que la reine des Instituts de Beauté n'a pas craint de faire démolir pour édifier à la place cette somptueuse maison de rapport, aux appartements de grand luxe et merveilleusement silencieux, certes, mais sans grâce. Et c'est l'un d'eux que Jensen appelait « sa garçonnière », une suite de dix, douze pièces surchauffées dont les grandes baies donnaient toutes sur la Seine et le paysage fumant des toits de la montagne Sainte-Geneviève, un appartement de 260 000 francs de loyer !

— C'est fait, me dit-il, j'ai démissionné, j'ai tout quitté... Cendrars, je suis libre !... Comment vous remercier, mon très cher ami, de ne pas être venu me rejoindre, l'autre nuit sur la dunette, quand je vous ai demandé conseil. J'ai très bien compris que vous vouliez que je prenne mes responsabilités moi-même, tout seul, face à face avec ma conscience, et que c'était de la lâcheté que d'attendre qu'un autre prenne une décision pour moi. Mais permettez-moi de vous le dire, si je ne vous avais pas rencontré, Cendrars, jamais je n'aurais eu le courage d'agir si promptement et avec une telle désinvolture.

J'étais gêné.

Comme s'il avait encore été à son bord, le commandant allait et venait dans le salon où il m'avait fait pénétrer. Il avait beau appeler cet appartement « sa garçonnière », on devinait qu'il n'était pas chez lui, pas à l'aise, pas encore accoutumé au luxe qui l'entourait. Il y avait trop de fleurs dans ce salon, trop de tapis, trop de beaux meubles, trop de tableaux aux murs, trop de bibelots et malgré la chaleur de son accueil, son effusion, le sourire qu'il arborait, l'insouciance qu'il affectait, ses manières, j'étais navré de le voir aller et venir, malgré son âge et sa dignité, comme un gigolo, une cigarette à bout doré aux lèvres, drapé dans une riche robe de chambre, en pantalon d'intérieur, les pieds dans des escarpins vernis, la chevelure parfumée, les ongles manucurés et, déjà, une gourmette au poignet.

— Felicia ne va pas tarder, me disait-il en préparant des *drinks* sur un grand plateau d'argent. Elle va être heureuse de vous être enfin présentée... Buvez !... C'est elle qui a pensé à vous pour la mission que nous désirerions tant vous voir vous charger... À nos amours, cher ami !... Felicia vous expliquera...

Mon malaise ne faisait que croître.

Et « l'Anglaise » entra, sous les armes dans une simple petite robe de chez Chanel, une torsade de perles autour du cou, un gros diamant au doigt, et parlant, et parlant sans arrêt, ce qui est une preuve qu'elle n'était pas trop sûre d'elle.

Durant toute la conversation elle s'arrangea pour se montrer toujours de trois quarts, en profil perdu, de façon à ce que sa cicatrice ne me choquât point et j'étais tellement ému de ce tact féminin pour dissimuler une disgrâce, de cette adresse à masquer sa grande nervosité et son angoisse secrète de l'effet qu'elle produirait que j'acceptai d'emblée ma mission, et sans y réfléchir. Ce n'est que dans l'avion de Copenhague, après déjeuner, que je me dis que dans toute cette affaire je jouais le rôle de l'avocat du diable.

Un bon titre pour un roman, me disais-je, je le retiens[a]. Et, pensant à Felicia, je trouvai qu'elle avait des yeux extraordinairement beaux et que, de dos, elle était franchement belle, très belle. Mais quel malheur de ne pouvoir admirer une femme que de dos, aucun amour n'y résistera.

Dans ma chambre, à l'*Hôtel du Sund*, un hôtel de matelots où j'étais descendu, je rêvai d'elle toute la nuit. Elle et moi, nous jouions à nous courir après dans un palais d'illusions, le Palais des Miroirs. Felicia m'entraînait derrière elle à travers d'immenses salles, toutes éclairées à giorno. Mais elle restait insaisissable et je l'entendais rire à gorge déployée *parce que* dans ce palais translucide tous les miroirs étaient voilés... Pour qu'elle ne se voie pas ou pour que je ne la voie pas de face ?... Comme souvent dans les rêves il y avait une hosti-

lité, une intention dans ce fait, de la sournoiserie et
de la culpabilité, et puis, comme souvent dans les
rêves, je ne courais pas très bien, j'étais ligoté.

XII

Drôle de mission que celle que j'avais accepté de
venir remplir à Copenhague ! Je devais remettre à
dame Frederika, à la femme de Jensen, primo :
une lettre du commandant où celui-ci, qui était
parti sans rien dire, lui communiquait sa ferme
résolution de ne jamais revenir et lui demandait de
consentir au divorce ; secundo : une grosse somme
d'argent. Je n'étais pas très fier de moi et comme
d'autre part, je ne parle pas le danois, cette corvée
m'empoisonnait, j'avais envie de mettre lettre et
fric à la poste, et de m'en laver les mains.

Je connaissais Copenhague pour y être déjà venu
quelques fois en escale, mais je ne connaissais que
le Copenhague de nuit, qui est un port où la bor-
dée est bonne. J'y connaissais aussi un garçon,
Walter Halverson[a], un journaliste attaché au plus
grand journal de la ville, un noctambule, toujours
prêt à boire sans soif et à l'affût d'une bonne histoire. Je me décidai à l'aller chercher et le prier de
m'accompagner chez dame Frederika pour me servir d'interprète.

Naturellement, le matin, Halverson ne venait

pas au journal, mais à la rédaction on me donna
son adresse, sise dans un lointain faubourg, et je
pris un taxi, m'amusant fort du Copenhague que
je découvrais et dont je n'avais aucune idée, un
Copenhague avec des rues encombrées de cy-
clistes, hommes et femmes se rendant à leur travail, garçons et filles se rendant à l'école, une foule
presque campagnarde, simple, lavée, de bonne
humeur, qui me surprenait quand je pensais aux
grandes brasseries ouvertes la nuit et aux grandes
salles de danse que j'avais exclusivement fréquen-
tées jusqu'ici à Copenhague aux alentours du port,
et où l'on ne rencontre que des filles et des navigateurs.

Walter Halverson était en train de se chamailler
avec sa femme quand j'arrivai chez lui.

— Quel bon vent vous amène, vous venez en
reportage ? s'écria-t-il en me voyant entrer.
Qu'est-ce qui se passe ? On peut l'annoncer ?

— Non, lui dis-je. J'ai besoin de vous pour une
affaire strictement confidentielle.

Immédiatement, il fut prêt.

Dans la rue, je le mis au courant. Walter paraissait énormément intéressé. Il avait entendu parler
de la démission du commandant Jensen, mais il
ignorait qu'il y eut une femme à la clé.

— Évidemment, conclut-il, on ne peut pas parler de ça chez nous. Cela ferait scandale. Mais c'est
dommage, c'est une histoire sensationnelle. Un
Danois qui va épouser la femme la plus riche du
monde. Il y a de quoi faire tourner la tête au pays !

Frederika Jensen habitait une petite maison, entourée d'un jardinet, dans le paisible quartier du Rijsaegerdam. Son intérieur était admirablement tenu. C'était une grande femme plastique, sur le retour et congestionnée. Elle se montra très affectée de ma visite. Néanmoins, comme elle était courageuse, elle me déclara :

— Oh, monsieur, vous ne m'apprenez rien, il y a longtemps que j'ai tout deviné. Dites à Fredrik que je ferai ce qu'il voudra. Mes pauvres enfants...

Naturellement, elle ne voulut pas accepter l'argent que je lui apportais, mais elle demanda à Halverson l'adresse d'un bon avocat.

— Vous comprenez, je veux que cela soit vite fait puisqu'il croit qu'il s'agit de son bonheur et que vous me dites que Fredrik est impatient. Et cette femme, elle est défigurée, dites-vous ? La malheureuse !... Divorcer... À mon âge, c'est dur, savez-vous ?

Et Mme Jensen se laissa tomber dans un fauteuil, se retroussant pour s'essuyer l'œil avec un coin de son tablier.

Nous la laissâmes à son chagrin, dans son petit salon bien propret où sur le piano droit étaient disposées les photographies de tous les siens, dont un agrandissement de celle de « l'Amiral » dans un cadre dore.

— On va boire un verre ? me demanda Halverson. J'ai soif.

— Moi aussi.

Nous nous installâmes dans une brasserie. Walter était insatiable, Felicia l'intriguait, il voulait savoir de nouveaux et de nouveaux détails sur «l'Anglaise », sur Fé-Lî, sur l'accident, sur le Commandeur, sur cette immense fortune dont Jensen allait pouvoir jouir.

— Et cette cicatrice, comment est-elle ? Elle lui coupe réellement le visage en deux ?

— Oui, du haut en bas.

— De la racine des cheveux au menton ?

— Oui.

— C'est fait comment ?

— C'est horrible à voir.

— Mais encore ?

— C'est épais comme le doigt. Un bourrelet de chair, tenez, comme de l'étoupe dans une fente, du travail de calfat.

— Et vous croyez que Jensen va pouvoir vivre longtemps en tête à tête avec cette femme ?

— Il y a déjà des années que ça dure.

— Oui, Cendrars, mais c'est qu'elle est riche.

— À propos, vous devriez m'accompagner maintenant chez la fille du commandant, chez Christine, je voudrais lui remettre l'argent que j'ai dans ma poche. Jensen l'aimait beaucoup. Peut-être que la petite acceptera. Vous avez le temps ?

— Mais bien sûr, allons-y. Où est-ce ?

J'avais l'adresse.

C'était au bord de l'eau. Christine habitait juste devant le monument d'Andersen, le conteur. Elle était blonde et avait les yeux et la démarche de son père.

— Mon pauvre papa, s'écria-t-elle quand Halverson lui eut exposé l'objet de ma visite, il va être bien malheureux ! Donnez-moi son adresse à Paris, je vais lui écrire.

Elle s'était mise à sangloter, mais elle accepta l'argent.

— Je le partagerai avec mes sœurs, nous confiat-elle.

C'était une petite personne raisonnable.

— Alors, pas de blagues, vieux, dis-je à Halverson avant de remonter dans l'avion de Paris. C'est une affaire strictement confidentielle, n'est-ce pas ?

— Vous pouvez être tranquille, Cendrars. Mon journal ne le croirait pas. C'est du roman. Au revoir !

— Adieu !

XIII

Quinze ans se sont écoulés. Je n'ai eu que de rares occasions de revoir mon ami. Le commandant et Felicia voyageaient beaucoup. Moi aussi. Je recevais des lettres des Indes, de Bornéo, de Java. Le commandant parlait beaucoup de son amour, mais se plaignait de ne pas être libre et que Felicia se refusait absolument à ce qu'il s'achetât un yacht. Cela aurait pu le rendre heureux. Mais elle ?... Puis, je ne reçus plus que de rares cartes postales. Jamais une photo, jamais. Quand nous nous rencontrions, par hasard, à Paris, j'assistais en témoin muet à la décrépitude de leur grand amour.

C'est la vie.

L'autre hiver, quand j'allai lui rendre visite à Montevideo pour voir ce que Jensen était devenu, le commandant m'offrit l'apéritif sur sa terrasse, d'où il surveillait l'arrivée et l'appareillage des grands paquebots, et l'apéritif qu'il me servait était du pastis.

— C'est du patron des *Trois-Jeannes*, commandant ?

— Comment, vous ne l'avez pas oublié ?

— Et comment aurais-je oublié le chalutier de Marseille ?

— Imaginez-vous, Cendrars, que ce farceur m'en envoie une bonbonne tous les ans, avec ses bons vœux et pour me dire qu'il est heureux.

— Et vous, commandant, vous ne l'êtes pas ? Qu'avez-vous à regretter ?

— Tout.

— Mais non, voyons, c'est la vie, vous l'avez voulu, il ne faut rien regretter.

Quant à Felicia elle était absolument détraquée.

En faisant le tour du propriétaire, ce qui m'avait le plus frappé dans la somptueuse villa du bord de la mer, c'est que dans aucune pièce, et même pas dans le cabinet de toilette du commandant, je n'avais vu accroché un miroir.

Une femme ne peut vivre sans miroir.

C'est pourquoi ces deux-là étaient malheureux.

XIV

En quittant Montevideo le commandant m'avait fait cadeau d'un livre en souvenir de ma visite, livre que je feuillette de temps à autre, livre qui me laisse rêveur.

C'est la fameuse grammaire du Père Figueira.

C'est un bel exemplaire, rarissime.

Mais grâce à ce livre je sais, aujourd'hui, que lorsque à bord de l'*Eric-Juel* « l'Amiral » adressait à Fé-Lî quelques rares paroles monosyllabiques en un jargon barbare, incompréhensible et qui m'intriguait, il lui parlait tupi !...

Il n'y a pas de doute, ces deux-là devaient fumer l'opium et, aujourd'hui, il ne leur reste rien d'autre à faire.

... Les Paradis Artificiels...

Le calumet de la paix... le chanvre indien... la plante qui rend les yeux émerveillés... et celle qui fait partir l'âme en voyage, l'*ibadou*, la seule culture des Toupinambas ou des Topinambous, explique Figueira, le vieux Père Jésuite.

Et peut-être que Victor Hugo connaissait ça pour avoir mis des montagnes bleues à Pernambouc, là où il n'y en a pas.

MONSIEUR LE PROFESSEUR[a]

à Thora[b]

I

Pour le premier anniversaire de leur mariage un jeune couple suédois m'avait invité à dîner. Le dîner avait eu lieu chez Voisin et comme les vins étaient généreux, nous nous étions attardés à table. Mes jeunes amis avaient envie d'aller danser au Moulin-Rouge, mais ils ne s'impatientaient pas trop me voyant plongé dans une chaleureuse conversation avec le père de la jeune femme, un illustre professeur, le doyen de l'université d'Upsale, qui était arrivé le jour même par avion pour pouvoir assister à ce dîner d'anniversaire. C'était un vieil homme, gros, balourd, revêtu d'une redingote ridicule et gardant son bonnet d'Astrakan sur la tête, car il craignait les courants d'air. Cela faisait vingt-cinq ans qu'il n'était venu à Paris, et il était tout réjoui d'être dans ce fameux restaurant des gourmets, de boire des vins de France, de se savoir bientôt grand-père et de bavarder avec l'ami de son gendre, un homme qui connaissait le Brésil, la faune, la flore de la forêt, ce qui l'avait enthousiasmé car lui-même était botaniste et avait voyagé sur l'Oré-noque, en son temps, lorsqu'il était un jeune pri-vat-docent brûlant d'envie de se couvrir de gloire en donnant, comme Humboldt, son nom, par exemple à une orchidée sauvage.

— Vous avez du mal à me croire, n'est-ce pas, monsieur ? Mais je n'ai pas toujours été un vieux bonhomme de professeur, comme vous me voyez aujourd'hui. Moi aussi, j'ai été un jeune homme, un sportif comme disent les jeunes gens d'aujourd'hui. J'ai remonté l'Orénoque durant quatre-vingt-seize jours, quatre-vingt-seize jours en pirogue, et quand je suis revenu sur la côte, j'étais maigre, tanné, tout couvert de piqûres de moustiques, malade, mais j'étais fier de moi car je rapportais dans mon herbier une fleur de la forêt vierge, une fleur de la solitude, une fleur inédite, une fleur qui ne se laisse pas transplanter et dont le seul exemplaire connu est aujourd'hui dans les col-lections de notre chère vieille université d'Upsala. C'est une variété de lis qu'on ne trouve qu'au plus profond de la jungle de l'Orénoque. Les Indiens l'appellent *la fleur qui change de couleur*. En effet, tôt, le matin, cette fleur est d'un blanc éclatant. Vers dix heures de l'avant-midi, elle est légèrement rosée. À midi, elle est d'un rouge vif. Au commen-cement de l'après-midi, elle se pare d'une teinte orangée qui passe, peu après, au violet intense.

Dans la soirée, le violet tourne au bleu clair, un bleu lumineux, couleur phosphorescente que ce merveilleux lis conserve toute la nuit pour redevenir blanc, à l'aube[a]. C'est une énigme que j'ai passé toute ma vie à étudier sans en trouver le fin mot. Si...

— Papa ! l'interrompit la jeune femme.

Mais le professeur était lancé :

— Si j'étais jeune, m'affirmait-il, je retournerais là-bas chercher d'autres exemplaires de cette plante somptueuse qui m'intrigue tant. Je crois, qu'aujourd'hui, grâce à l'avion, on pourrait rapporter des plants vivaces pour en garnir nos serres de l'Université. J'ai voulu envoyer sur place un botaniste plus jeune que moi, un garçon en qui j'aurais eu confiance, à qui j'aurais laissé mes carnets de voyage et mes notes, mes observations de laboratoire, à qui j'aurais donné toutes les indications pour retrouver sur place cette même plante ou dans les mêmes parages que moi, le vieux, j'ai visités en 1887 sans craindre les moustiques, ni la malaria. J'ai cherché parmi mes élèves. Je ne leur ai point caché que c'était un voyage dangereux à cause du *vomito negro* ou fièvre jaune. Mais aucun parmi les jeunes gens d'aujourd'hui ne veut aller exposer sa vie pour une fleur, leur personne est beaucoup trop précieuse. C'est à proprement parler un véritable scandale et une honte pour notre grande et vénérée université d'Upsala. Je n'ai pas su inculquer l'amour de la botanique à la nouvelle génération. Les jeunes étudiants...

— Et comment s'appelle votre lis, monsieur le professeur ?

— La fleur porte mon nom. C'est une plante monocotylédone de la classe des phanérogames. Je l'ai baptisée : *liliacea septem coeli mobile perpetuum colorata L. Claudii.* Je...

— Bon papa, tu viens ? Nous voudrions aller danser au Moulin-Rouge, il y a un bon orchestre et il se fait tard. Tu radotes, petit papa chéri. Tout le monde la connaît ton histoire de lis. Allons, viens-tu ?

Et la jeune femme souriante repoussa sa chaise, tandis que son mari enveloppait l'enfant gâtée dans ses fourrures.

On se tassa tant bien que mal dans un taxi.

Monsieur le professeur était bien encombrant.

II

Au Moulin-Rouge, la salle était pleine et l'orchestre tonitruant. Nous eûmes beaucoup de mal à nous faufiler entre les couples des danseurs pour atteindre notre table réservée qui se trouvait être juste en bordure, mais de l'autre côté de la piste. Mais où, à Montmartre et sur le coup de minuit, serions-nous passés inaperçus avec ce bon gros que nous traînions à la remorque, engoncé dans un lourd manteau ouatiné, les pieds dans d'épais caoutchoucs et avec son haut bonnet de fourrure sur la tête ? Aussi notre entrée fit-elle sensation et c'est les yeux, la barbe pleins de confettis et pris dans les mille lassos versicolores des serpentins qu'on lui décochait de toutes parts que le vénérable professeur gagna sa place à notre table, juste comme ses enfants venaient de partir faire un tour de danse.

— Occupez-vous de papa, il est gentil ! m'avait soufflé la jeune femme en partant.

Le vieux monsieur souriait. Il était ravi. Il restait en butte aux gentilles taquineries et agaceries de ses voisines et durant toute la nuit pas une danseuse ne passa à sa portée sans qu'elle lui murmurât : « — Bonsoir, le père Noël ! » et sans, comme on pelote la bosse d'un bossu, qu'elle ne lui frôlât de la main son bonnet d'Astrakan. « — Il a une bonne bille, le vieux ! Il doit porter bonheur ! » les entendait-on dire à leur danseur en s'éloignant.

— Ah, les petites femmes de Paris ! me dit le professeur. Quel dommage que je n'ai plus vingt ans...

Et il commanda du champagne.

III

Nous trinquâmes à la mode suédoise, c'est-à-dire très solennellement, puis M. le professeur resta longtemps souriant mais silencieux. Enfin, comme je pensais qu'il allait s'assoupir malgré la musique et le bruit qui nous entouraient, car il dodelinait de la tête, le vieil homme me dit, en rapprochant son siège et en voyant que ses enfants ne s'empressaient pas de venir nous rejoindre :

— Vous ne dansez pas, monsieur ?

— Non, monsieur le professeur.

— Au moins, ce n'est pas moi qui vous en empêche ?

— Oh, mais non, monsieur le professeur. Je suis trop heureux d'avoir fait votre connaissance.

— Merci beaucoup. Vous êtes bien poli, monsieur Cendrars. Puis-je vous demander si mon histoire de tout à l'heure vous a intéressé ?

— Elle m'a passionné, monsieur le professeur.

— Vous vous intéressez à la botanique ?

— Non, pas particulièrement. Mais ma mère en était folle.

— Ah, madame votre mère s'intéressait à la botanique ?

— Maman ? Mais elle avait un grand herbier et elle connaissait la classification de Linné par cœur. Elle m'a appris à lire dans un album contenant des grandes planches coloriées, vous savez, ces belles planches à l'œuf comme on le faisait au siècle dernier et qui se sont conservées si vives, si fraîches de couleurs, des planches représentant toutes les plantes, toutes les fleurs de la création et que l'on collectionne aujourd'hui, surtout les planches des fleurs et des oiseaux, à cause de leur beau coloris.

Maman avait un deuxième album contenant tous les oiseaux et un troisième, consacré aux bêtes. Elle m'a appris à lire dans tous les trois[a]. Et je me souviens particulièrement de la planche des cucurbitacées, à cause de leurs formes qui me paraissaient bien drôles, de leurs côtes, de leurs verrues et excroissances, de leurs taches extraordinaires qui m'amusaient et de la belle fleur dorée de la citrouille que je ne me lassais pas d'admirer. Parmi les oiseaux, la planche à laquelle je revenais sans cesse était celle représentant l'oiseau-lyre, paré comme pour un ballet et en train, réellement en train de danser et de faire des galipettes devant sa femelle, une espèce de grosse perdrix, très terne et couvant ses œufs par terre. Le mâle a dessiné comme une esplanade autour du nid en disposant, par jeu, des pierres et des cailloux comme des monuments et des balustres, entre quoi il exécute ses plus brillants numéros. Aujourd'hui encore, je ne puis traverser la place de la Concorde, quand elle est déserte, le matin, de très bonne heure, sans songer à cet oiseau-lyre de mon enfance et souhaiter qu'il vienne sans plus tarder danser en plein Paris. Quel spectacle miraculeux cela ferait et quel beau sujet pour un dessin animé de Walt Disney ! L'album des animaux s'ouvrait de lui-même sur la planche de l'ours blanc, un ours allongé qui guettait un phoque par un trou pratiqué dans la banquise ; sur celle du morse, où l'on voyait un canoë d'Esquimaux attaqué par un troupeau de ces furieuses bêtes moustachues, écumantes et munies de crocs ; et sur celle de la baleine, qui m'intéressait le plus à cause de son jet d'eau. Depuis, je crois avoir lu tout ce que l'on a écrit sur la baleine et sur l'amour des baleines, aussi bien les écrits des naturalistes, de Buffon à Nordenskjöld, que les livres de bord des baleiniers, les rapports des compagnies qui se livrent à cette industrie de pêche ou de chasse à la baleine et les ouvrages des romanciers.

— Vous êtes écrivain, je crois, monsieur Cendrars ?

— Oui, monsieur le professeur.

— Vous voulez que je vous raconte une histoire de baleine ?

— Oh, oui !

— Mais c'est d'une baleine morte.

— Cela ne fait rien.

— Vous avez déjà vu des baleines, monsieur Cendrars ?

— Certes. J'ai fait une campagne de pêche à bord d'un norvégien, à Port-Déception[a].

— Ah ! Pour votre journal ?

— Pour mon plaisir.

— Et vous avez déjà vu une baleine empaillée ?

— Oui, celle qui venait à Saint-Pétersbourg tous les ans, à bord d'une goélette qui jetait l'ancre quai de l'Amirauté, la baleine du capitaine Erikson[b]. On payait un rouble pour aller la voir.

— Ah, vous connaissez la baleine d'Erikson qui fait toutes les foires de la Baltique. Elle est jolie. Mais c'est un bébé, celle que nous avons dans la cour de l'université d'Upsala, elle est dix fois plus grande !

IV

Les tubas, les saxophones s'évertuaient. Le nègre de la batterie jonglait avec ses baguettes, tempérait de la paume les vibrations de ses tambours, sursautait sur place comme mû par un ressort, souriait de toutes ses dents. Le contrebassiste ressemblait à un Saint-Georges noir ayant terrassé le dragon et tirant les derniers sons de sa dépouille. Les couples enlacés tournaient, tournaient sur la piste. Nous avions encore fait venir du champagne. Le manteau de fourrure de la jeune femme de mon ami était abandonné sur sa chaise et la place de son mari restait vacante. Entre deux danses, j'apercevais les enfants du professeur réfugiés au bar, au fond de la salle, et me faisant des niques et buvant de loin ironiquement à ma santé, cependant que le doyen de l'université d'Upsale me racontait :

— ... C'est gentil, ici. Les Français sont un peuple très gai. Regardez ces jeunes gens et ces jeunes filles, ils se tiennent très bien. Et nous sommes à Montmartre ! Toutes les jeunes femmes sont souriantes. Tout le monde s'amuse pour s'amuser, sans arrière-pensée. Et nous, nous bavardons comme des vieux amis. Je suis content,

je suis bien. Le champagne est bon. Il n'y a qu'à
Paris que l'on trouve cette atmosphère de détente.
J'aurais dû venir plus souvent, mais je n'en ai pas
eu le temps. Mais chez nous aussi, quoi que vous
pensiez de la tristesse ou de l'ennui des gens du
Nord, on sait s'amuser. Ainsi, nous, les professeurs
de l'Université, nous avons installé notre club dans
le ventre de la baleine et nous aimons bien nous
réunir là-dedans pour bavarder et fumer notre
pipe. On est tranquille et entre soi, et souvent nous
agitons dans le ventre de la baleine les questions
les plus sérieuses. Vous ne trouvez pas que c'est
drôle ? Vous voyez bien que nous aussi, les vieux
professeurs, responsables du bon renom tradition-
nel de notre grande et fameuse université
d'Upsala, nous savons rire et nous amuser, non
sans malice car qui de l'extérieur pourrait croire
qu'il y a à l'intérieur de la baleine de chez nous une
assemblée de savants qui vient y siéger deux fois
par semaine ! Mais comme le ventre est éclairé à
l'électricité et qu'il y a toujours un tonneau de
bière, on vient aussi les autres jours, à deux ou
trois, comme je vous l'ai dit, bavarder un brin,
fumer la pipe et, quand on est seul, lire tranquillement son journal. C'est mon collègue, le
Dr Kundt, le dermatologiste le plus notoire du
monde, qui a eu l'idée de ce club original et qui a
fait empailler la baleine qui était venue s'échouer
sur la côte, lors du terrible hiver de 1896, et depuis
1896 nous sommes là-dedans mieux que chez
nous et nous y avons célébré plus d'une petite fête

intime. C'est également mon collègue, le
Dr Kundt, qui a veillé personnellement à tous les
aménagements et qui les a payés de sa poche, et
c'est bien confortable, je vous prie de le croire. Je
vous ai dit que nous avons l'électricité ; mais la
bière est sous pression. Il y a un petit comptoir,
bien rangé, où chacun a sa chope avec son nom
dessus, ses grades universitaires et ses titres, et
nos pipes personnelles sont chacune dans son
râtelier. Le Dr Kundt a même fait installer un
canapé rouge qui lui venait de sa grand-mère et
c'est un grand honneur que d'y prendre place.
On entre dans le ventre de la baleine par la
bouche de l'animal, au fond du palais duquel est
aménagée une petite porte, très bien camouflée et
naturalisée. Elle est seulement un peu basse pour
des grands gaillards comme nous sommes en
Scandinavie et il faut se glisser sur le côté pour
entrer. Depuis 1896 cette porte était fermée à
l'extérieur par un simple loquet, tout le monde
aurait pu entrer, mais tout le monde respectait le
club privé de messieurs les professeurs, et les
étudiants n'étaient reçus que sur invitation. Or,
l'année dernière, nous avons dû faire munir cette
porte d'une serrure de sûreté dont chacun de
nous a la clé et le dernier qui sort ferme le
ventre de la baleine à clé. Je vous assure, monsieur, que je ne comprends pas la mentalité de
la nouvelle génération. Imaginez-vous, qu'on
pénétrait chez nous à notre insu et qu'il se passait des choses sur notre canapé rouge, à la place

d'honneur !... Mais on ne touchait pas à la bière, ça non.

V

Je pense souvent à la baleine d'Upsale et au canapé rouge qu'elle a dans le ventre[a]. Mais, diantre, pourquoi est-ce que le fameux professeur a baptisé son lis sauvage *septem colorata* puisque la fleur qui change de couleur d'une façon perpétuelle passe du blanc au rosé, du rosé au rouge vif, du rouge à l'orangé, de l'orangé au violet et du violet intense au bleu, au bleu lumineux ? Si je sais bien compter cela ne fait une série que de six couleurs. Pourquoi dit-il sept, parce qu'il y a sept ciels, sept couleurs dans l'arc-en-ciel, sept notes dans la gamme, que le sept est un chiffre mystique, ou est-ce tout simplement un distrait comme ce savant que cite Remy de Gourmont qui qualifia la coccinelle de *coccinella septem punctata* alors que tous les enfants savent que les points noirs sur le dos rouge des bêtes à bon Dieu vont toujours par paires : deux, quatre, six, huit, mais jamais, au grand jamais sept ?

Je n'ai pas posé la question au professeur en sortant du Moulin-Rouge car le vieux monsieur était somnolent, vers les quatre heures du matin, et parce que cette question ne s'était pas encore présentée à mon esprit et, depuis, je n'ai plus eu l'occasion de rencontrer le doyen de l'université d'Upsale. Je voulais lui écrire à ce sujet, j'en ai même parlé à sa fille, qui m'a ri au nez.

Il ne me reste plus qu'à faire le voyage d'Upsale, mais alors, ce sera pour le canapé.

DOSSIER

VIE DE CENDRARS

Alors que l'œuvre de Cendrars se présente, pour l'essentiel, comme une vaste autobiographie, le rêve et la vie s'y mêlent si intimement qu'écrire sa biographie relève de la gageure. Entre les écueils de la légende et du démenti, on s'en tient donc aux points de repère indispensables.

1879 20 juin : mariage de Georges Frédéric Sauser (né en 1851) et de Marie Louise Dorner (née en 1850), à La Chaux-de-Fonds, en Suisse.

1887 1er septembre : naissance de Frédéric Louis Sauser (le futur Blaise Cendrars) à La Chaux-de-Fonds, dans une famille bourgeoise d'origine bernoise, mais francophone. Le père est un homme d'affaires instable. La mère, neurasthénique, néglige son cadet. Deux aînés : une sœur et un frère qui, sous le nom de Georges Sauser-Hall, deviendra un éminent juriste suisse.

1891 Enfance mal connue, mais itinérante : séjour à Héliopolis en Égypte ?

1894-1896 Séjour à Naples.

1897-1899 Pensionnat en Allemagne, puis Gymnase à Bâle. Fugues (?).

1901 Études à l'École de Commerce de Neuchâtel.

1904 Septembre : de mauvais résultats scolaires font

envoyer Freddy en Russie, à Moscou, puis Saint-Pétersbourg, comme apprenti-bijoutier chez le joaillier Leuba. Il y séjourne jusqu'en avril 1907 et en datera son « apprentissage en poésie ». Sur la fin, rencontre mal connue avec une jeune fille russe, Hélène Kleinmann.

1907 Avril : retour à Neuchâtel où il apprend la mort d'Hélène, brûlée vive le 11 juin, probablement par suicide. Désespoir de Freddy, aggravé par la mort de sa mère en février 1908.

Publication à Moscou, sous le nom de Frédéric Sauser et en russe, de *La Légende de Novgorode*, plaquette que Cendrars fera toujours figurer en tête de sa bibliographie mais considérée comme perdue jusqu'à sa découverte à Sofia, en 1995.

1908 Période mal connue. Séjour dans une clinique ?

1909 Études dispersées (médecine, littérature, musique) à l'université de Berne, où il rencontre Féla Poznanska, jeune Juive polonaise qui devient sa compagne. Lectures boulimiques (philosophie, histoire des sciences, patrologie latine...).

Premiers essais d'écriture, marqués par le symbolisme finissant (Dehmel, Spitteler, Przybyszewski, Gourmont).

1910 En Belgique. Figurant au théâtre de la Monnaie à Bruxelles.

Au cours d'une tournée à Londres, dit avoir rencontré Charlie Chaplin. Séjour à Paris.

1911 Retour à Saint-Pétersbourg, dans la famille d'Hélène. Été à Streilna où il commence *Aléa, roman d'apprentissage*.

21 novembre, s'embarque à Libau pour rejoindre Féla à New York. Tient un Journal à bord : *Mon voyage en Amérique*. Arrivée le 12 décembre.

1912 Avril : New York. Au cours de la nuit de Pâques, écrit *Les Pâques*, son « premier poème » qu'il signe d'un pseudonyme, Blaise Cendrart, puis Cendrars.

Juin : retour en Europe. S'installe à Paris, 4, rue de Savoie, VIᵉ, où il fonde les Éditions des Hommes Nouveaux pour publier son poème.

Fréquente les milieux d'avant-garde : Apollinaire (et *Les Soirées de Paris*) et les peintres (Chagall, Léger, les Delaunay...). Sympathies anarchistes.

1913 Novembre : publie la *Prose du Transsibérien et de la petite Jehanne de France*, poème-tableau sous forme de dépliant, avec des compositions simultanées de Sonia Delaunay. Jusqu'à la guerre, polémique sur l'emploi du mot « simultanéisme ».

Ses *Poèmes élastiques* paraissent en revues. Écrit *Le Panama ou les aventures de mes sept oncles*.

Apparition de la figure de Moravagine.

1914 29 juillet : signe avec l'écrivain italien Ricciotto Canudo un « Appel » aux étrangers résidant en France et s'engage comme volontaire dans l'armée française. Une année au front (Somme, Champagne...), sur laquelle il reviendra souvent (*J'ai tué*, *La Main coupée*...). Cesse d'écrire.

16 septembre : permission à Paris, où il épouse Féla dont il aura trois enfants, Odilon, Rémy et Miriam.

1915 27 septembre : mort de Remy de Gourmont, son « maître » en écriture.

28 septembre : grièvement blessé devant la ferme Navarin, au cours de la grande offensive de Champagne. Amputation du bras droit (son bras d'écrivain) au-dessus du coude.

1916 « Année terrible ». Période de désarroi. N'écrit plus.

16 février : naturalisé français.

Rencontre Eugenia Errazuriz, grande dame chilienne qui deviendra son amie et mécène, et le recevra fréquemment dans la société mondaine de Biarritz jusqu'à la drôle de guerre.

Décembre : *La Guerre au Luxembourg*, poème avec six dessins de Kisling (Dan. Niestlé).

1917 Hiver à Cannes et Nice, sous la hantise croissante de Moravagine.

Printemps : retour à Paris. Retrouve Apollinaire au café de Flore. Amitié avec Philippe Soupault.

Fin juin : été à Courcelles et à La Pierre, par Méréville, près d'Étampes (Seine-et-Oise). Tournant décisif pour Cendrars, qui explore son identité nouvelle de gaucher : *Profond aujourd'hui* (À la Belle Édition, 1917), *L'Eubage,* une commande du couturier Jacques Doucet, et *Les Armoires chinoises* (gardé secret) témoignent de ce renouveau créateur. Entreprend un « grand roman martien », *La Fin du monde,* d'où sortira *Moravagine.* Songe à *Dan Yack.*

Le 1er septembre, la nuit de ses trente ans, écrit *La Fin du Monde filmée par l'Ange N.-D.* Orion, « son étoile », oriente désormais un mythe personnel de renaissance.

26 octobre : rencontre à Paris Raymone Duchâteau, jeune comédienne à qui un amour idéalisé le liera jusqu'à sa mort. Décide de vivre seul.

Fin novembre : conseiller littéraire aux Éditions de la Sirène auprès de Paul Laffitte. S'y lie avec Jean Cocteau. Rencontre Céline.

1918 Juin : *Le Panama ou les aventures de mes sept oncles* à la Sirène (couverture de Dufy).

Automne : figurant dans *J'accuse* d'Abel Gance.

Novembre : *J'ai tué,* avec cinq dessins de Léger (À la Belle Édition).

9 novembre : mort d'Apollinaire.

Délaisse l'écriture pour l'édition à la Sirène et le cinéma.

1919 Juillet : recueille ses trois grands poèmes dans *Du monde entier* (NRF).

Août : *Dix-neuf poèmes élastiques* (Au Sans Pareil).

Octobre : *La Fin du monde filmée par l'Ange N.-D.,* avec des compositions de Léger (La Sirène).

Dans *La Rose Rouge*, « Modernités », série d'articles sur les peintres.

1920 Réédite *Les Chants de Maldoror* de Lautréamont à la Sirène.

Assistant d'Abel Gance pour le tournage de *La Roue*.

1921 Juin : *Anthologie nègre* (La Sirène).

Engagement dans les studios de Rome grâce à Cocteau : le tournage de *La Vénus noire*, film perdu, s'achève par un fiasco. « La Perle fiévreuse », son scénario, est publié dans *Signaux de France et de Belgique*.

1922 De février à décembre, *Moganni Nameh* (version remaniée d'*Aléa*) paraît dans *Les Feuilles libres*.

1923 25 octobre : au Théâtre des Champs-Élysées, les Ballets Suédois de Rolf de Maré créent *La Création du monde*, livret de Cendrars, musique de Darius Milhaud, décors et costumes de Léger. Amitié avec Nils et Thora Dardel.

1924 12 février : s'embarque pour le Brésil sur le *Formose*, à l'invitation de Paulo Prado, homme d'affaires et écrivain. Découverte de son « Utopialand ». Amitiés avec les modernistes de São Paulo : Tarsila, Oswald de Andrade, Mario de Andrade. Visite à la fazenda du Morro Azul dont il date son « apprentissage de romancier ».

19 août : retour en France sur le *Gelria*.

Publie dans *Kodak/Documentaires* des poèmes « découpés » en secret dans *Le Mystérieux docteur Cornélius*, roman-feuilleton de Gustave Lerouge.

Septembre : *Feuilles de route*, son dernier recueil de poèmes (Au Sans Pareil).

À la fin de l'année, écrit en quelques semaines *L'Or/La merveilleuse histoire du général Johann August Suter*, un projet ancien brusquement resurgi.

1925 Mars : *L'Or* (Grasset) offre au poète d'avant-garde un succès de grand public et fait de lui dans les années 20 un romancier de l'aventure, tenté de faire fortune au cinéma.

10 juin : conférence à Madrid sur la littérature nègre.

1926 7 janvier : deuxième voyage au Brésil à bord du *Flandria*. Rencontre Marinetti à São Paulo.

Février : publie *Moravagine* (Grasset), dont le projet date de l'avant-guerre. Travaille à un roman sur John Paul Jones, héros de l'Indépendance américaine.

6 juin : retour en France sur l'*Arlanza*.

En septembre, *Éloge de la vie dangereuse* et, en octobre, *L'ABC du cinéma*, tous deux aux Écrivains réunis.

Décembre : *L'Eubage/Aux antipodes de l'unité* paraît Au Sans Pareil après dix ans de tribulations éditoriales.

1927 Février : mort de son père près de Neuchâtel.

Printemps : séjour à La Redonne, près de Marseille, où il travaille au *Plan de l'Aiguille*.

12 août : troisième et dernier départ pour le Brésil à bord du *Lipari*.

1928 28 janvier : retour en France sur le *Lutetia*.

Entreprend *La Vie et la mort du Soldat inconnu*, roman inachevé.

Juillet : *Petits Contes nègres pour les enfants des Blancs* aux Éditions du Portique.

1929 Février : *Le Plan de l'Aiguille*, suivi en septembre des *Confessions de Dan Yack*, Au Sans Pareil.

Une nuit dans la forêt, « premier fragment d'une autobiographie » (Éditions du Verseau).

1930 *Comment les Blancs sont d'anciens Noirs* (Au Sans Pareil), contes nègres.

Rencontre John Dos Passos à Monpazier (Dordogne), le village de Jean Galmot.

Décembre : *Rhum/L'aventure de Jean Galmot*, reportage publié dans *Vu*, est recueilli chez Grasset. Cette vie d'un affairiste tenté par la politique amorce un mouvement vers le journalisme.

1931 Avril : *Aujourd'hui* (Grasset), recueil de proses poétiques et d'essais.

Travaille au *Soldat inconnu*.

1932 *Vol à voiles, prochronie* (Payot).

Pendant deux ans, Cendrars, malade, travaille peu. Tente en vain de relancer *John Paul Jones*.

1934 « Les Gangsters de la maffia », reportages pour *Excelsior* recueillis dans *Panorama de la pègre*.

13 décembre : à Paris, 18 villa Seurat, rencontre Henry Miller qui vient de lui adresser *Tropic of Cancer*.

1935 23 mai-3 juin : participe pour *Paris-Soir* au voyage inaugural du *Normandie*, entre Le Havre et New York.

Été : lance Henry Miller en France par un article dans *Orbes*.

Panorama de la pègre (Arthaud).

Vers cette époque commence « Le Sans-nom », récit qui amorce les Mémoires.

1936 Janvier : départ pour Hollywood où il rencontre James Cruze qui adapte *L'Or* au cinéma. Reportages pour *Paris-Soir* recueillis dans *Hollywood/La Mecque du cinéma* (Grasset).

Sortie simultanée à Paris de *Sutter's Gold* de Cruze et de *Kaiser von Kalifornien* de l'Allemand Luis Trenker, auquel Cendrars intente un procès en plagiat interrompu par la guerre.

Période « parisienne » où ses amitiés et des sympathies franquistes le font pencher à droite.

1937 Voyages en Espagne et au Portugal. Traduit *Forêt vierge* de Ferreira de Castro.

Rupture douloureuse avec Raymone.

Décembre : *Histoires vraies* (Grasset).

1938 Juillet : *La Vie dangereuse* (Grasset), deuxième recueil d'« histoires vraies ».

Rencontre Élisabeth Prévost (qu'il surnomme « Bee and Bee »), chez qui il séjournera souvent jusqu'à la guerre, aux Aiguillettes, dans les Ardennes.

1939 Juillet : publie ses souvenirs sur la Sirène dans *Les Nouvelles Littéraires*.

Songe à un livre sur Villon.

Un projet de voyage en voilier autour du monde avec Élisabeth Prévost est interrompu par la guerre.

S'engage comme correspondant de guerre « chez l'armée anglaise ».

1940 Mars : *D'Oultremer à Indigo*, troisième recueil d'« histoires vraies » (Grasset).

Chez l'armée anglaise, reportages de guerre (Corrêa), est détruit par les Allemands.

La débâcle de mai 40 l'accable.

14 juillet : quitte Paris et le journalisme pour Aix-en-Provence, 12, rue Clemenceau, jusqu'en 1948.

Réconciliation avec Raymone qui travaille à Paris dans la troupe de Louis Jouvet.

1943 21 août : après trois années de silence, retour à l'écriture après une rencontre avec Édouard Peisson.

S'ensuivent quatre volumes de « Mémoires qui sont des Mémoires sans être des Mémoires », et renouent avec l'expérience de l'été 1917 en refoulant *La Carissima*, projet d'une vie de Marie-Madeleine.

13 octobre : mort de Féla.

1944 Mai : parution de ses *Poésies complètes* (Denoël) par les soins de Jacques-Henry Lévesque.

1945 Août : *L'Homme foudroyé* (Denoël).

26 novembre : mort de son fils Rémy dans un accident d'avion au Maroc.

1946 Novembre : *La Main coupée* (Denoël).

Commence une vie de saint Joseph de Cupertino.

1948 Janvier : installation à Villefranche-sur-Mer, où il travaille au *Lotissement du ciel*.
Mai : *Bourlinguer* (Denoël).

1949 Juillet : *Le Lotissement du ciel* (Denoël), dernier volume des Mémoires et testament poétique.
27 octobre : mariage avec Raymone à Sigriswil, village originaire des Sauser dans l'Oberland bernois.
La Banlieue de Paris, avec 130 photographies de Robert Doisneau (Seghers et La Guilde du Livre).

1950 Retour à Paris.
14-25 avril : enregistrement de treize entretiens avec Michel Manoll à la R.T.F., diffusés du 15 octobre au 15 décembre et largement remaniés dans *Blaise Cendrars vous parle...* (Denoël, 1952).
Installation 23, rue Jean-Dolent, XIVᵉ, en face de la prison de la Santé.
Entreprend *Emmène-moi au bout du monde !...*, dont la longue rédaction l'épuisera.

1951 15 août : « *Moravagine* : Histoire d'un livre », *La Gazette des Lettres*.

1952 Mars : dans *La Table Ronde* publie « Sous le signe de François Villon », préface à un recueil de « prochronies » en chantier depuis 1939, mais qui ne paraîtra pas.
Juin : *Le Brésil*, avec 105 photographies de Jean Manzon (Monaco, Les Documents d'Art).
Octobre : « Partir » (version remaniée du « Sans-nom ») dans *La Revue de Paris*.

1953 Avril : *Noëls aux quatre coins du monde* (Cayla). *La Rumeur du monde*, recueil resté inédit.

1954 27 octobre : *Serajevo*, pièce radiophonique écrite avec Nino Frank et recueillie dans *Films sans images*.

1955 Préface aux *Instantanés de Paris* de Robert Doisneau, Arthaud.
17 août : mort de Fernand Léger.

1956 Janvier : *Emmène-moi au bout du monde !...* chez Denoël.
Mars : *Entretien de Fernand Léger avec Blaise Cendrars et Louis Carré sur le paysage dans l'œuvre de Léger*, Galerie Louis Carré.
Avril : édition augmentée de *Moravagine* (Grasset).
Été : première attaque d'hémiplégie.

1957 Avril : *Trop c'est trop* (Denoël), recueil « presse-papiers » de nouvelles et d'articles.

1958 *À l'aventure* (Denoël), « pages choisies ».
Été : seconde attaque d'hémiplégie. Cendrars n'écrira plus.

1959 Mars : *Films sans images* (Denoël), recueil de trois pièces radiophoniques en collaboration avec Nino Frank.

1960-1965 *Œuvres complètes* en huit volumes chez Denoël.

1961 21 janvier : mort de Cendrars à Paris. Il est enterré au cimetière des Batignolles.

1968-1971 *Œuvres complètes* au Club français du livre, en quinze volumes précédés d'un volume d'*Inédits secrets*.

1979 Mort d'Odilon Sauser, fils aîné de Cendrars.

1986 16 mars : mort de Raymone.

1994 Transfert des cendres de Cendrars au cimetière du Tremblay-sur-Mauldre (Yvelines), près de sa « maison des champs ».

1995 Découverte à Sofia (Bulgarie) d'un exemplaire de *La Légende de Novgorode*. Translation en français chez Fata Morgana (1996, révisée en 1997).

BIBLIOGRAPHIE

Pour une bibliographie plus complète :
Blaise Cendrars, *Le Lotissement du ciel,* Folio n° 2795, 1996,
   pp. 527-532.

D'OULTREMER À INDIGO

1940 : édition originale chez Grasset. Achevé d'imprimer
   le 21 mars, 271 p.
Le volume a été recueilli dans les deux éditions d'*Œuvres
   complètes* :
1965 : Denoël, tome VIII, pp. 7-133.
1970 : Club français du livre, tome VIII, pp. 215-361.
   Aucune réédition séparée depuis l'édition originale.

CORRESPONDANCE

De précieuses informations sur le contexte et la genèse
de *D'Oultremer à Indigo* sont fournies par :
« *J'écris. Écrivez-moi.* » Blaise Cendrars-Jacques-Henry
   Lévesque, *Correspondance 1924-1959* (éd. Monique
   Chefdor), Denoël, 1991.
*Madame mon copain / Élisabeth Prévost et Blaise Cendrars : une
   amitié rarissime,* avec 31 des lettres retrouvées de Blaise
   Cendrars (éd. M. Chefdor), Nantes, Joca Seria, 1997.

PRINCIPAUX TEXTES « BRÉSILIENS »
DE CENDRARS

À partir de 1924, le Brésil ne cessera d'occuper une place clef dans toute l'œuvre de Cendrars, comme en témoignent :

Feuilles de route (1924), poèmes.
Sud-Américaines (1926), poèmes.
Aujourd'hui (1931), essais.
Histoires vraies (1937), nouvelles.
La Vie dangereuse (1938), nouvelles.
Traduction de : Ferreira de Castro, *Forêt vierge* (1938), roman.
L'Homme foudroyé (1945), Mémoires.
Bourlinguer (1948), Mémoires.
Le Lotissement du ciel (1949), Mémoires.
Brésil, des hommes sont venus (1952), essai.
Blaise Cendrars vous parle... Entretiens avec Michel Manoll (1952).
Trop c'est trop (1955), mélanges.

Une anthologie de ces textes a été recueillie au Brésil sous un titre en clin d'œil : Blaise Cendrars, *Etc..., Etc... (Um livro 100 % brasileiro)*, textes réunis, traduits et présentés par Teresa Thiérot, Carlos Augusto Calil et Alexandre Eulalio, São Paulo, 1976.

CENDRARS ET LE BRÉSIL

Domaine brésilien

Deux ouvrages font date :

Aracy Amaral, *Blaise Cendrars no Brasil e os modernistas*, São Paulo, 1970 ; n^{velle} édition, FAPESP editora, 1997.

Alexandre Eulalio, *A aventura brasileira de Blaise Cendrars*, São Paulo/Brasilia, 1978 ; n[velle] édition à paraître par les soins de C.A. Calil.

Domaine français

La biographie de référence est le *Blaise Cendrars* de Miriam Cendrars chez Balland, 1994.

Le thème brésilien est au cœur des ouvrages suivants :

Adrien Roig, *Blaise Cendrars et le Brésil*, Paris, Fondation Calouste Gulbenkian, 1988.

Claude Leroy (dir.), *Cendrars et « Le Lotissement du ciel »*, Armand Colin, 1995.

Claude Leroy et Jean-Carlo Flückiger (dir.), *Cendrars, le bourlingueur des deux rives*, Armand Colin, 1995.

Regards sur Blaise Cendrars et le Brésil, Continent Cendrars n° 10, Champion, 1996.

Maria Teresa de Freitas et Claude Leroy (dir.), *Brésil, l'Utopialand de Blaise Cendrars* (actes du colloque de São Paulo, août 1997), L'Harmattan, 1998.

APPENDICES

Projet de 1916

D'OULTRE-MER À INDIGO

Nouvelles

Gab's and Tub's, à G.S., Paris, mai 1916

Le Jeune Homme Riche, à J. de F., Paris, mars 1916

Les Armoires Chinoises, à E.E., La Pierre, 28 juin 1917

Mamanternelle, à M.D., Paris, août 1921

Le Général Suter, Paris, décembre 1910

Les 2 Poètes sous l'Express, à une Chinoise de Londres, Paris, 1919

La Nuit dans la Forêt, à E.E., Castets des Landes, mars 1925

La Greffe Humaine, Biarritz, avril 1925

Notre Pain Quotidien, São Paulo, mai 1926

Cendrars a travaillé pendant dix ans à cette table des matières manuscrite commencée le « 31 janv. 1916 » et comprenant neuf titres. Deux volumes autonomes en sont issus : *L'Or* (1925) et *Une nuit dans la forêt* (1929). *Gab's and Tub's* (dédié à Gaby S., modèle du peintre Zarraga et maîtresse de Cendrars), *Le Jeune Homme Riche, La Greffe humaine* et *Notre Pain quotidien* se réduisent à quelques fragments, alors que rien n'est parvenu de *Mamanternelle* (surnom donné par Cendrars à Mme Duchâteau, — M.D. —, la mère de Raymone) et des *2 Poètes sous l'express*. Dédiée à E.E. (Mme Eugenia Errazuriz, grande dame chilienne amie de Cendrars), la fable fascinante des *Armoires chinoises*, inachevée et toujours partiellement inédite, fait de la mutilation du poète l'origine d'une seconde naissance.

(Fonds Blaise Cendrars, dossier P 127. Archives littéraires suisses, Berne.)

Projet de 1925

D'OULTREMER À INDIGO

Un air embaumé

1. En Panne
2. Chez Lebleu (Au Coq Hardi)
3. Aux goguenauds
4. Odeur de la fosse d'aisance taches du soleil égal pourriture /du cerveau rappel de Streïlka
5. les gogues au Streïlka
6. Sur l'arrière de la ferme
7. La Prairie — la Rivière — le Pont
8. Les premiers airs de phonographe d'art / j'inondais la Russie
9. Les femmes — la fermière — Hélène — sa sœur / Anna Karénine au Casino
10. La Mère
11. le suicide de la petite

BLAISE CENDRARS

Daté de « Monnaie, le 8 août 1925 », ce plan manuscrit énigmatique aux associations olfactives scabreuses est rédigé sur un papier à en tête de l'« Hôtel du Coq Hardi », dans l'Indre-et-Loire, chez Lucien Lebleu, un nom bien fait pour conduire d'Oultremer à Indigo...

Ce projet sans suite directe annonce les Mémoires des années 40 par ses allusions au séjour de Freddy Sauser en Russie (1904-1907), et surtout — témoignage rarissime —, il évoque le souvenir d'Hélène, une jeune fille russe dont le suicide bouleversera le jeune poète. Streïlka renvoie sans doute à la fois à Streilna (ou Strel'na), dans la campagne pétersbourgeoise, et à la rivière Strelka qui l'arrose.

(Fonds Blaise Cendrars, dossier : O 154 1.a. Archives littéraires suisses de Berne.)

PRIÈRE D'INSÉRER

« La vie pleine de choses surprenantes », s'écriait Blaise Cendrars en 1924 dans un poème de *Feuilles de route* et c'est en plein cœur de cette vie qu'une fois encore nous pénétrons, à sa suite, avec son nouveau livre : *D'Oultremer à Indigo*

Des « nuits insensées de Montparnasse » où s'épanouit la personne cocasse de S.E. l'Ambassadeur aux nuits de Montmartre où *Monsieur le Professeur* raconte l'histoire de « la fleur qui change de couleur » et celle du ventre de la baleine-club de l'Université d'Upsala — en passant par le « Grand-Hôtel » où *Le Coronel Bento* fait de l'acrobatie de singe à un sixième étage, place de l'Opéra, tout en attendant de voir paraître Sarah Bernhardt et voler Santos-Dumont morts depuis des années, avant d'aller lui-même mourir, chez lui, au fond du Brésil, mystérieusement tué par le « choc en retour » du loup-garou qu'il n'avait pu abattre, autrefois, au cours d'un combat hallucinant ; en passant par les fazendas de l'État de São-Paulo où se déroulent, en grande partie, *Mes Chasses* qui mêlent intensément l'homme, l'animal, l'eau, la forêt, le tragique et le comique ; en passant par la cabine de *L'Amiral* où, au cours d'un voyage sur l'Atlantique Sud de Santos à Cherbourg, s'agite d'une manière énigmatique le boy Fé-Lî — nous vivons, dans un univers féerique, des aventures prodi-

gieuses, dont le récit renouvelle spontanément, et sans littérature, les trois fameux « thèmes lyriques » de la poésie universelle : la nature, l'amour, la mort.

Cendrars a su, comme toujours, merveilleusement trouver la forme qui convient à chacune de ces *Histoires vraies*;
leur présentation n'obéit qu'à une seule loi : les exigences
de l'action, donc du réel. La vie s'impose à nous grâce à un
style qui ne fait qu'un avec elle et à des dialogues extrême-
ment divers dont chaque mot porte — et apporte sa
lumière et sa nécessité.

« Du monde entier au cœur du monde » Cendrars pour-
suit sa marche exemplaire. Ses livres sont le pathétique
témoignage de ses conquêtes et de sa *Vie dangereuse*, le
miroir de sa personnalité et de ses actes. Mais c'est bien,
tout spécialement, au poète *D'Oultremer à Indigo* que
peuvent le mieux s'appliquer ces lignes évocatrices du
grand écrivain péruvien Ventura García Calderón : « Sur
les anciennes cartes de notre Amérique on voit un homme
bondissant parmi des palmiers verts et des villes dorées et
des bêtes de songe. Cet homme ressemble davantage
chaque jour à Blaise Cendrars, et le conquistador qui arrive
du côté de la mer devrait donner le nom de Cendraria à ce
petit coin de *terra incognita* ..

JACQUES-HENRY LÉVESQUE

Prière d'insérer rédigé par Jacques-Henry Lévesque pour
l'édition Grasset (1940) de *D'Oultremer à Indigo* à la
demande de Blaise Cendrars.

NOTES

La présente édition de D'Oultremer à Indigo s'appuie notamment sur les documents suivants, conservés dans le Fonds Blaise Cendrars des Archives littéraires suisses (ALS) à Berne :

— divers plans et projets manuscrits (cote ALS : O 141 ; O 153. 1) ;

— le manuscrit dactylographié pour l'impression, avec de très nombreuses ratures et corrections autographes (O 153. 2) ;

— les secondes épreuves corrigées par Jacques-Henry Lévesque, ami intime de Cendrars, en l'absence de celui-ci et selon ses instructions (E XII 1). Lévesque sera également chargé de donner le bon à tirer, de rédiger le prière d'insérer — il était déjà l'auteur de ceux d'Histoires vraies et de La Vie dangereuse — et de faire le service de presse en y encartant la formule suivante : « De la part de / BLAISE CENDRARS / Actuellement / « War-Correspondent » / au G.H.Q. anglais en France » ;

— un exemplaire du volume avec correction d'auteur (O 154. 4).

I. S.E. L'AMBASSADEUR

Page 11

a. Pas de publication préoriginale.

La nouvelle sera reprise sous le même titre dans *Elle*, n° 337, le 12 mai 1952.

Dans un plan autographe d'*Histoires vraies*, on peut lire : « Hôtel des Iles Britanniques / (Hagelstam) / juillet 39 » (O 141 1b, ALS). Ce premier titre figure sur le manuscrit dactylographié où il a été biffé.

b. L'œuvre du peintre suédois Nils de Dardel ou Nils Dardel (1888-1943) est éclipsée, du moins en France, par la part qu'il a prise, de 1920 à 1924, à l'aventure des Ballets suédois de Rolf de Maré. Il s'était installé en France, dès 1910, dans l'entourage du collectionneur Wilhelm Uhde, à Senlis, mais la chronique a surtout retenu qu'il deviendra, avec sa femme Thora, le conseiller artistique des Ballets suédois et leur principal intermédiaire auprès des milieux artistiques parisiens. Il sera chargé des décors et des costumes de *Nuit de Saint-Jean* et de *Maison de fous*.

C'est vraisemblablement chez Rolf de Maré, boulevard Saint-Germain, que Dardel a rencontré Cendrars qui écrira pour la troupe le livret du ballet *La Création du monde*, créé en 1923. Une double coïncidence a pu les rapprocher : Dardel s'était fait le peintre du Transsibérien qu'il avait pris en 1917, et, par un grand-père né von Dardel, il était d'origine suisse. Peintre des mondanités, cet artiste inclassable a rencontré tour à tour le fauvisme, le cubisme et l'art naïf.

Après avoir quitté l'Europe en 1939, il s'installera au Mexique et mourra à New York.

Voir : *Nils Dardel*, catalogue par Serge Fauchereau et Olle Granath, préface de Pontus Hulten, exposition du musée des Arts décoratifs de Paris, 17 mai-14 août 1988, Éditions Cercle d'Art ; et Bengt Häger, *Ballets suédois*, Jacques Damase-Denoël, 1984.

Page 14

a. Une note manuscrite de Cendrars révèle que le modèle du prétendu Yvon Halmagrano se nommait Hagelstam. Écrivain finlandais de langue suédoise tombé dans l'oubli, Julius Wentzel Hagelstam (1863-1932) fut un touche-à-tout itinérant bien fait pour séduire Cendrars. Enseignant tour à tour en Finlande, en Suède et en France, publiciste, libraire et éditeur à Helsinki, il doit s'exiler à Paris en 1903. L'indépendance de son pays ayant été proclamée, il est nommé, en 1919, attaché de presse à l'ambassade de Finlande. De retour à Helsinki, il travaillera, de 1922 à 1928, au ministère des Affaires étrangères. Parmi ses romans, nouvelles et souvenirs, figure une *Chronique de guerre à Paris* (*Krigs-Krönika fran Paris*, Stockholm, 1916) qu'il a envoyée à Cendrars et dans laquelle il relate les circonstances de leur rencontre.

II. LE « CORONEL » BENTO

Page 27

a. Prépublication complexe, suivie de nombreuses ratures et additions. Les quatre premiers chapitres ont été publiés dans *Paris-Soir* en trois livraisons, les 20, 21 et 22 juin 1938, sous le titre « Le "Coronel" Bento et le loup-garou », avec des illustrations de Géa Augsbourg. Ce « grand récit inédit » est présenté comme une « histoire vraie ». Le futur chapitre V a paru, fin 1938, dans *La Vie réelle* n° 7, sous le titre « Les risques de l'amour ».

Dans une liste manuscrite d'*Histoires vraies*, « Bento » est daté « le 15 mai 38 » (O 141 1b, ALS).

b. La dédicace à Claude Popelin (1899-1982), grand

bourgeois tenté par la politique, témoigne des amitiés du Cendrars de la fin des années 30, qui penche à droite. C'est le peintre André Villebeuf, un ami commun, qui les avait présentés l'un à l'autre. Après avoir pris part à la manifestation du 6 février 1934, Popelin devient Croix-de-Feu auprès du colonel de La Rocque, puis secrétaire de Paul Reynaud. Proche un temps de Doriot, il adhérera au PPF dont il démissionne en 1938. Ses sympathies pour les nationalistes espagnols lui permettront d'être le premier journaliste français à interviewer le général Franco pendant la guerre civile. En mars 1943, il rejoint le général Giraud à Alger. Son antigaullisme le conduira à séjourner à Madrid jusqu'en 1949. À son retour en France, il renonce à la politique pour entrer dans les affaires et devient, de 1953 à 1970, membre du Conseil national du patronat français. Dans ses Mémoires, *Arènes politiques* (Fayard, 1974), il donne de lui un portrait d'esthète aux amitiés éclectiques.

Ce grand ami de l'Espagne s'est passionné pour la tauromachie. Toréant volontiers en amateur, il est l'auteur de plusieurs ouvrages qui font autorité : *Le Taureau et son combat* (Plon, avec une préface de t'Serstevens), *La Corrida vue des coulisses* (La Table Ronde) et *La Tauromachie* (Le Seuil). Si elle était restée inconnue jusqu'ici, sa « profonde amitié » pour son « fidèle » Cendrars semble ne pas s'être démentie jusqu'à la mort de l'écrivain.

Page 29

a. Bento Canavarro était employé comme factotum dans les fazendas du conseiller Luis da Silva Prado, père de Paulo Prado, l'ami et l'hôte de Cendrars au Brésil. Réputé pour son extravagance et sa faconde, il régalait de ses récits les convives de ses patrons qu'il accompagna plus d'une fois dans leurs voyages en Europe.

Page 34

a. L'évocation de Sarah Bernhardt prélude discrètement à l'amour mystique qu'Oswaldo Padroso, le fazendeiro astronome du Morro Azul — la « Montagne Bleue » —, nourrira pour la Divine après leur unique rencontre à São Paulo (« La Tour Eiffel Sidérale », *Le Lotissement du ciel*, 1949).

Page 47

a. *Le Colonel et le loup-garou*, un roman du Brésilien José Cândido de Carvalho (1964), renvoie-t-il à la nouvelle de Cendrars ? Malgré la proximité prometteuse des titres, la confrontation des textes est moins concluante, et si Ponciano de Azeredo Furtado, le héros de Carvalho, est lui aussi un séducteur infatigable ainsi qu'un intarissable Tartarin des Tropiques qui affronte au fil des séquences une once, un boa, un caïman, un loup-garou, ces similitudes semblent renvoyer aux stéréotypes d'une mythologie traditionnelle plutôt qu'à une influence directe (Gallimard, 1978).

III. MES CHASSES

Page 63

a. Prépublication dans *Paris-Soir* en six livraisons, du 13 au 18 août 1939, ainsi présentées : « Mes chasses, grand récit par Blaise Cendrars ».

En 1958, le texte sera repris intégralement dans *À l'aventure*, pages choisies, Denoël, pp. 197-240.

Un plan de « Mes chasses », daté du 20 juin 1938, indique : « L'enfant (L'okù)/ I / Le tigre et la grenouille / II / Chasse aux crocos / III / Le Roi des boas / Le marquis (le bec-figue) (O 141 1b, ALS).

b. « Bee and Bee » était le surnom donné par Cendrars à

Élisabeth Prévost (1911-1996), qui a invité, par ailleurs, les lecteurs de *L'Homme foudroyé* à la reconnaître sous les traits androgynes de Diane de la Panne. C'est le 7 mars 1938 qu'un ami commun, Pierre Pucheu (également lié à Claude Popelin), l'a présentée à un Cendrars douloureusement éprouvé par sa rupture récente avec Raymone, et qui sera vite séduit par cette jeune aventurière de vingt-sept ans : elle avait traversé l'Afrique, seule, pendant onze mois, passait pour une des meilleures gâchettes de France et dirigeait un haras dans les Ardennes. Il fera d'elle, jusqu'à la guerre, son amazone de rechange — sa Diane de la Panne —, séjournant souvent aux Aiguillettes, le ranch d'Élisabeth Prévost.

De leur rencontre naîtront deux projets sans suite : un film sur le Cadre noir de Saumur, *L'Éperon d'or*, qui ne trouvera pas ses producteurs, et un voyage en voilier autour du monde, avorté à cause de la guerre qui mettra également un terme à leurs relations. Et Cendrars retrouvera Raymone, son amazone repentante.

« Bee and Bee » (parfois réduit en « Bee » dans leur correspondance) semble jouer, sur le mode complice, des deux B de *Babette* — autre diminutif d'Élisabeth — et peut-être de *Bed and Breakfast*. De façon plus cryptée, cette double abeille rappelle aussi qu'il se voulut jadis apiculteur dans la région de Meaux.. (*L'Homme foudroyé*, Folio, pp. 216-223).

Sur une relation longtemps restée dans l'ombre, voir *Madame mon copain / Élisabeth Prévost et Blaise Cendrars : une amitié rarissime*, avec trente et une des lettres retrouvées de Blaise Cendrars (éd. Monique Chefdor, Nantes, Joca Seria, 1997).

Page 65

a. Dans ses entretiens de 1950 avec Michel Manoll, Cendrars rectifie nettement le tir : « Je ne suis pas chasseur de tempérament, j'ai horreur de ça. » De fait, il semble avoir chassé surtout dans les souvenirs d'Élisabeth Prévost, à laquelle il écrivait en août 1939 : « "Vos" chasses passent dans *Paris-Soir* »... (*Madame mon copain, op. cit.*, p. 96).

Bien avant sa rencontre avec Bee and Bee, toutefois, il consacrait une section de son recueil *Kodak / Documentaire* (1924) à une « Chasse à l'éléphant » qui doit beaucoup à ses lectures et, trente ans après, il reprendra ce même titre pour d'aussi improbables « Notes inédites d'un chasseur d'images » (*Trop c'est trop*, 1957).

Page 67

a. « Le tigre » sera repris sous le titre « La plus grande peur de ma vie » dans *Lectures pour tous* n° 59, novembre 1958.

Page 77

a. Cette « plus grosse frayeur » provoquée par une grenouille préfigure, sur un mode cocasse, « la plus grande peur » éprouvée par Cendrars au front en 1915, à cause d'un bruit d'herbes (*L'Homme foudroyé*, Folio, pp. 42-45).

Page 79

a. « Le crocodile » remplace « Chasse au caïman », biffé sur le manuscrit.

Page 103

a. « Le boa » sera repris sous le titre « Pas de Jonas pour le boa » dans *Lectures pour tous* (n° 63, mars 1959).

b. *Martino* remplace *Antonho* sur les épreuves corrigées par J.-H. Lévesque.

Page 109

a. *Congonha* remplace *Pira-Pora* dans le manuscrit.

Page 114

a. *Logrado* remplace *Limeira* dans le manuscrit.

Page 131

a. Première esquisse des souvenirs d'enfance napolitains qui prendront une tout autre ampleur, huit ans plus tard, avec l'évocation de la petite Elena Ricordi et de leurs amours enfantines dans le chapitre « Gênes » de *Bourlinguer*, un des chefs-d'œuvre de Cendrars. Le précepteur du petit Blaise, s'il lui apprend toujours à boire, deviendra alors un jeune Anglais du nom d'Adrian Peake...

IV. L'AMIRAL

Page 135

a. Prépublication, à l'exception du dernier chapitre, dans *Match* en cinq livraisons dans les n° 80 (11 janvier 1940), 81 (18 janvier 1940), 82 (25 janvier 1940), 83 (1er février 1940) et n° 84 (8 février 1940), sous le titre « La croisière en bleu ».

Ce titre aux couleurs du recueil ne doit pourtant rien à Cendrars qui séjournait alors à Arras comme correspondant de guerre de l'armée anglaise. Il s'en plaint à Jacques-Henry Lévesque : « Avez-vous vu ces couillons de *Match* et le titre, qui n'est pas même français, qu'ils m'ont foutu ? » (« J'écris. Écrivez-moi », Blaise Cendrars-Jacques-Henry Lévesque, *Correspondance 1924-1959*, éd. M. Chefdor, Denoël, 1991, p. 132).

L'Amiral, avec, pour sous-titre, « *(Le "Gelria")* », figure dans un plan intitulé *Marines (Nouvelles personnelles)*, daté du 1er août 1935. Il réapparaît dans un programme d'*Histoires vraies*, sous le titre *L'Amiral / Le Carnaval à Rio*, accompagné des deux dates : « janv. 38 / 15 juin 1939 ».

Dans ce même dossier, elle est alors dédiée à « Mme de Lemnos / Cajita » (O 141 1b, ALS).

b. Romancier et journaliste, Pierre-Jean Launay (1904-1982) travaillait à *Paris-Soir* lorsqu'il a rencontré Cendrars en 1935. « Coup de foudre de l'amitié », dira-t-il. Après la guerre, il devient directeur littéraire de *Elle* jusqu'en 1961, date à laquelle Miriam Cendrars lui succédera.

Sa femme Betty avait créé et dirigeait un institut destiné aux handicapés mentaux.

Une dédicace à « Madame Marie-Paule Bousquet » a été biffée sur le manuscrit.

Page 137

a. « Pernambouco », un des poèmes de *Feuilles de route*, faisait déjà état de cette fantaisie topographique :

Victor Hugo l'appelle Fernandbouc aux Montagnes Bleues
Et un vieil auteur que je lis Ferdinandbourg aux mille Églises
En indien ce nom signifie la Bouche Fendue

Mais cette citation attribuée à Hugo est approximative. Elle est détournée de *Ruy Blas*, dont le héros-titre s'emporte contre les « ministres intègres » qui dilapident les possessions espagnoles :

Tout s'en va. — Nous avons, depuis Philippe Quatre,
Perdu le Portugal, le Brésil, sans combattre ;
. . . .
(...) et Fernambouc, et les Montagnes Bleues ! (III 2)

Ces Montagnes Bleues-là sont situées à la Jamaïque (Victor Hugo, *Œuvres complètes*, sous la dir. de Jean Massin, tome V, Club français du livre, 1967, p. 724).

b. Dans un premier projet, la nouvelle a pour scène le *Gelria*, sur lequel Cendrars est effectivement revenu à Cherbourg après son premier séjour au Brésil, en août 1924. C'est également sur le *Gelria* que se situe « Caralina », une nouvelle parue en 1931 qui devait servir de préface à *La Vie et la mort du soldat inconnu,* un roman resté inachevé (éd. J. Trachsel, Champion, 1995). Cendrars y évoque ses amours à bord avec Caralina, Mme C. Lunasoli de Mesle, en des termes qui annoncent Mme de Pathmos. La liste officielle des passagers de ce voyage, conservée par Cendrars, révèle que Caralina (comme Mme de Pathmos ?) se nommait en réalité Clara Pronasoli de Lemos (Champion, *op. cit.*, p. 147-148).

Page 140

a. L'étymologie du tupi prêtera à d'autres variations poétiques autour du nom de Caramuru, personnage historique mystérieux, dans *Le Brésil / Des hommes sont venus* (1952 ; Fata Morgana, 1987, pp. 35-63).

Page 148

a. La cantatrice portugaise Béatrix Guerrero-Guerrera, présentée comme une amie de Cendrars, était déjà l'héroïne absente — l'Arlésienne — de « La femme aimée », une nouvelle de *La Vie dangereuse* (1938 ; Grasset, « Cahiers rouges », 1987, pp. 221-278).

Page 151

a. Anachronisme délibéré. Au début des années 20, date approximative de ces souvenirs que le récit, il est vrai, maintient soigneusement dans le flou, Cendrars anticiperait de plus de dix ans sa vocation d'auteur d'« Histoires vraies » qui est postérieure à 1935... Ce brouillage concerté des dates, mais aussi des voyages, des événements et des identités, place l'aventure comme l'ensemble du recueil dans une lumière de confessions obliques et de souvenirs délégués.

Page 165

a. Dans « La croisière en bleu », l'indélicat premier commissaire ne se nommait pas Einar Uvtroem, mais... Nils Dardel. Sourire complice ou discret règlement de comptes ? Pour la publication en volume, Cendrars préférera gommer le nom de son ancien ami alors toujours en vie.

b. Variation plaisante sur l'épigramme de Voltaire contre Fréron, l'ennemi des philosophes :

> *L'autre jour au fond d'un vallon*
> *Un serpent mordit Jean Fréron :*
> *Sait-on ce qu'il en arriva ?*
> *Ce fut le serpent qui creva.*

Page 168

a. La séquence du confesseur malgré lui est rituelle chez Cendrars, et les confidences de Jensen se présentent, à bien des égards, comme un banc d'essai de celles que fera Oswaldo Padroso sur ses amours lointaines et torturantes avec Sarah Bernhardt (« La Tour Eiffel Sidérale », *Le Lotissement du ciel*, Folio, pp. 452-472).

Page 184

a. Ce radiogramme cache un cryptogramme. La Redonne est un village de pêcheurs près de Marseille où Cendrars s'était retiré, à Pâques 1927, après la mort de son père, afin de travailler à son roman *Le Plan de l'Aiguille*, mais en vain. Ce séjour aux enjeux complexes est longuement évoqué dans « Le Vieux-Port », deuxième partie de *L'Homme foudroyé* (1945, Folio, pp. 100-160).

Page 200

a. Le thème de la femme défigurée hante l'œuvre de Cendrars qui écrit dans *L'Homme foudroyé*, à propos de la femme de Gustave Lerouge : « J'ai rencontré trois femmes dans la vie qui avaient un faciès de chien. J'ai esquissé l'histoire de la première dans *Une nuit dans la forêt* et j'ai raconté tout ce que je savais de la deuxième dans *D'Oultremer à Indigo*, mais des trois malheureuses disgraciées que leur blessure faciale troublait jusqu'au plus profond de leur féminité, Marthe, la plus courageuse des trois, était la plus horrible. » Ces coïncidences sur mesure laissent entrevoir, sous les prétendus souvenirs, la permanence d'inquiétants fantasmes : « Les deux premières avaient été défigurées par des éclats de verre, avaient été victimes d'un accident ; (...) Marthe avait dû être victime d'une vengeance, par exemple recevoir un coup de fouet »... (Folio, p. 235).

Page 203

a. Changement de nom   *Pathmos* remplace *Lemnos*, biffé sur le manuscrit.

L'énigmatique et capiteuse Mme de Pathmos fera longuement retour en 1945 dans « Le Vieux-Port », la deuxième partie de *L'Homme foudroyé*, qui relate les retrouvailles des amants deux ans après leur première rencontre en mer (Folio, pp. 161-191). Voir *supra* la note b de la p. 137.

Page 204

a. Une note manuscrite de Cendrars précise :
— *cajita* : « boîte d'allumettes » ;
— *tajito* : « petite coupure de canif dans la figure ».

Page 207

a. *L'Avocat du diable* figure bien, dès 1936, parmi les projets de Cendrars qui l'annoncera « en préparation » dans ses pages de garde jusqu'en 1959. Mais, comme plus de trois cents autres projets, ce « grand roman parisien et d'actualité » n'est jamais sorti de la bibliothèque fantôme de son auteur.

Page 208

a. Walter Halverson, « un noctambule, toujours prêt à boire sans soif », est près de livrer le vrai nom d'Halma-grano, Wentzel Hagelstam

V. MONSIEUR LE PROFESSEUR

Pas de publication préoriginale.

Page 215

a. Ce titre remplace « Dans le ventre de la baleine », biffé sur le manuscrit dactylographié.

b. Dédicace manuscrite ajoutée sur le manuscrit. Dans une liste manuscrite d'*Histoires vraies*, « Dans le ventre de la baleine » était dédié à *Nils Dardel* et daté « juillet 39 » (O 141 1b, ALS)

La jeune Thora Klınckowström avait rencontré Nils de Dardel alors qu'elle partait à Paris étudier la sculpture chez Bourdelle Mariage en 1921 : les Dardel habiteront, pendant douze ans, 108, rue Lepic, à Montmartre, où Cendrars leur rendra vısite À l'époque des Ballets suédois (1920-1924), Thora Dardel joue un rôle de premier plan dans les relations de Rolf de Maré avec les artistes parisiens. Séparée de Nils en 1932, elle retourne en Suède où elle épousera en secondes noces le comte Mac Hamilton. Sous le nom de Thora Dardel, elle est l'auteur entre autres d'un livre de souvenirs parisiens, *Jag till Paris* (Stockholm, 1941), où elle évoque ses rencontres avec Cendrars.

Page 219

a. Depuis le « doux lys d'argent, la fleur du poète » qui tremble au fond des yeux de la petite Jeanne de France jusqu'au « lys rouge » — une main sanguinolente — qui tombe du ciel dans *La Main coupée*, Cendrars a marqué sa prédilection pour cette fleur. À l'énigmatique découverte du professeur suédois, fait un écho plus inquiétant, et peut-être révélateur, le traitement qu'un « Chinois » de la banlieue parisienne administre, à l'aide d'une seringue, à une rangée de lis : « Chaque calice devenait d'un bleu intense pour, au bout d'un moment, tourner au noir. » En cet homme, qui, à chaque transmutation, « souriait de joie », Cendrars reconnaîtra Gustave Lerouge (*L'Homme foudroyé*, Folio, p. 229).

Page 223

a. L'herbier et l'album sont les attributs obligés de la mère de Cendrars toujours décrite comme neurasthénique, menacée par la folie et n'ayant jamais fait à son fils qu'un seul don, mais capital : l'apprentissage de la lecture (*Bourlinguer*, Folio, p. 408).

Page 224

a. Cendrars s'approprie ici les aventures de Dan Yack, le héros du *Plan de l'Aiguille*, par un jeu d'interférences qui souligne la portée autobiographique de son roman (1929).

b. Clin d'œil à « Bee and Bee » : c'est sur un voilier commandé par le capitaine Gustav Erikson, le *Moshulu*, que Cendrars et Élisabeth Prévost devaient embarquer à Mariehamn, dans l'île d'Aland (Finlande), pour un tour du monde prévu pour septembre 1939. (*Madame mon copain*, *op. cit.*, pp. 90-97, 125-131).

Page 228

a. Outre la référence à Jonas, un souvenir plus leste du temps des Ballets suédois pourrait se dissimuler dans la nouvelle. Au cours d'un des dîners du samedi organisés par le peintre Pascin, Georges Charensol se souvient que Nils Dardel — à qui « M. Le Professeur » était d'abord dédié —

lui raconta l'histoire d'un amant qui « avait perdu sa bague dans le "bijou" — Diderot *dixit* — de sa maîtresse. Il partait à sa recherche et errait sans fin dans le plus étrange des labyrinthes. » (*D'une rive à l'autre*, Mercure de France, 1971, p. 63)

DOSSIER

DU MÊME AUTEUR

LA BANLIEUE DE PARIS, photographies de Robert Doisneau.

LE PLAN DE L'AIGUILLE, roman.

LES CONFESSIONS DE DAN YACK, roman.

AUJOURD'HUI suivi de ESSAIS ET RÉFLEXIONS (édition de Miriam Cendrars, 1987).

CORRESPONDANCE AVEC HENRY MILLER 1934-1979 : 45 ANS D'AMITIÉ (édition de Miriam Cendrars, Frédéric Jacques Temple et Jay Bochner, 1995).

Aux Éditions Gallimard

AU CŒUR DU MONDE, Poésies complètes : 1924-1929, *Poésie / Gallimard.*

DU MONDE ENTIER, Poésies complètes : 1912-1924, *Poésie / Gallimard* (préface de Paul Morand).

BOURLINGUER, *Folio* n° 602, Mémoires.

EMMÈNE-MOI AU BOUT DU MONDE !..., *Folio* n° 15, roman.

L'HOMME FOUDROYÉ, *Folio* n° 467, Mémoires.

L'OR / LA MERVEILLEUSE HISTOIRE DU GÉNÉRAL JOHANN AUGUST SUTER, *Folio* n° 331, roman.

L'OR / LA MERVEILLEUSE HISTOIRE DU GÉNÉRAL JOHANN AUGUST SUTER, *Folio Plus* n° 30 (texte intégral, dossier par Jean-Pierre Renard).

LE LOTISSEMENT DU CIEL (édition présentée et annotée par Claude Leroy), *Folio* n° 2795, Mémoires.

LA MAIN COUPÉE, *Folio* n° 619, Mémoires.

PETITS CONTES NÈGRES POUR LES ENFANTS DES BLANCS, *Folio Junior* n° 55.

PETITS CONTES NÈGRES POUR LES ENFANTS DES BLANCS, *Folio Cadet* n° 224.

Sur l'œuvre de Blaise Cendrars :

Claude Leroy commente L'OR DE BLAISE CENDRARS, *Foliothèque* n° 13.

Miriam Cendrars : BLAISE CENDRARS / L'OR D'UN POÈTE, *Découvertes* n° 279.

Chez Grasset

MORAVAGINE, *Cahiers rouges*, roman.

LA VIE DANGEREUSE, *Cahiers rouges*, nouvelles.

RHUM / L'AVENTURE DE JEAN GALMOT, *Cahiers rouges*, reportage romancé.

Le Livre de Poche

RHUM / L'AVENTURE DE JEAN GALMOT, *biblio*.

Aux Éditions Fata Morgana

BRÉSIL / DES HOMMES SONT VENUS... (1987).

JOHN PAUL JONES OU L'AMBITION (préface de Claude Leroy, 1989), roman.

LA LÉGENDE DE NOVGORODE (restitution en français sous la direction de Miriam Cendrars, illustrations de Pierre Alechinsky, 1997), poème.

Aux Éditions Champion

L'EUBAGE / AUX ANTIPODES DE L'UNITÉ (édition de Jean-Carlo Flückiger, 1995), roman.

LA VIE ET LA MORT DU SOLDAT INCONNU (édition de Judith Trachsel, préface de Claude Leroy, 1995), roman.

LA CARISSIMA (édition d'Anna Maibach, 1996).

CAHIERS BLAISE CENDRARS, 10 numéros parus.

Aux Éditions Buchet-Chastel

ANTHOLOGIE NÈGRE.

Aux Éditions L'Âge d'Homme

VOL à VOILE suivi de UNE NUIT DANS LA FORÊT, *Poche suisse*, récits autobiographiques.

LE PLAN DE L'AIGUILLE, *Poche suisse*, roman.

LES CONFESSIONS DE DAN YACK, *Poche suisse*, roman.

Aux Éditions Méridiens-Klincksieck

19 POÈMES ÉLASTIQUES (édition de Jean-Pierre Goldenstein, 1986).

Aux Éditions Hughes Richard

N'KII, L'ATTRAPE-NIGAUDS (1985), conte nègre.

PARTIR (postface de Hughes Richard, 1986), récit autobiographique.

Chez Canevas Éditeur

JÉROBOAM ET LA SIRÈNE (préface de Hughes Richard, 1992), souvenirs.

À la Bibliothèque des Arts

PARIS MA VILLE, avec des lithographies de Fernand Léger (1987).

Composition Euronumérique.
Impression Bussière Camedan Imprimeries
à Saint-Amand (Cher), le 16 novembre 1998.
Dépôt légal : novembre 1998.
1ᵉʳ dépôt légal dans la collection : juin 1998.
Numéro d'imprimeur : 985508/1.
ISBN 2-07-040228-2./Imprimé en France.